De la part de
Diane et Pierre Langlois

12 Novembre 2002

Le Diamant de Jérusalem

Noah GORDON

LE DIAMANT DE JÉRUSALEM

Traduit de l'anglais (États-Unis)
par Yves et Claire Forget-Menot

DU MÊME AUTEUR
CHEZ LE MÊME ÉDITEUR

Le Dernier Juif

© Noah Gordon, 1979.
© Éditions Michel Lafon, 2002, pour la traduction française.
7-13, boulevard Paul-Émile-Victor - Île de la Jatte
92521 Neuilly-sur-Seine Cedex

I

La disparition

1

La *guenizah*

Chaque matin, Baruch se réveillait avec la crainte d'être arrêté.

C'était un rouleau de cuivre au métal si bien lissé qu'on aurait cru du parchemin. Ils le glissèrent dans un sac et le transportèrent clandestinement, comme les voleurs qu'ils étaient, jusqu'à une cachette au bord d'un champ en friche. Comme il faisait très noir dans la grotte malgré l'ouverture où s'encadrait un ciel bleu marine, Baruch alluma sa torche et la posa sur une pierre plate.

Postés au seuil de la caverne, trois des plus jeunes conspirateurs, vêtus de peaux de bête, feignaient l'ébriété pour mieux avoir l'œil aux aguets. Mais il ne les entendait pas. Il avait de nouveau mal dans la poitrine. Ses vieilles mains tremblaient tellement qu'il parvenait à peine à soulever le maillet et le poinçon :

Voici les paroles de Baruch, fils de Nérias, prêtre de la ville d'Anatoth, sur le territoire de la tribu de Benjamin, à qui Jérémie, fils de Hilkiahou le prêtre, donna l'ordre de cacher les trésors mis de côté par l'Éternel, au temps de Sédécias, fils de Josias, roi de Juda, pendant la neuvième année de son règne.

Voilà tout ce que Baruch écrivit le premier jour. Mais c'était assez pour l'accuser si jamais le rouleau était découvert avant l'arrivée des envahisseurs : le vol d'un objet sacré était puni de mort. Malgré ce danger, quelque chose le poussait à témoigner, à consigner par écrit que ses compagnons et lui n'étaient pas des malandrins ordinaires.

Jérémie lui avait dicté les ordres divins. Et Baruch finit par s'apercevoir que, en réalité, le prophète l'encourageait à dépouiller le Temple de ses objets sacrés.

— Nabuchodonosor est sur le point de vaincre le pharaon Neco. Quand elles auront fini de saccager l'Égypte, les troupes du roi de Babylone viendront ici. Le Temple sera incendié et les objets emportés ou détruits. Le Saint Béni Soit-Il nous a commandé de cacher les ustensiles en attendant le moment où l'on pourra de nouveau s'en servir pour le culte.

— Dis-le donc aux prêtres.

— C'est ce que j'ai fait. Mais quand la maison de Bouki écoute-t-elle la voix du Seigneur ?

Là-dessus, Baruch s'éloigna en clopinant.

Comme il était mourant, à chaque heure qui passait, la vie lui paraissait un bien plus précieux. Et à la seule pensée des risques qu'il courait, son sang se glaçait dans ses veines.

Il fit taire son effroi jusqu'au jour où des nomades à demi sauvages, qui d'habitude contournaient la ville, vinrent frapper aux portes en suppliant qu'on leur accorde l'hospitalité. Quelques heures plus tard, sur les routes de Jérusalem, se bousculaient les fuyards que la plus terrible des armées chassait devant elle.

Jérémie vint le trouver. Baruch vit au fond des yeux du prophète cette lumière qui, pour certains, attestait de sa folie et, pour d'autres, de l'étincelle divine.

— À présent j'entends Sa voix. Tout le temps.

— N'y a-t-il nulle part où te cacher ?

— J'ai essayé. Elle me retrouve toujours.

Baruch étendit la main pour toucher la barbe de son ami, aussi blanche que la sienne, et sentit son cœur se briser.

– Que veut-Il que je fasse ? demanda Baruch.

De nouvelles recrues avaient été engagées. Quand ils se retrouvèrent tous, ils se comptèrent : deux fois sept, donc peut-être doublement chanceux, même si Baruch trouvait le groupe trop nombreux. Qu'il se terrât parmi eux un seul informateur et ils étaient anéantis.

Il était stupéfait de voir qui était là ; qui, comme lui, conspirait contre la maison de Bouki, la dynastie de prêtres qui contrôlait le Temple. Simon le Lévite, chef de la maison d'Adijah, gardien du Trésor. Hilak, son fils, qui veillait sur l'inventaire et la préservation des objets sacrés. Ézéchias, chef des gardes. Zacharie, qui commandait aux portiers, et Haggaï, qui s'occupait des troupeaux de bêtes de somme. D'autres encore avaient été enrôlés par Jérémie pour leur jeunesse et leur vigueur.

Les conjurés s'accordèrent aussitôt sur l'ordre de subtilisation des pièces :

Les Tables de la Loi.

L'Arche sainte et son couvercle.

Les Chérubins d'or.

Mais pour le reste, ils n'en finissaient pas de se quereller. Ils allaient être obligés d'abandonner des choses magnifiques. D'abord, les objets monumentaux. La menora, l'immense chandelier à sept branches. L'autel du sacrifice. La « mer d'airain » supportée par les douze bœufs d'airain, et les colonnes d'airain avec ses treillis et ses grenades d'airain.

Ils tombèrent d'accord pour cacher le Tabernacle, lequel, conçu pour le transport, était démontable. Ainsi que sur les serrures et ferrures en or façonnées quelque neuf cents ans plus tôt par l'artisan du Seigneur, Bezalel ben Uri.

Ils ne pouvaient pas laisser non plus le pectoral du Grand Prêtre, serti de douze pierres précieuses, chacune offerte par l'une des douze tribus d'Israël.

Ni les trompettes d'or qui avaient rassemblé les Israélites.

Ni l'antique tenture, de facture merveilleuse, qui recouvrait la porte du Soleil.

Ni les deux harpes de David.

Ni les ustensiles de l'impôt et les bassins en argent.

Ni les coupes rituelles d'or et les vases à libation en or repoussé.

Ni les talents d'argent et d'or de l'impôt annuel du demi-sicle dont s'acquittait chacun des enfants d'Israël à titre de recensement.

— Laissons les talents et cachons un plus grand nombre d'objets sacrés, proposa Hilak.

— Il faut aussi que nous emportions des trésors profanes, observa Jérémie. Un jour, grâce à eux, nous pourrons construire une nouvelle maison de Dieu.

— Il y a des lingots d'or qui valent de nombreux talents, observa Hilak en jetant des regards à son père, gardien du Trésor.

— Quel est l'objet profane le plus précieux ?

— Une énorme gemme, répondit Simon sans hésiter.

— Un gros diamant jaune, confirma Hilak.

— Mettez-le dans le lot, ordonna Jérémie.

Et ils restèrent là à se regarder d'un air attristé, accablés à la pensée de tout ce qu'ils étaient forcés d'abandonner aux mains des pilleurs venus du septentrion.

Trois nuits de suite, entre le crépuscule et le lever du jour, Ézéchias donna congé aux gardes de la Belle Porte. L'entrée principale du Saint des Saints n'était en effet franchie que par le Grand Prêtre, le jour de Kippour, afin d'intercéder auprès du Tout-Puissant en faveur du peuple. Mais il existait une entrée obscure par l'étage supérieur du Temple. De temps en temps, on y faisait descendre des prêtres subalternes pour qu'ils nettoient et entretiennent le lieu sacré.

C'est ainsi que les quatorze conspirateurs volèrent l'Arche et son trésor : les Tables de la Loi que sur le mont Sinaï l'Éternel avait données à Moïse.

Une nuit, un jeune prêtre du nom de Berechia fut descendu au bout d'une corde dans le Saint des Saints. Baruch s'en tenait lui-même soigneusement à l'écart. Car, s'il appartenait à une lignée de prêtres, il était né avec une jambe plus courte que l'autre, ce qui faisait de lui un *haya nega*, une erreur de Dieu. À ce titre, il n'avait pas le droit de toucher aux objets considérés comme sacrés, honneur réservé à ses frères.

N'empêche que le jeune Berechia avait la peur au ventre tandis que, la corde qui le retenait filant sous les doigts de ses compagnons, il se voyait tournoyer dans le vide comme une immense araignée au fond d'une caverne ombreuse.

En contrebas, un faible rayon de jour fit scintiller des ailes. Les Chérubins. Les premiers objets que Berechia remonta. Baruch détourna le regard. La tradition voulait qu'entre les deux Chérubins siège la présence de Dieu.

Ensuite vint le tour du couvercle de l'Arche, en or massif, que Berechia souleva à grand-peine et offrit à ses complices.

Finalement vint l'Arche, contenant les Tables de la Loi. Ils hissèrent Berechia, blême et tremblant de tous ses membres.

– Uzzah... murmura-t-il, le souffle court.

Baruch comprit sans mal le trouble du jeune homme. Lorsque le roi David avait tenté de transporter l'Arche à Jérusalem, un des bœufs avait trébuché. Uzzah, qui cheminait non loin, avait maintenu le coffre sacré, de peur qu'il ne tombe sur le sol, et le souverain en colère l'avait frappé à mort.

– Uzzah n'est pas mort pour avoir touché l'Arche, mais pour avoir douté du pouvoir du Seigneur de la protéger, énonça Jérémie.

– N'est-ce pas ce que nous faisons en la cachant ? argua Berechia.

– L'Éternel la protège. Nous ne sommes que Ses serviteurs, lança vivement Jérémie au jeune homme. Viens. Nous n'en avons pas terminé.

À ces mots, Simon et Hilak les conduisirent tout droit aux trésors et aux objets sacrés sélectionnés par leurs soins.

Ce fut Baruch qui, voyant le rouleau de cuivre, suggéra qu'ils l'emportent pour y graver la liste des cachettes. Le métal se conserverait plus longtemps que le parchemin et on pourrait le laver facilement s'il était souillé.

Le coffre et le rouleau furent transportés à dos de chameau hors du Temple de Salomon tandis qu'un âne charriait le couvercle. Les ailes déployées des Chérubins, semblables à des bouts de bois dans un tas de brindilles, soulevaient la toile grossière de la couverture comme les cadres d'une tente.

Baruch avait été élu parce qu'il était scribe. À présent, Jérémie lui enjoignait d'inscrire sur le rouleau de cuivre l'emplacement de chaque cachette, puis s'entretenait tour à tour avec les treize autres afin que chacun achemine un objet vers un lieu différent, une *guenizah*, où, comme l'exigeait la tradition, on enterrait les ustensiles du culte et les parchemins sacrés. Seul Baruch savait la position de l'ensemble des cachettes et de leur contenu, les autres ne connaissant que celle que Jérémie leur avait indiquée.

Pourquoi était-il le seul digne d'une telle marque de confiance ?

La réponse à cette question lui fut donnée au cours d'une crise de sa maladie, alors que la douleur lui coupait le souffle et que ses doigts bleuissaient. Jérémie avait vu le *Malakh ha-Mavet*, l'ange de la Mort, flotter au-dessus de lui comme une promesse.

Les prêtres de la maison de Bouki refusaient toujours d'admettre que leur monde pouvait changer, mais tous les autres flairaient la guerre. On avait entreposé du bois sur les murs de la ville pour faire du feu, ainsi que de l'huile destinée à être versée bouillante sur les assaillants. Même si Jérusalem connaissait de beaux printemps, il y avait pénurie de nourriture. Le grain récolté était mis en réserve sous bonne garde tandis que l'on confisquait le bétail en prévision des jours de disette.

Estimant que seuls ceux qui allaient subir le siège méritaient d'être pris en pitié, Baruch ne se lamentait pas sur son sort, même si ses souffrances physiques l'affaiblissaient au point de l'empêcher de manier le maillet et le poinçon.

Un autre allait devoir terminer sa mission.

Sur les treize hommes, Abiathar le Lévite était le plus qualifié pour lui succéder, mais Baruch, qui s'était mis à penser à la manière de Jérémie, opta plutôt pour Ézéchias, un soldat qui ne maîtrisait pas l'art de l'écriture. Celui-ci trouva la tâche ardue, mais il savait diriger des hommes armés et il était prêt à mourir au combat : il était de ceux qui emportent leurs secrets dans la tombe.

Le matin où les portes furent scellées, Baruch demanda qu'on l'aide à grimper sur le mur. De son promontoire, il s'aperçut que la nuit avait amené l'ennemi : ses tentes se dressaient à perte de vue sur la mosaïque des champs.

Avec Ézéchias, il retourna à la grotte et parvint à graver le dernier paragraphe :

Dans le trou sous le sakhra nord de la grande tranchée, dans un canal s'ouvrant au nord, ce document contenant une explication et un inventaire de chaque objet.

Baruch attendit qu'Ézéchias eût gravé la dernière lettre et relu le texte. Tout en bas, au pied du mur, des cavaliers étrangers à barbe courte et chapeau pointu galopaient déjà autour de la cité de David.

— À présent, cache le rouleau, ordonna Baruch.

2

L'homme au diamant

Dans le bureau d'Harry Hopeman à l'entresol, un miroir sans tain permettait de contempler en contrebas le cadre luxueux et tranquille d'Alfred Hopeman & Son. Les murs, les tapis et l'ameublement conjuguaient le noir à l'anthracite sous un éclairage blanc qui faisait scintiller la collection comme si la boutique n'était qu'un immense écrin tendu de velours.

Son visiteur était un sujet britannique du nom de Sawyer. Ce dernier, d'après ce qu'en savait Harry, venait d'acheter des obligations américaines pour le compte de membres de l'Organisation des pays exportateurs de pétrole. Mais ces achats, c'était bien connu, ne représentaient qu'une partie de sa mission : Sawyer contribuait en effet à la mise à jour de la liste noire de l'OPEP concernant les entreprises nord-américaines traitant affaires avec Israël.

— J'ai des clients qui voudraient acheter un diamant, déclara l'Anglais.

Huit mois plus tôt, Hopeman & Son avait reçu une commande de collier de la part d'un client résidant au Koweït. Cette commande avait été annulée peu après, sans explication. Depuis, ils n'avaient rien vendu dans les pays arabes.

— Je vais demander qu'on vous montre ce que l'on a, dit Harry en prenant garde à ne pas manifester son étonnement.

– Non, non. C'est un diamant particulier qu'ils ont en tête, une pierre mise en vente en Terre sainte.

– Où cela ?

– En Israël, répondit Sawyer en levant une main molle. Ils voudraient que vous alliez là-bas l'acheter pour eux.

– C'est agréable de se sentir désiré.

Sawyer eut un haussement d'épaules :

– Vous êtes Harry Hopeman, non ?

– Et eux, qui sont-ils ?

– Je ne suis pas autorisé à vous le dire, vous comprenez...

– De toute façon, je ne suis pas intéressé, lança Harry.

– Monsieur Hopeman, ce sera un bref voyage, qui vous ouvrira bien des portes et sera pour vous des plus lucratifs. Vous êtes un homme d'affaires. Vous n'allez pas laisser la politique...

– Monsieur Sawyer, si vos employeurs veulent que je travaille pour eux, il faut qu'ils viennent me trouver en personne.

Son visiteur exhala un soupir sonore :

– Au revoir, monsieur Hopeman.

– Au revoir, monsieur Sawyer.

À la dernière minute, le visiteur d'Harry se retourna pour demander à brûle-pourpoint :

– Pourriez-vous au moins recommander un de vos collègues, qui serait aussi compétent que vous ?

– Pourrais-je alors espérer voir ma société retirée de la liste des entreprises boycottées ?

– Quelle liste ? répliqua Sawyer en haussant les sourcils.

Mais un sourire flottait sur ses lèvres : l'Anglais flairait un accord possible. Harry sourit à son tour :

– J'ai bien peur d'être la perle rare.

La satisfaction d'Harry fut de courte durée. Sur son bureau l'attendait une pile de papiers, inventaires, rapports de vente, bref tout ce qu'il détestait le plus au monde.

Ni le directeur de l'atelier de joaillerie sur la 47e Rue Ouest, ni la gérante de l'élégante boutique Alfred Hopeman & Son sur la 5ᵉ Avenue n'avaient en principe besoin de lui. Ce qui le laissait libre de s'occuper de son portefeuille et d'une poignée de clients personnels : des milliardaires, des conservateurs de musées en quête pour leurs collections de joyaux à valeur religieuse ou historique. Ces transactions-là rapportaient bien plus que les autres, mais elles ne se concluaient pas à un rythme hebdomadaire. Aussi y avait-il des jours où il ne se passait rien. Des jours comme celui-ci...

Sans passer par sa secrétaire, il composa un numéro de téléphone.

— Allô ? Je peux faire un saut ?

Perçut-il une hésitation ? La voix féminine répondit cependant :

— Je t'attends.

Harry, étendu, le visage enfoui dans l'épaisseur de la longue chevelure de celle dont la peau nue et laiteuse luisait sur la blancheur du drap, entendit comme dans un rêve :

— Je vais déménager.

— Où ça ?

— Dans un appartement plus petit. Où je serai chez moi.

— Tu n'es pas chez toi, ici ?

— Je ne veux plus de cet endroit. Plus de chèques, Harry.

Elle devait hausser la voix pour se faire entendre en dépit du vacarme de la télévision qu'elle tenait à monter à plein volume à cause des voisins qui risquaient de les entendre à travers les cloisons trop minces. Mais elle n'avait pas l'air en colère.

— Quelle mouche te pique, enfin ? lui lança Harry.

— J'ai lu un livre sur les cerfs. Tu connais les mœurs des cerfs ?

— Non, rien.

— Ils ne baisent jamais, sauf quand ils sont en rut. Alors le mâle se tape la première biche qui lui tombe sous le sabot. Ensuite il se tire sans un adieu.

— Et tu estimes que ça me ressemble ?

Elle répliqua d'un ton grave :

– Tu ne trouves pas qu'il y a des points communs entre vous ?

– Tu crois que je vais disparaître dans les bois ?

– Harry Hopeman n'est pas un animal, mais un homme d'affaires. Et en tant que tel, il s'assure que sa conquête est contente, au cas où il voudrait se resservir. Ensuite il part... Tu peux grogner, va... Je ne suis pas un objet, Harry.

– Si tu as l'impression que je me sers de toi, comment expliques-tu ces deux derniers mois ? s'enquit-il en soulevant le menton de l'oreiller.

– Je te trouvais séduisant. Tes cheveux si bruns avec des mèches acajou. Ton teint... Un teint que certaines femmes rêveraient d'avoir.

– Il faudrait qu'elles se rasent deux fois par jour.

Mais elle ne souriait toujours pas.

– Des dents blanches de carnassier. Même ton nez épaté me paraissait irrésistible.

– Un direct du droit, il y a bien longtemps...

Cette fois-ci, elle éclata de rire :

– C'est toi tout craché ! Avec toi les petites tragédies de la vie se transforment en atouts. Il n'y a pas si longtemps, rien qu'à regarder tes mains, je... Elles sont parfaites. Je t'attendais depuis longtemps. Et je pensais que je pouvais te mettre le grappin dessus. Si jeune et déjà si riche. Si beau à ta manière tranquille. Je me disais que ta femme avait dû perdre la tête pour te plaquer...

Harry se redressa pour se tourner vers elle tandis qu'elle concluait :

– Je guettais le moment où je pourrais décrocher le gros lot.

– Qu'est-ce que tu me racontes là ?

Les doigts qui avaient autrefois tapé ses lettres profession-nelles lui caressèrent la joue.

– Ce moment ne viendra jamais, Harry. Tu as besoin de moi ? Tu me désires vraiment ?

Un vague remords le saisissant, il tenta de protester :

– Écoute, faut-il vraiment que tu gâches tout ?

Elle fit oui de la tête. Seuls ses yeux la trahirent.

– Habille-toi et dis-moi au revoir, souffla-t-elle d'une voix presque douce.

La 47ᵉ Rue, entre les 5ᵉ et 6ᵉ Avenues, était pour lui un lieu magique depuis le temps où, tout jeune homme, il s'initiait au métier de diamantaire. Le pâté de maisons le plus riche du monde présentait une série de façades et de boutiques vétustes. Harry ne pouvait s'empêcher de songer à ces clochards qui cachaient des sacs de billets sous leur matelas. Hormis quelques excentriques, un vieux libraire renommé, une papeterie, les commerces étaient voués à l'industrie du diamant et on y parlait plus haut que dans les boutiques luxueuses d'Uptown. C'était l'un des rares endroits au monde où Harry Hopeman se sentait vraiment chez lui.

Il dépassa un garçon à peine sorti de l'adolescence en train de harponner un bonhomme qu'on aurait pu croire son grand-père devant une vitrine où une affiche déchirée, aux couleurs fanées, annonçait :

Il est interdit d'attirer les passants à l'intérieur.
Code administratif # 435-10.1.
Comité de vigilance des diamantaires.

– Non. Mais j'ai quelque chose qui y ressemble. Je vous fais un prix incroyable ! jurait le garçon avec une mine convaincue en secouant le vieillard.

Harry grimaça un sourire au souvenir de son propre apprentissage sur ce même trottoir.

Les boutiques n'étaient que des produits dérivés. La véritable activité de la 47ᵉ Rue se déroulait parmi les petits groupes de Juifs orthodoxes, îlots plantés sur la chaussée au milieu du flot des passants, dans leurs longs caftans ternes avec ces chapeaux à bord de fourrure que l'on appelle des *shtreimels*, ou leur feutre mou et leur costume contemporain, toujours noir ou bleu marine. D'un signe de tête, Harry saluait les hommes qu'il connaissait. Plusieurs d'entre eux étaient occupés à examiner le contenu de petits sacs en papier tout écornés, comme des gamins échangeant des billes. Sauf que ces billes-là payaient l'école des enfants, l'orthodontiste, le loyer, la nourriture et la cotisation à la synagogue.

Comment deviner ce qu'ils étaient en train de regarder ? Un diamant, c'est le moyen de serrer les plus vastes sommes d'argent dans le plus petit espace possible. Ces hommes étaient pour la plupart des intermédiaires qui achetaient des pierres, souvent à crédit, à des importateurs comme le père d'Harry pour les revendre à des détaillants. Et en général ils n'avaient ni show-room ni même bureau. Lorsqu'il faisait trop mauvais, ils négociaient soit autour d'un gobelet de café dans un snack-bar, soit dans un couloir ou un hall d'exposition du Diamond Dealers Club, dont les coffres leur servaient à enfermer leur marchandise pour la nuit.

Certains finissaient par tenir une des minuscules boutiques qui bordaient la rue des deux côtés, ou, plus rarement, passaient à un stade supérieur. Du fond des poches qui tenaient lieu de boutique à ces diamantaires, étaient nées de grandes fortunes. Ils négociaient avec prudence, échangeant en guise de contrat une phrase en yiddish et une poignée de main.

Harry remonta la 5ᵉ Avenue en direction de l'autre quartier des diamantaires, marquant une halte devant la vitrine de chez Tiffany pour admirer, monté en broche, un brillant de près de 60 carats. Magnifique. Quoique pas le genre de diamant à entrer dans la légende. Pas une de ces pierres fabuleuses dont les histoires avaient bercé son enfance. Le Collier de la Reine, le Grand Moghol, l'Orlov, l'Étoile d'Afrique, la Montagne de la Splendeur, le Cullinan. Peu de gens ont posé les yeux sur ces diamants célèbres, bien à l'abri dans des coffres-forts. Mais les hommes qui se rassemblaient dans l'appartement de son père pour boire du thé noir le dimanche après-midi en parlaient sur le ton de la familiarité, ayant reçu leur description en héritage de leurs propres pères.

Certaines familles de diamantaires croissaient et se multipliaient comme les marmottes au bord de l'Hudson. Lorsqu'ils devenaient trop nombreux à un endroit, les plus jeunes mettaient le cap sur d'autres contrées pour aller faire fleurir ailleurs de nouvelles branches de la dynastie, françaises, anglaises, allemandes, italiennes, hollandaises, belges. Quelques privilégiés pouvaient ainsi remonter très loin dans leur arbre généalogique, ce qui est rare à une époque où beaucoup de gens ne connaissent même pas leurs bisaïeux. On dit en yiddish qu'ils ont le *yikhus avoth*, l'éminence d'avoir des ancêtres. À entendre Alfred Hopeman, le père d'Harry, ils descendaient de Lodewyk van Berken.

Jusqu'à ce lapidaire de Bruges, les diamants n'étincelaient que par un heureux caprice de la nature ; la seule façon de les polir consistait à les frotter l'un contre l'autre. En 1467, van Berken, un mathématicien, mit au point une combinaison de facettes qu'il imprima aux pierres à l'aide d'un disque tournant imprégné d'huile d'olive et de poussière de diamant. Il put ainsi révéler les feux de chaque pierre et fit de sa technique un secret familial. Ses élèves fondèrent l'industrie du diamant dans les Flandres et alimentèrent en joyaux les cours d'Europe. L'un d'eux aurait même taillé une pierre – connue par la suite dans la profession comme le Diamant de l'Inquisition – en échange de la vie d'un cousin espagnol sur le point d'être brûlé pour hérésie.

Enfant, Harry avait été abreuvé de ces histoires qu'il avait écoutées comme d'autres écoutent des contes de fées.

L'été de sa deuxième année à l'université de Columbia, il avait fait un premier voyage en Europe. À Anvers, plaque tournante de l'industrie du diamant, il tomba sur une statue de Lodewyk van Berken, représenté avec le vêtement de toile et de cuir du lapidaire. La main gauche sur la hanche, le maître étudiait le diamant qu'il tenait entre le pouce et l'index de sa main droite. Harry eut beau scruter son visage, il n'y décela pas la moindre ressemblance avec le sien ou celui de son père, qui lui avait appris à polir les pierres selon la technique van Berken, presque inchangée depuis cinq siècles.

– Vous êtes vraiment de la même famille ? demanda sa compagne du moment, une jeune blonde rieuse, petite-fille d'évêque anglican, qui trouvait les Juifs exotiques.

– D'après mon père, oui.

– Présente-moi.

Absurdement, il avait obtempéré et fait les présentations à la statue. Elle avait ajouté gaiement :

– Il n'a même pas l'air juif !

Une semaine plus tard, en visitant Auschwitz, où les corps de toute sa famille tchèque avaient été engloutis, Harry, accablé de tristesse, fut très étonné d'entendre la jeune fille pleurer.

Plusieurs messages téléphoniques attendaient Harry dans son bureau. Il rappela un numéro en Californie.

– Harry ? Par tous les saints ! Je suis sacrément content de t'entendre !

La voix un peu rauque qui avait charmé des millions de spectateurs dans les salles obscures du monde entier était déjà pâteuse à cette heure matinale. L'acteur, qui comptait parmi les collectionneurs de diamants les plus importants de l'heure, se trouvait ces temps-ci au bord d'une séparation dont se délectaient les médias.

– Bonjour, Charles.

– Harry, j'ai besoin de toi. Je suis acheteur.

Il se demanda si l'acteur voulait un gage de réconciliation ou bien un cadeau pour l'une de ses passades.

– Un gros, Charles ? Ou quelque chose de plus intime ?

– Un gros. Gros et original.

Il s'agissait donc d'une réconciliation.

– C'est une bonne nouvelle, Charles. Accorde-moi le temps de la réflexion. Au fait, de combien de temps disposons-nous ?

– Elle vient de prendre l'avion pour l'Espagne. Nous avons un bon moment.

– Merveilleux. Charles... Je suis ravi pour toi.

– Merci, tu es un ami, Harry.

Ensuite Harry rappela la cliente de Detroit, une dame qui tentait de persuader son mari de convertir une partie de leur capital dans un diamant bleu-blanc de 38,26 carats.

— À votre avis, n'est-ce pas, c'est un excellent investissement ? insista-t-elle comme si elle cherchait encore à se convaincre elle-même.

— Au cours de ces cinq dernières années, les pierres ont presque toutes triplé de prix.

— Il finira par accepter, j'en suis sûre.

Pour sa part, Harry n'était pas aussi optimiste.

À l'âge de vingt-trois ans, il avait obtenu un gros diamant blanc d'Inde en échange d'une simple traite, le vendeur ne lui ayant fait crédit que parce qu'il était une vieille connaissance de son père. Harry l'avait revendu en moins de deux semaines, à une milliardaire du pétrole. Au cours de la négociation, il avait ressenti une excitation d'ordre quasi sexuel, doublée d'une sorte d'euphorie intellectuelle. Mais avec cette cliente de Detroit, les cadrans de son radar personnel affichaient tous zéro.

— Ne le poussez pas trop, madame Nelson. Une pierre aussi grosse ne se vend pas facilement. Elle vous attendra...

Il téléphona ensuite à Saul Netscher, à son bureau. Saul avait une affaire d'import-export de diamants industriels.

— Ah, Harry. Tu tombes à pic. Un certain Herzl Akiva veut te rencontrer.

— Herzl Akiva ? répéta Harry en passant en revue la liste de ses appels. En effet, il m'a appelé. Un nom israélien.

Harry réprima un soupir. Netscher, le meilleur ami de son père, s'acharnait à collecter des fonds pour Israël.

— Il travaille pour une entreprise de textile. Pour leur bureau de New York. Tu le recevras, hein ?

Un type dans le textile ? s'étonna Harry à part lui.

— Bien sûr, si ça peut te faire plaisir.

— Merci. Quand est-ce que je te vois ?

— Déjeunons ensemble. La fin de la semaine, ça te va ? Non, j'ai un truc... Début de semaine prochaine, ce serait mieux.

– Comme tu voudras. Tu sais ce que je pense : ton père s'est donné le mal de t'élever, moi je profite des résultats.

Harry ne put s'empêcher de sourire. Sacré Saul ! Il avait toujours eu beaucoup d'affection pour le vieil homme, même s'il le trouvait parfois un peu fatigant avec ses exigences de père d'appoint. Comme s'il n'en avait pas déjà assez d'un !

– Bien, bien, porte-toi bien, mon garçon.

– *Sei gezunt*, porte-toi bien, Saul.

Après avoir raccroché, pris d'une impulsion subite, il téléphona à sa femme, qui pourtant ne lui avait laissé aucun message.

– Della ?

– Harry ? Comment vas-tu ? dit-elle de sa voix chaude où il décela cependant une légère réticence.

– Je vais bien. Je me demandais juste... Tu as besoin de quelque chose ?

– Pas que je sache, Harry. Mais c'est gentil de te poser la question. Je suis allée voir Jeff à la pension jeudi dernier... Il était ravi de son week-end avec toi.

– Bon... Hélas, j'ai été obligé de travailler dimanche.

– Oh, Harry ! soupira-t-elle d'un ton las. C'est tellement dur pour lui d'avoir été envoyé en pension à cause de notre... situation. La séparation, et tout...

– Je sais. Mais il s'en sort.

– Je l'espère. Merci d'avoir appelé... On peut dîner ensemble ce soir ? Il faut que nous discutions de certaines choses à propos de la bar-mitzvah de Jeff.

– La bar-mitzvah de Jeff ! Seigneur, mais on a encore des mois devant nous !

– Harry, c'est très important d'organiser ces choses-là longtemps à l'avance. Tu préfères peut-être demain ?

– Demain je dîne avec mon père. Je pourrais l'appeler pour décommander...

– Surtout pas, repartit-elle vivement. Tu l'embrasses de ma part ?

– Je n'y manquerai pas. Bon, on reparlera très bientôt de cette bar-mitzvah.

Comme sa Lamborghini était en cours de révision dans un garage d'East Nyack, il avait demandé à Sid Lawrenson, son factotum, de venir le chercher à Manhattan dans sa deuxième voiture, une Chrysler. Lawrenson, qui détestait New York, roula à une allure d'enfer sur l'autoroute pourtant encombrée jusqu'aux environs de Westchester. Bientôt ils filèrent entre les collines les plus chères de la grande banlieue new-yorkaise, sur une belle route bordée de lauriers et de rhododendrons. Une maison de gardien se dressait en bas de l'allée dissimulée derrière un rideau de vieux chênes, de sycomores et de pins. La maison datait pour moitié du début du XVIIIe siècle, construite par un homme d'affaires de la Compagnie des Indes occidentales, la seconde moitié étant un ajout plus tardif du XIXe, mais si habilement dessinée qu'on la distinguait à peine de la partie plus ancienne.

– Je n'aurai pas besoin de vous ce soir, Sidney, déclara Harry en descendant de voiture.

– Vous êtes... bien... sûr ?

Harry fit oui de la tête. L'épouse de Lawrenson, Ruth, qui s'occupait de la maison, était une femme autoritaire et Harry soupçonnait Sidney d'avoir une petite amie quelque part dans le coin.

– Bon, alors j'irai faire des courses.

– Amusez-vous bien !

Après avoir passé un jean et un pull, Harry s'attabla devant le dîner que Ruth Lawrenson lui avait préparé. Lors de la séparation, cette femme morose qui adorait Della et n'avait pour lui que de la considération n'avait pas caché ses préférences. Cependant, Della, dans son appartement new-yorkais, n'avait besoin que d'une femme de ménage. Si bien que le couple Lawrenson était resté, ce dont Harry se trouvait fort bien.

Une fois son repas terminé, il monta dans la pièce encombrée et douillette qu'il appelait son atelier. Dans un coin, un établi de lapidaire accueillait des scies, des limes, une meule et une collection de cristaux et de pierres semi-précieuses à différents stades de polissage. Le reste de l'ameublement évoquait plutôt un bureau : une table croulant sous les volumes et les manuscrits, des étagères où s'empilaient les revues, *Archéologie biblique, Pierres précieuses et Minéraux, Oriens Antiquus, La Revue du lapidaire, Les Archives de la Société d'exploration israélienne,* la *Deutsche Morgenländische Gesellschaft Zeitschrift...*

La nuit promettait d'être chaude pour la saison. Il ouvrit la fenêtre en grand pour humer les bouffées d'air printanier qui remontaient du fleuve au bout du jardin, puis il s'assit à sa table afin de terminer le travail de documentation de son article sur « Les diamants russes, de la couronne de Kazan d'Ivan au pectoral de Mikhaïl Feodorovitch Romanov ». Chaque fois qu'il se plongeait dans l'étude de cette période de l'histoire, il se sentait soulagé de vivre dans l'Amérique moderne, plusieurs centaines d'années après l'époque où ces gens si raffinés de la cour du tsar, qui portaient des joyaux jusque sur leurs pantoufles, finançaient leur goût du luxe en saignant le peuple. Il lisait vite, prenant des notes sur des cartes en bristol d'une petite écriture serrée. Pour la première fois de la journée, il se sentait heureux.

Plusieurs heures plus tard, on frappa à sa porte.

– Le téléphone pour vous, lui annonça Ruth Lawrenson.

– Qu'y a-t-il ?

Il savait parfaitement qu'elle ne l'aurait pas dérangé pour rien dans son travail.

– Je ne sais pas. Mais un certain M. Akiva prétend que c'est de première importance.

– Demandez-lui de rappeler demain. À mon bureau.

– J'ai déjà essayé. Il insiste. Il dit que c'est urgent.

D'un ton sec, Harry dit dans l'appareil :

– Allô, oui ?

– Monsieur Hopeman ? Saul Netscher vous a parlé de moi, je crois...

La voix, masculine, avait un accent qui à l'ordinaire plaisait beaucoup à Harry ; l'Israélien avait de toute évidence appris l'anglais à l'époque du mandat britannique.

– C'est que je suis très occupé ce soir.

– Veuillez m'excuser, mais croyez-moi, il faut que je vous voie, c'est très important.

– C'est pour une affaire, monsieur Akiva ?

– Oui, monsieur Hopeman... Plus qu'une affaire.

– Venez me voir à mon bureau demain matin.

– Ne pourrions-nous pas nous rencontrer ailleurs ?

Après une pause, son interlocuteur ajouta :

– Il est aussi urgent que je m'entretienne avec votre père.

Harry poussa un soupir :

– Mon père est à la retraite, ou tout comme.

– Je vous en prie, un peu de patience. Vous comprendrez une fois que vous m'aurez rencontré.

Harry perçut quelques mouvements sur les écrans de son radar intérieur.

– Je serai chez mon père demain soir, au 725, 63ᵉ Rue Est. 20 heures, ça vous convient ?

– C'est parfait, monsieur Hopeman. *Shalom.*

– *Shalom*, monsieur Akiva.

À 4 heures du matin, il fut réveillé par la sonnerie du téléphone. Des grésillements entrecoupés d'une conversation confuse en deux langues.

– *Pronto ?* Monsieur Hopeman ?

– Allô ? Allô ?

– Monsieur Hopeman ?

– Oui. Qui est à l'appareil ?

– Bernardino Pesenti. Le cardinal Pesenti.

En qualité d'administrateur du patrimoine du Saint-Siège, le cardinal était chargé de la conservation des trésors du Vatican : une collection d'art fabuleuse complétée d'objets précieux sans prix – croix ornées de joyaux, bijoux byzantins, pièces d'autel, calices et autres objets du culte. Quelques années plus tôt, il avait organisé l'achat par Harry de la couronne de la Vierge noire de Czestochowa, transaction qui avait allégé la dette de l'archevêché de Varsovie et permis de transformer la boutique d'Alfred Hopeman & Son en un splendide écrin noir et gris.

– Monseigneur... Comment allez-vous ?

– Ma santé se porte assez bien pour me permettre d'accomplir la volonté de Notre-Seigneur. Et vous, monsieur Hopeman ?

– Je vais très bien, merci, Monseigneur. Puis-je faire quelque chose pour Votre Éminence ?

– En effet. Pensez-vous vous rendre bientôt à Rome ?

– Ce n'est pas prévu. Mais cela pourrait s'arranger.

– Nous souhaiterions que vous nous représentiez.

– Pour un achat ?

Si l'Église héritait souvent, elle vendait rarement – et il ne se souvenait même pas de la dernière fois où le Vatican avait effectué un achat.

– Pour récupérer un bien volé.

– Un bijou ou une pièce de musée, Monseigneur ?

– Un diamant mis en vente en Terre sainte.

Après une pause, le cardinal précisa :

– L'Œil d'Alexandre, monsieur Hopeman.

– Il a refait surface ? s'étonna Harry.

Cette pierre avait en effet disparu depuis plusieurs dizaines d'années, à la suite de son vol dans l'enceinte même des musées du Vatican.

– Ma famille a été mêlée de près à l'histoire de ce diamant, s'empressa d'ajouter Harry, subitement fort intéressé.

– Nous le savons. Un de vos ancêtres l'a taillé. Un autre l'a monté sur la mitre de Grégoire pour notre Sainte Mère l'Église. Maintenant, nous aimerions que vous suiviez cette tradition et nous rendiez service. Soyez notre mandataire. Aidez-nous à récupérer ce qui nous appartient.

– Laissez-moi le temps de réfléchir.

À l'autre bout du fil, un petit silence impatient précéda un soupir :

– Très bien. Mais venez donc ici pour qu'on parle. Rome est délicieuse en ce moment. Quel temps fait-il à New York ?

– Je ne sais pas. Il fait nuit noire.

– Aïe !

Harry ne put retenir un éclat de rire.

– J'oublie toujours cette histoire de décalage horaire, s'excusa le prélat... J'espère que vous pourrez vous rendormir.

– *Prego*, dit Harry. Je vous rappellerai dans un ou deux jours. Au revoir, Monseigneur.

– *Buona notte*, monsieur Hopeman.

Harry raccrocha en constatant que cette fois toutes les aiguilles sur les cadrans de son radar s'étaient mises en marche en même temps. Il s'assit au bord de son lit. Que se passait-il donc, tout d'un coup ?

3

Le rendez-vous

Dans l'esprit d'Harry, l'excitation que lui procurait sa vie d'homme d'affaires ne devait pas le priver des joies de l'érudition. Mais il fallait une sacrée force de caractère pour mener de front ces deux carrières souvent antinomiques. Dès que son emploi du temps le lui permettait, il en profitait pour se plonger des journées entières dans ses recherches savantes. Aujourd'hui, il s'était enfermé dans son bureau pour rédiger son article sur les diamants russes, s'arrêtant à peine pour avaler le déjeuner froid que Ruth Lawrenson avait déposé sur un plateau à son intention. À la fin de l'après-midi, le texte était dans une enveloppe cachetée, prêt à être posté à la *Slavik Review*.

Harry enfila son survêtement et sortit courir sur le sentier désert au bord de l'Hudson comme il le faisait régulièrement depuis trois ans. Son trajet le menait à travers plusieurs vastes propriétés, mais il ne rencontrait jamais personne au bord de l'eau. Aussi fut-il d'abord stupéfait lorsque, essoufflé par sa course au bas du verger qui montait vers la maison, il vit un grand cerf jaillir d'entre les arbres fruitiers pour se fondre aussitôt dans le fouillis de la végétation du sous-bois. Une fois remis de sa surprise, Harry se plia en deux de rire : ainsi, c'était ce bougre de cerf qui ravageait ses pommiers ! Son fils Jeff le tannait pour qu'il lui offre un fusil, mais Harry n'avait aucune intention de lui céder.

– Vas-y, espèce de vieux bouc ! Cours, cours, cours ! s'écria-t-il. Et ne t'arrête surtout pas !

Dans l'entrée, en le voyant de si joyeuse humeur, Ruth Lawrenson lui jeta un coup d'œil désapprobateur ; elle ne pouvait comprendre comment un homme au cœur théoriquement brisé pouvait s'amuser autant.

Son père portait un blazer bleu marine d'une coupe anglaise très élégante, un pantalon gris, une chemise en soie blanche et une cravate raffinée. Ses chaussures d'été en cuir sombre avaient un brillant discret, digne de l'ancien directeur de la société Hauptmann, l'une des plus prestigieuses joailleries de Berlin. C'était dans un costume analogue qu'il avait quitté l'Allemagne avant la guerre, sans bagage. Une des premières choses qu'il fit en arrivant à New York, ce fut de se chercher un bon tailleur. Et, comme l'affaire Lindbergh et l'exécution du kidnappeur et assassin Bruno Hauptmann étaient encore fraîches dans les mémoires de ce côté de l'Atlantique, sur ses papiers de naturalisation Alfred avait fait changer son nom en Hopeman.

La 47ᵉ Rue Ouest était plus brutale et bruyante que la Leipzigerstrasse. Pourtant, en dépit de ses goûts sophistiqués en matière vestimentaire, Alfred s'y était senti d'emblée comme un poisson dans l'eau. L'histoire récente lui ayant fait prendre conscience de son identité juive, il trouvait merveilleux de baigner dans l'ambiance de cet extraordinaire quartier de New York. Pendant les années qui suivirent, il avait travaillé pour le compte d'autrui avant d'ouvrir sa propre taillerie. Même si cette dernière n'avait jamais rattrapé la réputation de son atelier de Berlin, c'était une bonne petite affaire, prête à accueillir la fortune à bras ouverts si elle se présentait...

La société minière De Beers contrôle plus des deux tiers de la production de diamants dans le monde. Seuls quelques membres du sérail connaissent le montant des vastes réserves exploitées au compte-gouttes pour s'assurer que les gemmes restent d'un prix élevé. Dix fois par an, dans un immeuble-bunker de la City à Londres, la Central Selling Organization, surnommée le « Syndicat », organise la vente de deux cent cinquante lots de diamants. Ceux destinés à la vente sont tout d'abord classés par la CSO en fonction de leur poids, de leur forme et de leur couleur, puis ils sont répartis en lots entiers et indivisibles destinés à chacun des deux cent cinquante acheteurs agréés. Chaque acheteur est servi avec la même application et invité à venir considérer le lot qui lui est régulièrement attribué, d'où le nom de « vue », ou « *sight* ». Certains de ces privilégiés ne se déplacent même pas et attendent la livraison de leur colis par la poste.

Pour appartenir au club, il faut attendre que la mort ou la maladie raye un nom de la liste. Alfred ne se doutait pas qu'il ferait un jour partie des deux cent cinquante. Son euphorie à cette nouvelle céda bientôt la place à l'angoisse : pour être accepté, il lui faudrait beaucoup plus de capitaux qu'il n'en détenait ! Cela dit, le fait que son nom figurait sur la liste de la De Beers lui permettrait d'emprunter les sommes qu'il voulait. Il revendit les six premiers sacs de pierres brutes à des grossistes sans même les avoir ouverts, avec un joli profit. En l'espace de dix-huit mois, il avait remboursé ses créanciers.

Lorsque Harry avait inauguré la somptueuse boutique de la 5ᵉ Avenue, il avait aussi repris la taillerie de la 47ᵉ Rue, et son père s'était mis à lui envoyer directement les valises en provenance de Londres. Un avantage considérable. Harry versait à Alfred sa part des bénéfices, ne taillait que les pierres les plus belles dans son atelier et revendait les autres à des grossistes. Cet arrangement assura à son père une retraite des plus confortables.

— Ces messieurs voudraient du thé ? demanda Essie.

— Ton dîner était tellement délicieux que je ne peux plus rien avaler, sourit Harry.

Les talents culinaires de sa belle-mère constituaient l'unique sujet de conversation possible entre eux. Sa mère était morte quand il avait neuf ans et pendant des années Alfred avait collectionné les maîtresses, toutes plus ravissantes les unes que les autres, jusqu'au jour où, sentant la vieillesse poindre, il avait épousé la plus ennuyeuse et la plus banale des *hausfrauen*. Quoique Harry dût bien admettre que son père n'avait jamais eu l'air aussi heureux.

— À quelle heure est censé venir notre visiteur ? s'enquit Essie.

— Vers 20 heures.

— Je devrais avertir le portier. Depuis les cambriolages, il est de plus en plus méfiant, Dieu merci !

— Il s'appelle Herzl Akiva. Il y a eu des cambriolages dans l'immeuble ? ajouta vivement Harry.

— Oui, des voisins, l'informa-t-elle, tandis qu'Alfred haussait les épaules en réponse au regard interrogateur de son fils.

Harry avait environ onze ans le jour où il avait plongé le doigt dans un pot de vaseline découvert dans un tiroir du bureau de son père. Juste sous la surface de la substance graisseuse, il avait trouvé une énorme pierre vulgaire à souhait dont la base était peinte en doré. Mais au-dessous étaient cachés six petits diamants jaunes que dissimulait en outre la peinture dorée du pot. Alfred lui avait ensuite expliqué que le gros diamant était synthétique – un porte-bonheur hérité de son père. Il était supposé leurrer l'éventuel voleur en lui faisant croire que le pot ne contenait rien de valeur. Car, en dépit de leur petitesse, les diamants jaunes étaient très précieux en raison de leur rareté. Harry, stupéfait, avait demandé à son père pourquoi il les avait dissimulés.

— Parce que c'est comme ça.

Insatisfait de cette réponse, Harry avait si bien insisté qu'il avait fini par apprendre que c'était grâce à un semblable subterfuge qu'Alfred avait pu s'échapper d'Allemagne les mains pas tout à fait vides.

— Ces sauvages à chemise brune... J'espère qu'ils auront attrapé le choléra, à m'attendre dans ma boutique pour m'arrêter.

Harry avait tressailli, comme si les nazis étaient tout à coup dans la pièce.

– Ne fouille pas dans mon bureau, c'est tout ce que je te demande.

Quelques années après, Harry était tombé sur une boîte à chaussures remplie de préservatifs dans la penderie de son père. La disparition de plusieurs spécimens n'était pas passée inaperçue ; Harry avait été convoqué chez M. Sternbane, le psychologue de l'école juive orthodoxe qu'il fréquentait dans l'Upper West Side, pour une conversation sur la sexualité. Mais contrairement aux préservatifs paternels, qu'Harry ne trouva jamais plus, le pot de vaseline resta à sa place dans le tiroir du bureau. Ce dont Harry fut reconnaissant à son père. Ce secret lui donnait l'impression d'être différent de ses camarades de classe. Il ne rouvrit jamais le pot, mais il était content de le savoir là. Et les diamants jaunes ne suscitèrent aucun conflit entre Alfred et lui jusqu'au jour où Harry comprit que pas une compagnie d'assurance n'accepterait de couvrir le vol de joyaux protégés seulement par la présence d'un portier d'immeuble et d'un peu de graisse.

Il avait alors demandé à Alfred de les enfermer dans le coffre-fort de la boutique. Proposition que son père avait refusée, obstinément.

– Un cambriolage ? répéta Harry en haussant les sourcils.

Alfred fit la sourde oreille.

– Quand vais-je voir mon petit-fils ?

– Personne ne t'empêche de le voir. C'est juste qu'il est très occupé par son collège.

– Une boîte de *goyim*. Et Della ?

– Je lui ai parlé hier au téléphone. Elle t'embrasse.

Alfred hocha la tête en exhalant un soupir. À l'instant même, l'interphone bourdonna.

– Il monte ! annonça Essie depuis l'entrée.

– Quel service voulez-vous que nous rendions à quelqu'un dans le textile ? lâcha Harry.

– Je m'occupe très peu de textile, je travaille pour le gouvernement, monsieur Hopeman, répliqua Herzl Akiva, un homme de taille moyenne, aux cheveux poivre et sel et au visage orné d'une fine moustache grise.

– Le gouvernement des États-Unis d'Amérique ? murmura Harry en se penchant en avant.

– Le gouvernement de l'État d'Israël.

– Connaissant mon ami Netscher, vous voulez nous vendre des souscriptions aux bons du Trésor israélien.

– Non, fit Akiva avec un sourire. Que savez-vous du rouleau de cuivre ?

– Les rouleaux de cuivre de la mer Morte ? s'étonna Harry en se redressant.

Akiva acquiesça.

– Eh bien, continua Harry en fronçant les sourcils, on les a retrouvés au début des années 50, bien après les rouleaux en parchemin. Les rouleaux de cuivre ne sont pas au musée du Livre de Jérusalem avec les autres manuscrits de la mer Morte. Ils sont en Jordanie, c'est cela ?

– Oui. Au musée d'Amman. Vous en connaissez le contenu ?

– Des descriptions des endroits où ont été cachés des reliques et des trésors. Il existe une controverse sur leur origine, n'est-ce pas ? On ignore si les objets précieux viennent du Temple de Jérusalem ou de la communauté de Qumran.

– Et vous, votre opinion ?

Harry haussa les épaules :

– Je ne suis pas un spécialiste. Mais il m'a toujours semblé improbable que les hommes de Qumran aient accumulé des richesses aussi fabuleuses.

– Et si je vous disais qu'on a découvert un autre rouleau de cuivre ? Qui confirmerait l'existence d'un trésor du Temple de Jérusalem ?

Silence. Harry entendit le bruit de la respiration de son père.

– C'est ce que vous êtes venu nous annoncer ?

– Oui, répondit Akiva.

Il leur raconta ensuite qu'un an auparavant David Leslau, professeur d'histoire biblique à l'Hebrew Union College de Cincinnati, avait fouillé dans le mur méridional du Second Temple de Jérusalem. À près de six mètres sous la surface du sol, il avait trouvé quelques vestiges, des tessons de poterie, des pièces de monnaie, quelques outils. Deux mètres plus bas, ses ouvriers étaient tombés sur une canalisation à ciel ouvert datant du roi Hérode.

— Son instinct d'archéologue le poussait à suivre le chemin de cette canalisation de l'autre côté du mur, continua Akiva. Mais c'était interdit. Il a dû remplir des tonnes de paperasses et se résigner à attendre une autorisation avant de pouvoir creuser. À deux reprises, des étudiants orthodoxes ont lancé des pierres à ses ouvriers. La police a dû être appelée à la rescousse. Et dans le quartier arabe la rumeur courait qu'ils cherchaient en réalité à percer un tunnel jusqu'à la mosquée d'Omar pour y poser des explosifs et la faire sauter.

« Il suivit donc la conduite, qui s'écartait en réalité du site du Temple et se dirigeait vers le sud et la cité de David. Au bout de vingt mètres, Leslau a constaté que les constructeurs du système d'évacuation avaient raccordé celui-ci à une canalisation encore plus ancienne, pavée de grosses pierres de taille parfaitement imbriquées les unes dans les autres. En inspectant les parois avec sa lampe de poche, il remarqua que, dans la partie supérieure, une des grosses pierres avait été remplacée par deux plus petites. Intrigué, il demanda à ses ouvriers de les retirer. Et voilà qu'en sortit une sorte de tuyau de poêle tout oxydé... C'était un rouleau de cuivre.

— Impossible ! décréta Harry. Je suis en communication régulière avec Max Bronstein, le bras droit de Leslau. Il m'en aurait parlé.

— On leur a imposé silence pour des raisons politiques, expliqua Akiva. Le Vatican comme le Waqf s'opposent à tout ce qui pourrait renforcer les revendications israéliennes sur Jérusalem-est, et mettre ainsi en péril leur projet d'obtenir un statut international pour la ville. Leslau a découvert ce rouleau à une époque où l'Église et les autorités musulmanes intriguaient dans les cercles diplomatiques pour empêcher les fouilles sur le mont du Temple.

— Il est vrai que la découverte du rouleau pourrait mettre l'islam dans l'embarras, approuva Harry. On risque de se rappeler que la mosquée d'Omar a été bâtie sur le site même du Temple. En plus, si jamais le texte du manuscrit était livré à la presse, on déclencherait une nouvelle ruée vers l'or.

— Ils ont une raison encore plus importante de ne rien divulguer : la région où se trouvent un grand nombre des cachettes énumérées dans le rouleau est située en Cisjordanie, sur le territoire du futur État palestinien. À leurs yeux, la présence sous ce sol de trésors juifs servirait trop bien, comprenez-vous, les revendications israéliennes.

Il s'interrompit un instant, pour vérifier si ses interlocuteurs avaient bien saisi la portée de ses paroles.

— Depuis un an maintenant, reprit-il enfin, un Égyptien cherche à prendre contact avec des Occidentaux dans le royaume hachémite afin de vendre deux pierres. Il prétend qu'elles ont un caractère religieux.

— Ah, je vois, c'est là que nous entrons en scène, intervint Alfred en allumant un cigare.

— Une des pierres est un grenat.

Alfred Hopeman sourit :

— Nous nous occupons rarement de pierres semi-précieuses.

Akiva acquiesça :

— La seconde pierre vous intéressera davantage. C'est un gros diamant. Jaune, du genre que vous appelez canari dans le métier.

— Et vous, en quoi ce canari vous intéresse-t-il ? s'enquit Alfred avec nonchalance.

— Je vous ai dit, n'est-ce pas, que le rouleau de cuivre indiquerait les cachettes des objets du Temple de Salomon mis au secret. Eh bien, d'après David Leslau, ce canari serait l'un de ces trésors.

— Du Temple ? enchaîna Harry, impressionné malgré lui.

— Leslau croit savoir où le diamant a été caché. Il prétend qu'il a été volé dans une *guenizah*.

Harry poussa un grognement :

– Quelle est sa grosseur ?

– 211 carats, répondit Akiva après avoir consulté son calepin.

C'est alors que le père d'Harry, Alfred Hopeman, posa sur le visiteur un regard étrangement songeur.

– Le Diamant de l'Inquisition, énonça-t-il d'une voix lointaine. Je l'ai eu dans mon coffre à Berlin pendant trois mois. En 1930 ou 1931.

– Sans doute en 1931, opina Akiva. S'il s'agit de la même pierre. Le vendeur l'appelle la Ka'ba.

– C'est ainsi que la nomment les musulmans, répliqua Alfred. D'après la pierre placée au cœur de La Mecque. À l'époque où elle appartenait à l'Église catholique, on l'appelait l'Œil d'Alexandre, en l'honneur du pape de ce nom. Un sacré diamant, c'est le cas de le dire, messieurs : 211,31 carats, taillé en poire à soixante-douze facettes. Il m'avait été apporté en 1931 par la société Sidney Luzzatti pour nettoyage. Il ornait un couvre-chef d'évêque, une... une... Harry ?

– Une mitre, papa. La mitre de Grégoire.

– Oui... Plusieurs années après, un voleur a réussi à arracher le diamant à la mitre dans les musées du Vatican. Ensuite, je n'en ai plus entendu parler. Jusqu'à aujourd'hui.

– Le diamant fut volé au Vatican en 1946, confirma Akiva, et acheté discrètement par le roi Farouk en 1949.

– Ah, fit Alfred.

– Ça colle bien avec l'ensemble de l'histoire, tu ne... Papa ! tu ne te sens pas bien ?

– Si, si... Continue... murmura Alfred, livide.

– Le diamant ne figurait pas dans l'inventaire des biens nationaux égyptiens au moment où Farouk a abdiqué, reprit Harry, à moitié rassuré devant la mine de son père. Tu sais que tous les biens de Farouk ont été dispersés aux enchères ? Il y avait des pièces merveilleuses là-dedans, et aussi beaucoup de bimbeloterie. Notamment, une superbe collection de photos pornographiques.

– Il n'existe que deux postures, le reste n'est que contorsions, décréta Alfred en se massant la joue avec une grimace.

– Vous avez raison, confirma Akiva en posant sur Harry des yeux brillants. Le diamant ne faisait pas partie de la vente. Mais nous souhaiterions que vous l'achetiez.

– Vous n'êtes pas le seul candidat, vous savez, il va falloir vous inscrire sur la liste d'attente, rétorqua Harry.

À cet instant, Essie, qui entrait dans le salon avec le plateau du thé, poussa un hurlement. Harry regarda son père. Le visage d'Alfred se déformait comme une pâte molle.

– Papa ? souffla Harry, comprenant tout à coup qu'Alfred était en train d'avoir une attaque.

Alfred vacilla sur son siège, Harry le retint en le prenant dans ses bras. Dans un geste machinal, Essie se pencha pour ramasser une tranche de gâteau tombée sur le tapis. Harry s'écria :

– Appelle le médecin ! Vite !

4

Les carnets d'Alfred

Ils installèrent Alfred au fond d'un couloir au milieu d'une batterie d'appareils destinés à surveiller les battements de son cœur défaillant. Tout le côté gauche de son corps était paralysé. La vue de son visage aux traits distordus était insupportable à Harry. Une femme en blouse blanche se penchait au-dessus du lit d'hôpital.

— Monsieur Hopeman, dit-elle d'une voix forte.

Alfred ne réagit pas. Après le départ du médecin, Harry essaya à son tour :

— Papa !

Alfred entrouvrit un œil et contempla son fils avec un regard vide.

— *Doktor Silberstein, ich bitte um Entschuldigung.*

Pourquoi le vieil homme avait-il l'air aussi terrifié ? Et qui était ce Dr Silberstein à qui il demandait pardon ? Alfred referma les yeux en marmonnant des paroles incompréhensibles en allemand, qui se noyaient dans une sorte de gargouillis. Inquiet, Harry appela l'infirmière. L'équipe médicale au complet fut bientôt au chevet du vieillard. Quand la chambre fut de nouveau vide, Harry se pencha sur le visage de son père, dont le nez s'ornait à présent d'un fin tuyau en plastique. Cette fois, Alfred le reconnut.

— Je... j'aurais dû te dire...

– Quoi, papa ?

– Le Diam... quisition...

– Ne parle pas, papa, repose-toi.

– Déf... déf...

Épuisé, Alfred laissa sa tête retomber sur l'oreiller.

– Le Diamant de l'Inquisition a un défaut ?

Le vieux monsieur souleva les paupières. Sa respiration était rauque. Il haletait.

– Peu importe, reprit Harry. Repose-toi. Tu vas t'en tirer. Ne parle pas.

Alfred referma les yeux. Assis au chevet de son père, Harry céda au sommeil. Ce fut le médecin qui le réveilla en le secouant par l'épaule. Lorsqu'il posa son regard sur le lit, il eut l'impression que son père s'était levé pour faire une petite promenade, en oubliant son corps derrière lui.

Jeff revint pour l'enterrement. Il embrassa Harry sans un mot. Ses parents lui annoncèrent qu'ils le réexpédiaient en pension tout de suite après les funérailles. L'adolescent protesta, mais au fond il était soulagé. Della, qui était très attachée à son beau-père, pleura à chaudes larmes au bord de sa tombe. Elle commença avec Harry et Essie la période rituelle des sept jours de deuil, les *shiva*. Les pieds chaussés de pantoufles, ils reçurent les visiteurs assis devant un miroir voilé, sur des bancs en carton fournis par les pompes funèbres, adaptation moderne des traditionnelles boîtes de bois. Les deux premiers soirs, l'appartement d'Alfred se remplit de confrères de l'industrie du diamant, soutenant de très sérieuses conversations en anglais, en yiddish, en français et en néerlandais. Cette ambiance polyglotte rappelait à Harry la bourse des diamantaires où l'on discute, sans se presser et sans élever la voix, de la qualité et de la valeur des lots. Il tira de cette sensation un certain réconfort.

Essie avait l'intention d'observer les sept jours de deuil de la coutume, mais au troisième jour Harry fut tiré de sa tristesse par une visite d'Akiva.

– J'espère que l'évocation de souvenirs n'a pas précipité sa fin, déclara-t-il.

– Il était très âgé et souffrait d'hypertension. Et il ne prenait pas ses médicaments. Les médecins sont catégoriques : c'était inévitable.

L'Israélien eut l'air soulagé.

– Vous n'avez pas eu le temps de lui présenter votre requête, reprit Harry après une pause.

– Nous voulions qu'il vous renseigne sur le Diamant de l'Inquisition. Et que vous vous en portiez acquéreur.

– Comme je vous l'ai dit, il y a beaucoup de gens sur la liste.

– Vous êtes juif, monsieur Hopeman. Vous ne représente-riez personne d'autre que nous, n'est-ce pas ?

Harry exhala un soupir :

– Sans doute pas.

– Jérusalem est une femme fatiguée que s'arrachent trois prétendants. Les Juifs la tiennent par la taille – depuis la nais-sance de l'État d'Israël, en 1948. Mais les Arabes et les chré-tiens la tirent de leur côté, les uns par un pied, les autres par une main, au risque de l'écarteler. Eh bien, voyez-vous, c'est la même chose avec le diamant. Les Arabes seraient trop contents de se l'approprier ; il leur servirait de talisman dans leur guerre sainte... Car il ne faut pas s'y méprendre, la lutte autour de cette pierre est le symbole d'un combat autrement plus important. Que ce diamant fasse partie de l'histoire du peuple juif, cela, les Arabes s'en soucient comme d'une guigne ! Il paraît qu'il aurait appartenu à un moment donné au grand Saladin lui-même. Il aurait orné la couronne dans la *maksura*, l'espace réservé au sultan dans la mosquée de Saint-Jean-d'Acre, où leur chef spirituel tint un siège de deux ans contre les croisés, se taillant une réputation de héros.

– Mais les arguments des catholiques ont encore plus de poids, argua Harry. Ce sont eux les propriétaires du diamant depuis l'Inquisition. Ils tiennent à le récupérer comme leur bien. N'oubliez pas qu'on le leur a volé...

Akiva acquiesça :

— C'est vrai, il a longtemps fait partie des collections pontificales.

— Et qu'est-ce qui a pu convaincre David Leslau qu'il provenait du trésor du Temple ?

Après une légère hésitation, Akiva répondit :

— Je ne vous dirai rien avant que vous ne vous soyez engagé.

— Je ne m'engage à rien. Je viens d'enterrer mon père.

— Vous n'avez pas besoin de me le rappeler. Prenez le temps qu'il vous faut, monsieur Hopeman. Notre homme doit présenter plusieurs qualités, outre sa compétence en matière de diamants. Je parle de droiture, de fiabilité, de forme physique... Il faut aussi être prêt à prendre des risques. Et notez bien que je ne vous parle pas de risque financier. Vous n'engageriez en rien votre capital. Nous avons tout arrangé. L'argent proviendrait de dons de grosses fortunes américaines et françaises.

Harry eut un haussement d'épaules :

— Vous savez, un diamantaire est disposé à supporter une certaine dose d'inconfort pour décrocher une vente, mais en principe la mort ne fait pas partie des risques du métier !

— Le risque est minime, je vous assure, monsieur Hopeman. Et il y aura pour vous d'autres bénéfices qu'en espèces sonnantes et trébuchantes.

— Vous racontez n'importe quoi ! Ne me prenez pas pour autre chose que ce que je suis : un homme d'affaires !

Akiva le contempla d'un air songeur :

— Il m'avait pourtant semblé voir votre nom au bas d'articles très savants...

Pris de court, Harry ne put que bredouiller :

— Je sais à quoi je veux m'en tenir, voilà tout.

Son interlocuteur laissa échapper un soupir et sortit de sa poche une carte de visite qu'il posa sur la table.

— Téléphonez-moi. Le plus vite sera le mieux.

Alfred avait veillé dans son testament à ce qu'Essie ne manque de rien ; il avait laissé tout le reste à Harry. Ce dernier adressa à l'Armée du Salut les effets de son père ; il ne garderait qu'une cravate en guise de souvenir. Il empaqueta les lettres et les papiers d'Alfred dans deux boîtes de carton qu'il ficela. Quant au pot de vaseline contenant les diamants jaunes, il le glissa dans un sac de papier et téléphona à un service spécialisé afin de les transporter dans son coffre-fort.

Le soir du quatrième jour, l'appartement se remplit d'amis d'Essie, des vieux messieurs aux yeux tristes, des vieilles dames se plaignant de leurs pieds.

– Il faut que j'aille prendre l'air, déclara Harry à Della.

Essie les accompagna à la porte : elle considérait ce départ comme une insulte à la mémoire d'Alfred.

– Et l'argenterie...

– Tout est à toi.

– Ne fais pas le généreux. Je n'en veux pas. Je vais aller vivre avec ma sœur en Floride. Son appartement est tout petit.

– Je reviendrai demain, lui assura Della. Je m'occuperai de tout.

Essie se tourna vers Harry :

– Tu termineras les *shiva* chez toi ?

Il opina.

– Tu iras à la synagogue tous les jours ? insista-t-elle. Tu te joindras à un *minyan* au Diamond Club ? Tu diras le *kaddish* pendant un an ?

– Oui, mentit-il, prêt à promettre n'importe quoi du moment qu'elle le laissait échapper à cette atmosphère étouffante.

Ils prirent un taxi jusqu'à l'appartement de Della, où ils se mirent aussitôt au lit. En toute hâte. Comme deux amants très épris l'un de l'autre.

– Salaud, lui souffla-t-elle à l'instant où, la jouissance le submergeant, il se sentait fondre entre ses bras, entre ses cuisses.

– Harry, Harry, sanglota-t-elle ensuite.

Ses pleurs s'apaisèrent peu à peu. Ils restèrent allongés l'un contre l'autre. Mais quand, se soulevant sur un coude, il se pencha vers elle et déchiffra l'expression de son visage, il s'en voulut comme jamais : il en avait assez de lui faire du mal.

Ils finirent par s'endormir. Deux heures plus tard, il se réveilla avec des fourmis dans le bras qu'il avait passé entre les jambes de Della pour la calmer. Il retira doucement sa main.

— Ne pars pas, murmura-t-elle.

— Chut, fit-il en lui caressant les épaules.

— Tu vas briguer la place de ton père au sein des deux cent cinquante ?

— Sans doute.

Harry tâtonna dans le noir par terre, à la recherche de ses chaussettes.

— Tu pourrais prendre un poste à l'université. Ou vivre de ta plume. Comme ça, tu aurais plus de temps pour t'occuper de Jeff, et de moi.

Il ramassa ses affaires et passa dans la salle de séjour.

— Qu'est-ce que tu veux exactement ? demanda Della depuis la chambre.

Elle avait un certain culot, se dit Harry. N'était-ce pas elle qui s'était jetée dans ses bras ? Elle qui avait tenu à jouer les épouses en ces jours de désarroi ? Il ne lui avait rien demandé !

— Je ne sais pas. Tout.

Quelques minutes plus tard, il se retrouva seul avec ses boîtes en carton sur le trottoir de la 86ᵉ Rue. Il héla un taxi et rentra chez lui à Westchester avant le lever du jour. Une fois dans son bureau, il coupa les ficelles des boîtes. Son père était du style à tout garder. Beaucoup de factures, pas mal de lettres. Quelques-unes, écrites en allemand, de la main d'Essie. Elle écrivait bien, dans une belle langue passionnée, pas du tout comme son anglais. Harry découvrait que l'histoire de son père et d'Essie avait commencé bien avant leur mariage. Il resta assis là, à sa table, à regarder l'aube blanchir les carreaux. Jamais il n'aurait cru que sa belle-mère lui apparaîtrait un jour sous ces traits.

Il y avait quelques livres de comptes, si anciens qu'ils n'intéresseraient même plus le fisc. Son père était un homme soigneux. Harry trouva aussi trois carnets remplis de diagrammes. Les tables et les facettes étaient indiquées avec minutie, sans oublier l'indice de réfraction et le pouvoir de dispersion. À côté, une description manuscrite de l'écriture fine d'Alfred Hopeman. En tournant les pages, Harry se rendit compte que son père avait pris des notes précises sur chaque pierre qui était passée entre ses mains. Ce qu'il tenait là, c'étaient les légendaires carnets d'Alfred Hopeman.

Au milieu du deuxième carnet, il tomba sur la description du Diamant de l'Inquisition. Une étude détaillée et exhaustive, mais néanmoins troublante car elle passait sous silence le fameux défaut dont avait parlé son père sur son lit de mort. Il était encore très tôt ; Harry prit une douche, mangea un peu, puis téléphona à Herzl Akiva.

— Je vous envoie le carnet ?

— Je vous en prie, gardez-le, monsieur Hopeman. Comme je vous l'ai dit, nous cherchions cette information pour que vous en fassiez usage.

— Je n'ai pas changé d'avis, vous savez.

— Souhaitez-vous examiner le rouleau de cuivre ?

Harry eut un instant d'hésitation :

— Pas assez pour prendre un avion à destination d'Israël.

— Mais pour Cincinnati ?

— Oui, bien sûr.

— Rendez-vous au bureau de votre ami le Dr Bronstein. Il attend votre visite.

5

Le rouleau de cuivre

Harry entretenait une correspondance régulière avec Max Bronstein, mais les deux hommes ne s'étaient pas vus depuis des années. À l'époque où ils fréquentaient tous les deux l'école talmudique, la *yeshiva* de Brownville, ils passaient leurs soirées à la cafétéria à boire du café et à refaire le monde. Tant et si bien que chacun avait trouvé la force de se rebeller contre le destin que ses parents avaient tracé pour lui.

Harry gardait de sa jeunesse un souvenir pénible. Son père, en fuyant l'Allemagne et le nazisme, avait tout à la fois perdu ses racines et pris conscience de son judaïsme. Alfred était déterminé à donner à son fils une éducation religieuse et à veiller à ce qu'il garde vivante en lui la mémoire de la Shoah. Les choses s'étaient encore compliquées pour Harry le jour où le directeur de la *yeshiva* avait convoqué Alfred pour lui annoncer qu'il avait engendré un brillant sujet, ou, pour reprendre ses termes :

– Un *gaon*, un génie ! L'avenir de ce garçon n'est pas une mince responsabilité.

Après mûre réflexion, Alfred s'était ouvert de ce problème à son meilleur ami, Saul Netscher.

– Envoie-le donc chez mon frère, conseilla ce dernier.

Harry n'avait pas été peu flatté de cette proposition. Tous les enfants de la *yeshiva* connaissaient le redoutable rabbin

Yitzhak Netscher, directeur de la *yeshiva* Torat Moshe, un établissement de réputation internationale. Ainsi, au lieu de prendre comme ses camarades le chemin d'Harvard ou de Yale, Harry était devenu apprenti lettré. Chaque matin, sauf le jour du Shabbat, il sautait dans le métro jusqu'à Brooklyn, où, entre les murs d'un vieil immeuble au parquet grinçant, en compagnie de cinq garçons – dont Max Bronstein – et de leurs professeurs, il étudiait le Talmud et la littérature rabbinique.

C'était une étrange école dont les étudiants les plus brillants sortaient sans diplôme, hormis, s'ils le souhaitaient, une ordination rabbinique. Quelques-uns de ces exégètes étaient rivés à la même table depuis quinze ans, par amour de Dieu. D'autres appartenaient à la *yeshiva* depuis plus longtemps encore, chassés de Lituanie par les nazis. À l'époque, Bronstein était un adolescent longiligne au teint cireux avec ces grands yeux tristes que l'on voit aux portraits du Greco. Au bout de six mois, et d'une tonne de mauvais café, ils conclurent que Dieu, au même titre que le whisky et la guerre, avait été inventé par l'homme. Ébranlé par sa propre audace, Harry avait quitté la *yeshiva* pour aller polir des diamants dans la boutique de son père en attendant le début du semestre suivant à Columbia.

Son père, qui, en dépit de la tradition familiale, ne l'avait pas poussé à embrasser le métier de diamantaire, se révéla un professeur attentif et patient. Il commença par lui enseigner les bases en s'aidant d'un diamant comme abécédaire.

– Chacune de ces petites surfaces plates, bien polies, s'appelle une facette. La facette octogonale sur la partie supérieure de la pierre est la table. La partie inférieure s'appelle la culasse. Et l'endroit du renflement, ce qui correspond à la hanche d'une femme bien en chair, se nomme le rondis...

Quant à Bronstein, n'ayant pas la chance d'avoir un père comme Alfred, il avait fui les foudres du sien et s'était inscrit à l'université de Chicago. Pour financer ses études, il avait, par une ironie du sort, trouvé un emploi dans un abattoir casher. Une fois sa licence de linguistique en poche, il avait encore passé huit ans à étudier pour obtenir un doctorat. Ses nombreuses publications dans des revues spécialisées lui avaient déjà gagné une solide réputation dans le domaine de l'épigraphie et un poste prestigieux au Reform Seminary, qu'il avait accepté sans ciller, car cette grande institution juive réunissait, sans tenir compte de leur profession de foi, les meilleurs chartistes paléographes et épigraphistes des États-Unis.

— Salut, Harry, lâcha Max comme s'ils s'étaient vus la veille.

Sa poignée de main était énergique. Il avait grossi et son visage s'ornait d'une moustache.

— Ça fait un bail.

— Ça, oui, tu peux le dire.

— Comment va la vie, mon vieux Maxie ?

— Ça peut aller. Et la tienne ?

Harry sourit :

— Ça peut aller.

Ils évoquèrent ensuite le passé, leurs anciens camarades.

— On dirait que David Leslau a trouvé ce qu'il cherchait, finit par dire Harry.

— Tu as l'air jaloux.

— Pas toi, peut-être ? Une découverte pareille, c'est la chance d'une vie !

— Ça peut être aussi une vraie malédiction, rétorqua Bronstein d'un ton sec.

Il sortit d'un tiroir de son bureau une épaisse enveloppe marron dont il tira des photographies d'inscriptions en hébreu.

Harry ramassa les grands tirages noir et blanc :

— Je pensais que tu me montrerais les originaux.

— Tu rêves ! Mon ami David y tient comme à la prunelle de ses yeux.

— Je comprends, mais que peux-tu m'en dire ?

Bronstein haussa les épaules :

— Au bout de deux mille ans, le cuivre était presque totalement oxydé. David s'y est très bien pris, comme les Anglais avec les rouleaux de 1952. Sauf qu'au lieu de les tremper dans de la colle pour avion, il a consolidé le métal à l'aide d'une résine acrylique employée dans le programme spatial. Ensuite il a scié le rouleau dans le sens de la longueur. Les segments se sont détachés à la façon de pelures d'oignon. David s'est servi d'une fraise de dentiste pour enlever les dépôts terreux qui cachaient les lettres, dont la plupart se sont révélées lisibles.

— Elles avaient été gravées au burin dans le métal ? interrogea Harry.

— Oui, une sorte de poinçon, avec un marteau ou un gros caillou. Le cuivre était aussi pur que celui des rouleaux de 1952. D'après les spécialistes, il s'agirait d'un métal provenant de la même mine.

— Y a-t-il des différences entre les rouleaux ?

— Plusieurs. Ceux de 1952 étaient constitués de deux feuilles de cuivre enroulées et rivetées entre elles. Celui de David Leslau est plus large de quelques centimètres et ne comprend qu'une seule feuille. En outre, si les premiers étaient l'œuvre d'un seul homme, on détecte sur le second la main de deux personnes. Regarde...

Bronstein présenta une des photographies pour appuyer sa démonstration :

— Le premier segment du rouleau de David a été gravé par quelqu'un dont les forces déclinaient à mesure qu'il travaillait. Peut-être un vieillard, peut-être un malade. Certaines lettres sont presque illisibles.

Il présenta à Harry une deuxième image.

— À partir de là, tu vois, les lettres deviennent plus claires, mieux formées. Il y a, en plus, des différences de syntaxe. De toute évidence, le scribe a été relayé par quelqu'un de plus costaud, peut-être un jeune homme qui a pris ses paroles sous la dictée.

— Tu peux m'aider à le déchiffrer ? s'enquit Harry.

Bronstein plaça la feuille devant lui :

— Essaye d'abord tout seul.

Au bout d'une minute, Harry leva des yeux brillants vers son ami :

– Tu penses que c'est le Baruch de la Bible, le secrétaire de Jérémie ?

– Pourquoi pas ? sourit Bronstein. C'est affaire de croyance.

Comme en yiddish ou en hébreu moderne, les mots tout en consonnes avaient l'air émaciés sans la chair des voyelles. Harry avançait dans le texte en hésitant comme un enfant qui apprend à lire :

– Dans le point d'eau... devant le mur sur le côté nord...

– Bravo !

– ... enterré à trois coudées sous le rocher sur lequel... chantait le roi... un plat contenant cinquante-trois talents d'or.

– Tu vois, tu déchiffres très bien.

– Quel point d'eau devant le mur nord ? Quel rocher ? Quel roi ?

– Ah, fit Bronstein avec un large sourire. Tu commences à comprendre pourquoi je ne vois pas David Leslau en train de déterrer de sitôt les trésors du Temple. Le point d'eau a disparu depuis des siècles. Le rocher est peut-être redevenu poussière. On suppose que le roi en question est David, le psalmiste. Mais aucune légende à ce propos n'est parvenue jusqu'à nous. Nous ne savons même pas si la ville fortifiée dont il est question dans le rouleau est bien Jérusalem. Et pour compliquer encore un peu les choses, il ne faut pas oublier que les prêtres étaient des spécialistes du cryptage. Il est possible que même à l'époque, une personne ne détenant pas la clé du texte ait été incapable de localiser les cachettes.

Sur ces paroles, Bronstein ramassa sa mallette et se leva en déclarant :

– Tous les ouvrages de référence sont dans la bibliothèque. Si tu as besoin de moi, je suis à côté.

Le rouleau comportait de longs passages, chacun décrivant une *guenizah* avec une liste des objets qui y avaient été cachés. À mesure qu'Harry avançait dans son travail de déchiffrage, la table devant lui se couvrait de volumes ouverts. De temps à autre, une lettre manquante le forçait à jouer aux devinettes.

Quand le sens de ce qu'il lisait lui échappait, il notait le mot ou la phrase afin d'interroger Max. Arrivé à l'endroit où le second scribe avait pris la relève du premier, il sursauta presque tant il ressentit comme vivante l'intervention de cette main plus jeune certes, mais aussi plus rude, à l'orthographe approximative, souvent maladroite. Ce n'était pas l'écriture d'un scribe. Certains mots étaient attachés les uns aux autres, les lignes parfois se chevauchaient au milieu d'un mot.

Finalement, il lut les passages qui lui avaient valu d'être contacté par Akiva et de tenir aujourd'hui les photographies du rouleau de cuivre :

Dans le lieu de sépulture où Judas fut châtié pour avoir volé une partie du butin, enterrée à huit coudées et une demi-coudée, une gemme étincelante [un mot incompréhensible], *des cruches d'argent et des vêtements des fils d'Aaron.*

Et trois paragraphes plus loin :

Dans le lieu de sépulture où Judas fut châtié pour avoir volé une partie du butin, enterrés à vingt et une coudées, trois cents talents d'or, six coupes à sacrifices et des vêtements des fils d'Aaron.

Max Bronstein relut avec Harry les notes prises par celui-ci, puis traduisit entièrement les deux passages qui l'intéressaient particulièrement. La traduction de Max ne différa pas de la sienne.

— Les fils d'Aaron sont les prêtres, n'est-ce pas ?

— Harry, je ne peux pas te donner d'interprétation. Je veux bien traduire, mais je ne suis pas autorisé à aller plus loin.

— Autorisé ?

— Non, ce n'est pas le mot approprié.

— Curieux, un linguiste qui a du mal à trouver ses mots, ironisa Harry.

– Tu comprends, David doit pouvoir continuer à fouiller en toute tranquillité.

Harry adressa à son ami un sourire forcé :

– Relax, Max.

– Je suppose qu'ils veulent louer tes services ? questionna Bronstein à brûle-pourpoint.

– Comment sais-tu qu'ils ne m'ont pas commandité un simple article ?

– Quand il est question d'un diamant dans la liste des trésors ? Le nom d'Harry Hopeman suffit à dire la suite...

– Parce que mon nom est inconnu au bataillon des historiens, peut-être ? protesta Harry. Allez, Maxie, quelle est ma cote dans le milieu universitaire ?

Bronstein agita la main en l'air en murmurant :

– Couci couça.

– Tu racontes n'importe quoi !

Bronstein ne put s'empêcher de rire.

– Tu en as, de la chance, de pouvoir mener deux carrières de front, tu sais. Tu as publié combien d'articles cette année ?

– Sept.

– Et moi qui ai sué sang et eau pour pondre trois malheureux papiers ! soupira Bronstein.

– Oui, mais dans ta spécialité, tout est plus long.

– J'ai lu une ou deux publications de toi cette année. Du solide, de la matière, une excellente bibliographie, une synthèse remarquable. Comment fais-tu pour abattre un tel ouvrage ?

Son ami lui posait là une question qu'Harry avait appris à redouter.

– Je suis un homme ennuyeux, que veux-tu, je travaille, je travaille...

– C'est bien la dernière chose qu'on puisse penser de toi : un homme ennuyeux ! À d'autres !

– Je suis un drogué du boulot, comme d'autres du tennis... ou des vidéos porno...

– Je suis un peu comme toi. Mais tant de choses me prennent

par ailleurs, les enfants, les femmes... Ta femme, que fait-elle ? Elle joue au tennis, elle regarde des vidéos porno ?

– Peut-être maintenant, pour ce que j'en sais, répondit Harry d'un ton désabusé.

– Ah, souffla Bronstein en détournant le regard. Alors, tu es libre.

Laissant passer cet instant de gêne, Harry ferma les livres qu'il avait consultés et rangea ses affaires.

– Tu sais ce qu'ils veulent que je fasse ? demanda-t-il enfin.

Bronstein hocha la tête :

– Je t'en prie, ne me le dis pas.

Harry avait refusé l'invitation de Max Bronstein à venir dîner chez lui avec sa femme et ses enfants. Dans l'avion, tandis que Cincinnati prenait l'allure d'une maquette d'urbaniste avec son immense dépôt ferroviaire et les méandres argentés de l'Ohio, il se rappela soudain qu'il avait oublié d'annoncer à Max la mort de son père.

Après avoir allumé le plafonnier, il se plongea dans la relecture de ses notes.

Les fils d'Aaron ne pouvaient que signifier les prêtres. Le lieu de sépulture ? Pas un cimetière. À cette époque, les morts reposaient dans des cavernes ou étaient ensevelis sous un monceau de pierres. Il y avait aussi le problème des vêtements sacerdotaux. La tiare, l'éphod et le pectoral incrusté de pierres précieuses des douze tribus avaient été jugés d'une si grande valeur qu'on les avait cachés dans la *guenizah*.

Le lieu de sépulture où Judas fut châtié pour avoir volé une partie du butin ? Cela ne lui rappelait rien...

Dans un demi-sommeil, Harry médita sur le texte gravé sur le rouleau de cuivre, se figurant dans une sorte de songe la ville antique assiégée, les prêtres cherchant en toute hâte des cachettes pour le trésor du Temple, objets de culte, vases précieux, vêtements sacerdotaux.

À l'aéroport de New York, Sidney l'attendait avec la voiture. Une fois rentré chez lui, Harry se rendit tout droit à son bureau pour consulter les ouvrages de sa bibliothèque : bibles, livres de prières, textes talmudiques accompagnés de commentaires, brochures juridiques et théologiques juives, ainsi que des travaux scientifiques, médicaux et philosophiques. Il ne tarda pas à tomber sur le Livre de Josué, en rapport avec cette phrase du rouleau :

Le lieu de sépulture où celui qui a commis l'infamie fut châtié pour avoir volé une partie du butin.

Lors de la prise de Jéricho, un soldat de Josué nommé Achane, fils de Carmi, fils de Zabdi, fils de Zerah, de la tribu de Juda, avait désobéi à l'ordre divin interdisant toute capture de butin. Il avait volé un manteau de Shenhar et un lingot d'or. Quand son péché fut découvert, il fut accusé d'avoir provoqué l'échec de la conquête de la ville d'Aï et condamné à mort avec tous les siens.

Le lieu de la lapidation, une petite vallée bordée de collines creusées de grottes, reçut le nom de vallée d'Achor, qu'elle porte encore aujourd'hui.

Harry consulta la carte : cette vallée se trouvait juste au sud de Jéricho, sur la rive droite du Jourdain.

6

Mazal un brocha !

Deux nuits de suite, il rêva de son père. Pendant la journée, il se surprenait à vouloir téléphoner à tout bout de champ à Alfred. Harry tournait en rond. La cliente de Detroit le rappela deux fois, mais Harry ne se faisait aucune illusion : elle ne rappellerait pas une troisième. Il se mit en quête d'une pierre assez spectaculaire pour convenir à l'acteur, mais là non plus, il n'eut pas de chance : il fallait attendre que quelque chose se présente sur le marché. Pour couronner le tout, Harry avait beau se creuser la tête, il ne trouvait aucune nouvelle idée d'article. Il fut presque soulagé du coup de fil que lui passa le rédacteur en chef de la *Slavik Review* à propos d'une phrase de son papier sur les gemmes russes qu'il souhaitait modifier. Le rédacteur n'avait que des compliments à lui prodiguer :

— Vous devriez envisager un voyage à Pékin. On vous prendrait un article sur l'histoire de la collection impériale.

Cette pensée était séduisante. Personne n'avait encore publié d'étude approfondie sur les collections des empereurs de Chine. Il y avait là matière à produire un ouvrage de référence.

— Les joyaux chinois remontent au Xe siècle, à la dynastie Song, continua le journaliste. Il faudrait que la République populaire vous autorise à travailler dans l'enceinte même du musée de la Cité interdite.

— Oui, ce serait très intéressant, acquiesça Harry, songeur.

Mais pas tout à fait autant que de se plonger dans les origines de sa propre culture, vous ne trouvez pas ?

Après avoir raccroché, Harry sortit de son portefeuille la carte de visite d'Akiva, la déchira et la jeta au panier.

— Monseigneur ?

— *Buongiorno*, monsieur Hopeman.

— Cardinal Pesenti... Je suis au regret de vous annoncer que je ne vais pas pouvoir vous représenter pour l'affaire dont nous avons parlé la semaine dernière.

— *Ho bisogno di Lei*, murmura le prélat. J'ai besoin de vous, monsieur Hopeman.

— Je suis désolé, Monseigneur.

— Dites-moi, serait-ce une question d'argent ? Si c'est le cas, je suis sûr que...

— Non, il ne s'agit pas d'argent.

— Représentez-vous quelqu'un d'autre, alors ?

— Je n'ai encore rien décidé.

— Eh bien, au revoir, monsieur Hopeman, conclut le cardinal.

Harry resta un instant à écouter les grésillements sur la ligne, puis raccrocha.

Un employé du garage de West Nyack lui livra sa Lamborghini. Il se mit aussitôt au volant et ne tarda pas à pester d'avoir à conduire à quatre-vingt-dix kilomètres-heure une douze cylindres qui ne demandait qu'à bondir à plus du double de cette vitesse. La carrosserie chocolat s'harmonisait presque trop bien avec l'intérieur en cuir crème. À l'époque où il l'avait achetée, il avait entendu Ruth déclarer à son mari qu'avec le prix de la voiture ils auraient pu se payer la maison de leurs rêves. Aujourd'hui, il était guéri de sa folie automobile. La seule qu'il aurait bien voulu avoir était la Duesenberg, mais ce bijou n'avait été fabriqué en tout et pour tout qu'en trente-huit exemplaires entre 1932 et 1935. Chacun demeurait attaché à un nom célèbre : Clark Gable, Gary Cooper, le roi Farouk d'Égypte, Alphonse d'Espagne, Nicolas de Roumanie. Les Lawrenson auraient pu s'acheter trois châteaux avec le prix d'une seule de ces légendes sur roues. Il n'en restait plus que trente dans le monde, et aucune n'était en vente – sinon cela se serait su. La Duesenberg était presque aussi parfaite, aussi rare et d'un prix aussi fabuleux qu'un diamant... D'où sans doute la fascination qu'elle exerçait sur Harry.

Sans s'en apercevoir, il avait pris sur l'autoroute la direction de la pension de Jeff. Vastes pelouses, annexes en brique, arbres centenaires : le parc de l'établissement montrait tout ce que l'on offrait à son enfant en plus d'une excellente scolarité quand on remplissait le chèque trimestriel. La chambre de son fils sentait la vieille chaussette. Personne. D'une chambre voisine surgit un grand échalas à lunettes.

– Hopeman ? répéta-t-il quand Harry l'interrogea. Il est à l'entraînement de base-ball.

Harry se remit au volant pour descendre au pas l'allée plantée de grands pins. Il s'arrêta au bord du terrain. Quand il avait embrassé Jeff après l'enterrement, l'enfant avait eu l'air content de retourner à l'école. Pourquoi être venu l'importuner ? Et qu'avait-il à lui dire au fond, à part « bonjour » ? Harry fit demi-tour.

Une fois rentré chez lui, il se prépara un apéritif, glissa un CD de la chanteuse de jazz Bessie Smith dans le lecteur de sa chaîne hi-fi et, allongé sur le canapé, s'efforça de s'absorber dans la lecture d'un roman. Le livre ne tarda pas à lui tomber des mains. Non, ce qu'il lui fallait, c'était la compagnie d'une femme. Pas une femme du style Della, toujours prête à le culpabiliser. Il avait un nom en tête... Harry se leva pour consulter l'annuaire. Il composa un numéro.

Quand une voix masculine répondit à l'autre bout du fil, Harry, comme un vulgaire farceur, raccrocha sans prononcer un mot. Après être resté quelques minutes sans savoir quoi faire, il se pencha pour ramasser dans la corbeille à papiers la carte de visite déchirée. Lorsqu'on réunissait les deux morceaux, la suite de chiffres devenait lisible. Il reprit le combiné.

Dès la première sonnerie, on décrocha. Une voix féminine, aimable et neutre, récita le numéro. Sans doute une réceptionniste.

— Je voudrais parler à M. Akiva, dit Harry.

Harry comprit dès son arrivée pourquoi l'Israélien lui avait donné rendez-vous dans un restaurant casher. À la table d'Akiva, était déjà assis un vieux lutin. Saul Netscher.

— Qu'est-ce qu'il fait là ? protesta Harry à l'adresse d'Akiva en montrant Saul du doigt.

— C'est lui qui m'a invité, se défendit Saul de sa voix enrouée.

Petit, râblé, la tête blanche, il portait une cravate qui jurait avec son costume marron tout fripé. Il était aussi négligé que son ami Alfred avait été coquet.

— Qu'est-ce que tu viens chercher ici, Saul ? Un autre double pontage ?

— C'était il y a quatre ans, Harry, ne fais pas l'idiot.

— Tu crois à l'éternelle jeunesse ? Vieux fou, va, on devrait t'enfermer !

— Du calme, Seigneur ! intervint Akiva.

Harry passa sa commande au serveur en grommelant : du foie haché et une salade. Akiva choisit une côte de bœuf, et Saul Netscher un goulasch et une bouteille de slivovitz.

— Il restera à New York, précisa Akiva. Il n'y a aucun danger en ce qui le concerne. Ni pour vous, d'ailleurs. Vous allez partir pour Israël. Si le diamant est vraiment celui qu'on recherche, vous l'achèterez pour nous. On compte sur vous.

— Je ne veux pas qu'il soit mêlé à cette affaire. C'est bien clair ? insista Harry.

— Harry, qu'est-ce que c'est que ces manières ? Tu parles comme si je n'étais pas là !

Harry fit la sourde oreille :

— Et où êtes-vous allé pêcher de pareilles sornettes ? Vous ne m'avez jamais caché que l'entreprise était risquée.

Akiva lâcha un soupir :

– Bon. Parlons alors des risques. Il y a des militants des mouvements islamistes à qui il ne déplairait pas de mettre la main dessus. Ils se serviraient du diamant comme symbole du Djihad. D'autres y voient une façon de se remplir les poches. Cela dit, vous pouvez compter sur notre protection. Ce sont les vendeurs que vous avez le plus à craindre. Ils ne vous céderont la pierre qu'une fois leur compte en banque aux États-Unis approvisionné de la somme convenue. Avant cela, vous serez leur otage.

– Leur otage ? répéta Harry.

– Si vous tentez de leur soustraire le diamant sans les payer, ils vous tueront.

– J'ai conclu un bon nombre d'affaires dans ma vie sans tout ce... cirque ! Il faudra trouver une autre façon de procéder.

– Ce sont eux qui imposent la règle du jeu, répliqua Akiva avec un haussement d'épaules.

– Alors, qu'ils aillent au diable !

– Écoute, Harry, intervint Saul, ne fais pas ta mauvaise tête. Ils ne te liquideront que si tu essayes de les rouler. Mais comme tu n'es pas un escroc, tu n'as pas de souci à te faire.

Ce n'était pas la première fois qu'Harry notait un frémissement de la tête chez Saul. Et dès qu'il ne croisait plus les doigts, sa main gauche se mettait à trembler. Quand il était petit, comme Saul et son père étaient voisins, sur la 96ᵉ Rue Est, les deux hommes se retrouvaient presque tous les après-midi à la Young Men's Hebrew Association du quartier, au coin de Lexington Avenue et de la 92ᵉ Rue. Dans l'étuve des bains de vapeur, ils discutaient sans fin de sujets allant de Schopenhauer à la podologie pendant qu'Harry apprenait l'art de survivre dans un enfer humide au milieu d'une forêt de jambes poilues. À l'époque, Saul Netscher, haut comme trois pommes, était un haltérophile si impressionnant qu'on le surnommait *Shtarkeh-Moyze*, la Super-Souris. Un jour, il avait lavé la tête d'Harry dans la douche. Ce dernier avait cru que ses doigts d'acier lui soulevaient la peau du crâne. Après quoi, il crut volontiers Saul capable de tordre des barres de fer.

Harry avait fini par trouver d'autres façons d'occuper ses après-midi, puis son père avait épousé l'ennuyeuse Essie. Les rencontres quotidiennes des deux hommes s'étaient espacées, et avaient cessé tout à fait. Mais Harry avait continué dans son esprit à appeler Saul le *Shtarkeh-Moyze*. Et à présent, il devait bien se rendre à l'évidence : la Super-Souris était devenue très vieille.

— Vas-y, continua Saul. Si le diamant te semble suspect, ou si quoi que ce soit s'oppose à cet achat, laisse tomber et rentre tout de suite. S'ils sont ce que l'on pense qu'ils sont, des gens qui ont quelque chose à vendre, ils ne vont pas nous causer d'ennuis.

La côte de bœuf avait l'air coriace, mais, à la surprise d'Harry, Akiva l'attaqua de joyeux appétit.

— Comment vais-je entrer en contact avec eux ?

— Ce sont eux qui vous contacteront, répondit Akiva. Je les préviendrai de votre arrivée. L'homme qui viendra vous trouver s'appelle Mehdi. Yosef Mehdi.

Akiva épela lentement. Harry hocha impatiemment la tête.

— C'est lui qui vous mènera à la marchandise.

— Et s'il veut me faire passer de l'autre côté de la frontière ?

— C'est presque inévitable, lui apprit Akiva d'une voix calme. Vous comprenez pourquoi il est essentiel que la personne chargée de régler la note à New York soit de toute confiance ?

— Bon, dit Harry, vous déposerez l'argent à la Chase Manhattan Bank au nom de Saul. Lorsque je le contacterai et lui dirai que j'achète, et à quel prix, il opérera le transfert de fonds en suivant les instructions des vendeurs.

— Ça me paraît raisonnable, approuva Akiva.

Saul se versa un verre de slivovitz avec un large sourire pendant que l'Israélien disséquait un morceau de gras sur son assiette.

— Ah, mais j'accepte à deux conditions, ajouta Harry. Primo, je ne vous rends pas d'autre service. Votre trafic ne me dit rien.

Les yeux fixés sur Harry, Akiva hocha la tête en signe d'assentiment.

– Deuxièmement, je voudrais travailler sur le rouleau de cuivre avec David Leslau.

– Pas question.

– Bon, alors c'est non.

– David Leslau n'est pas un homme commode. Il a ses secrets. Il refuse de les partager. Un fichu caractère.

Ils se contemplèrent un moment en silence, puis Akiva dit :

– C'est uniquement pour ça que vous m'avez appelé, n'est-ce pas ?

– Oui, reconnut Harry.

– Qui vous a fait croire que vous étiez l'envoyé de la providence, monsieur Hopeman ?

– Moi, déclara Saul Netscher dans un sourire tandis que le serveur leur versait du thé.

Saul serra un morceau de sucre entre ses dents et but son thé brûlant à toutes petites gorgées.

– C'est grâce à moi qu'il est ce qu'il est, reprit Saul. Il n'avait pas encore de barbe au menton quand il est venu me trouver. Perdu. Il abandonnait ses études talmudiques. Il rêvait d'entrer dans l'industrie du diamant et en même temps de poursuivre une carrière d'érudit. Vous savez ce que je lui ai dit ?

– J'ai le sentiment que vous allez me l'apprendre.

– Tu m'as raconté l'histoire de Maimonide, intervint Harry.

– Oui, je lui ai parlé de Maimonide. Vous êtes-vous jamais demandé, monsieur Akiva, pourquoi l'industrie diamantaire est juive ? Eh bien, vous savez sans doute qu'au Moyen Âge nous n'avions pas le droit de cultiver la terre comme tout le monde, puisque nous n'étions pas autorisés à en posséder. Certes, le négoce nous était permis, mais seulement celui des articles dont personne ne faisait le commerce, comme les diamants. C'est ainsi que s'est ancrée une tradition si forte que même aujourd'hui, même quand on n'est pas juif, quand on conclut une vente, on dit « *Mazal !* » et l'autre vous répond :

« *Mazal un brocha !* » Bonne chance et soyez béni. Des mots plutôt agréables à entendre à la fin d'une transaction, non ?

— Et Maimonide dans tout ça ? lui rappela Akiva d'un ton las.

— Ah, Moïse Maimonide. Le grand philosophe, écrivain, juriste, médecin. Oui, il a été tout ça grâce au commerce de diamants de son frère David. Ils ont établi une règle qui a été suivie par des centaines de nos coreligionnaires. L'un pour le négoce, un diamantaire, comme moi. L'autre pour Dieu, un lettré ou un rabbin, comme mon frère. Dites-moi, monsieur Akiva, savez-vous ce qui est arrivé à la plus haute autorité rabbinique de son temps lorsque son commerçant de frère, David ben Maimon, se noya pendant un voyage d'affaires ? Non ? Eh bien, lorsque la mort de son frère le priva de son gagne-pain, Maimonide embrassa lui-même le commerce des diamants afin de financer ses études. Et voici le conseil que j'ai donné à ce jeune homme venu me consulter : « Tu n'as pas de frère. Mais en toi, tu as les capacités de deux frères. » Et, monsieur Akiva, je ne m'étais pas trompé. Vous avez devant vous Harry Hopeman, le diamantaire. Mais vous avez aussi un homme que respectent les érudits du monde entier. À votre place, je n'hésiterais pas à solliciter David Leslau en sa faveur.

— Dites à Leslau que je peux éclairer certains points obscurs du rouleau, déclara Harry. Je suis en mesure de localiser au moins l'une des cachettes citées.

Avec un soupir, Akiva recula sa chaise de la table :

— J'ai rarement entendu plaidoyer plus convaincant.

— Attendez ! s'exclama Harry. Vous m'aviez dit que, lorsque je me serais engagé, vous m'expliqueriez pourquoi Leslau est convaincu que le diamant provient du trésor du Temple.

— Puisque vous avez l'intention de forcer sa porte, David Leslau se fera un plaisir de vous l'expliquer en personne...

Là-dessus, l'Israélien se leva pour prendre congé.

— Je vous rappellerai dans quelques heures au plus tard, promit-il avant de les laisser contempler les reliefs de leur repas.

Tout en jouant avec les miettes de pain sur la nappe, Saul Netscher leva des yeux brillants sur Harry.

– Alors, Harry ?

– Sait-on s'il est vraiment ce qu'il dit qu'il est ?

– Il dit la vérité.

– Comment peux-tu en être si sûr ?

– J'ai exigé des preuves. Il m'a envoyé au consulat israélien. J'y suis allé hier matin. J'ai rencontré le consul et une douzaine de collecteurs de fonds. Nous nous sommes serré la main, le consul m'a remercié pour mon soutien. Ensuite il m'a donné un cigare et m'a assuré qu'il n'était pas au courant du projet mais qu'Akiva était un agent de toute confiance.

– C'est rassurant, énonça Harry.

– Tu crois ? À mon avis, c'est un *mamzer* à sang froid, un salopard. Je me méfierais plus de lui que de ceux que tu vas rencontrer.

– Il ne me fait pas peur. Mettons que pendant qu'ils me retiennent en otage, tu... bon, des maladies surviennent, des accidents curieux...

– Parle franchement. C'est vrai, je suis vieux et j'ai le cœur fragile. Je pourrais mourir pendant que tu es là-bas, ou même tout de suite à cette table. Tu as raison. Je laisserai une lettre à mes avocats. Si jamais il m'arrive quoi que ce soit, ils opéreront le transfert à ma place.

Saul lui adressa un sourire, pas gâteux pour un sou, totalement sain de corps et d'esprit :

– Harry, pas de culpabilité, s'il te plaît. En me permettant de t'aider, tu me rends service, crois-moi.

Harry eut une moue amusée : dans l'esprit de Saul, ils étaient en train de hisser le pavillon du *Maguen David*, le bouclier de David frappé de l'étoile à six branches. À partir de là, on pouvait se demander quelles étaient les limites de son imagination...

– Arrête de jouer avec ces fichues miettes, marmonna Harry.

– Tu sais ce que j'ai fait pendant trente ans ? J'ai vendu des bonds du Trésor israéliens, des bouts de papier, à des amis.

J'ai collecté beaucoup d'argent, plus que cette affaire ne représente. Mais en quoi se transforme l'argent des obligations de l'État israélien ? En développement industriel. Je me dis que j'ai peut-être contribué à créer une usine par-ci par-là. C'est ça, la vie, pouvoir participer au cours des choses... Et, Harry, grâce à toi, je suis tombé dans la fontaine de jouvence.

– La question est : sais-tu nager ? lança Harry, la mine moqueuse.

Saul hurla de rire puis leva son verre :

– *Lékhaïm !*

Toutes les têtes se tournèrent de leur côté. Mais peu importait à Harry. Il leva à son tour son verre en regrettant de ne plus croire que les mains tavelées de l'ami de son père étaient capables de tordre des barres de fer.

– *Lékhaïm !* À la vie, Saul !

7

La vallée d'Achor

— Que vais-je faire pour la bar-mitzvah ? s'exclama Della.
— Tu as carte blanche.
Silence.
— Si cela ne tenait qu'à moi, je resterais. Mais ça ne peut pas attendre.
— La bar-mitzvah non plus. Téléphone quand même à ton fils pour lui dire au revoir, énonça-t-elle d'un ton plein d'amertume.

— Auriez-vous la gentillesse de regarder si Jeff Hopeman est dans sa chambre, s'il vous plaît ?
— Hopeman ? répondit la voix juvénile. Tiens, c'est pour toi...
— Allô ?
— Jeff, c'est papa.
— Salut.
— Ça va ?
— Ça va. Tu es passé la semaine dernière ?
— Oui.
— Wilson était sûr que c'était toi.
— Qui ?
— Wilson, le garçon de la chambre à côté. Pourquoi t'es pas resté plus longtemps ?

– Tu... tu jouais au base-ball.

– Bof. J'aurais pu les laisser.

– Je ne voulais pas te déranger. Et puis j'étais pressé. Écoute, je dois m'absenter. Pour un voyage d'affaires.

– Combien de temps ?

– Le temps qu'il faudra.

– Tu seras là dans deux semaines ?

– Je n'en sais rien. Pourquoi ?

– C'est les vacances... Je ne veux pas aller en colo. Maman dit que tu voudrais bien me faire travailler.

– C'est une idée géniale, concéda Harry. Mais si les négociations traînent, cette affaire pourrait bien me prendre tout l'été.

– Où est-ce que tu vas ?

– En Israël.

– Je pourrais te rejoindre ?

– Non, répondit Harry, cette fois avec fermeté.

– Tu crois que je suis encore un bébé, c'est ça ? rétorqua son fils d'une voix rageuse. Je ne peux pas avoir de fusil, je suis obligé d'aller en colo. La colo, c'est naze.

– Ce sera ta dernière année. Promis.

Comme Jeff se taisait, Harry ajouta :

– Je viendrai te voir à mon retour. On pourra bavarder de ce job. D'accord ?

– Ouais.

– Au revoir, Jeff.

– Salut.

Ils n'avaient pas plus tôt raccroché qu'Harry rappela son fils.

– Écoute, que dirais-tu de bosser chez Saul Netscher pendant tes vacances ? Tu apprendras des tas de choses avec lui. Et puis, quand je reviendrai, tu travailleras avec moi. C'est d'accord ?

– Super !

– Je vais m'arranger avec Saul. Il va être ravi, mais je te préviens : il va t'exploiter. Il va t'obliger à balayer et à faire ses courses.

– Génial ! Il m'apprendra aussi à tailler ?

– Pour ça, il faut des années d'apprentissage. C'est très difficile.

– Si toi, tu y es arrivé, alors pourquoi pas moi ?

Harry ne put s'empêcher de rire.

Trois jours avant le départ, Harry reçut de bon matin une grande enveloppe blanche. Pas la moindre indication sur l'identité de l'expéditeur. Il s'agissait d'un dossier sur l'homme qu'il devait rencontrer en Israël. Il en prit connaissance dans l'avion qui l'emmenait au Proche-Orient.

Hamid Bardissi, dit Yosef Mehdi, était né en Égypte avant la Seconde Guerre mondiale. Son père, un proche de la famille royale, avait été ambassadeur d'Égypte en Grande-Bretagne. Yosef Mehdi avait été marié deux fois. Sa deuxième femme était morte en accouchant d'un enfant mort-né. Après l'abdication de Farouk, toutes les terres de sa famille avaient été confisquées. Lui-même était interdit de séjour sur le sol égyptien. On le soupçonnait d'avoir récupéré par on ne sait quel subterfuge des bijoux ayant appartenu à Farouk. Réfugié en Jordanie, ce spécialiste des pierres précieuses avait récemment approché plusieurs personnes connues pour leurs sympathies occidentales à propos d'une éventuelle vente de diamants.

Lorsque la porte de l'appareil s'ouvrit au-dessus du tarmac de l'aéroport Ben-Gourion, Harry plissa les paupières, regrettant le vin blanc sec dont il avait abusé pendant le vol pour tromper son ennui. Sous un soleil de plomb, il franchit la douane et se glissa dans un taxi. Une demi-heure plus tard, son mal de tête se doubla d'une épouvantable nausée au moment où, aux abords de Jérusalem, la route se festonna de carcasses de métal tordues, rongées par la rouille.

– Un souvenir de la guerre d'Indépendance et de celle des Six Jours, une sorte de mémorial, énonça le chauffeur de taxi comme s'il lisait dans ses pensées.

Harry hocha la tête :

— Je sais. Ce n'est pas mon premier séjour.

Aussitôt dans sa chambre de l'hôtel King David, Harry téléphona à David Leslau, mais l'archéologue s'était absenté pour la journée. Il laissa un message. Les fenêtres donnaient sur une muraille ancienne, superbe, au pied de laquelle se serraient des maisons arabes – Jérusalem-est. La Vieille Ville scintillait sous un soleil d'or. Harry ferma les persiennes et se coucha entre les draps frais. À son réveil le lendemain matin, sa migraine avait disparu. À 9 h 10, il attaquait un petit déjeuner d'œufs, de fromage blanc au lait de brebis, de petites olives vertes, arrosé de thé glacé, quand le téléphone sonna. C'était Leslau. Il accepta sans se faire prier l'invitation d'Harry.

Celui-ci fut étonné par la laideur du célèbre archéologue. Des jambes de gnome, un torse bombé de taureau, une barbe rousse et une tignasse qui n'avaient pas vu ni ciseaux ni peigne depuis bien longtemps, une chemise jadis blanche et des baskets éculées et poussiéreuses. Ses yeux marron agrandis par les verres épais de ses lunettes se posèrent comme un reproche sur l'Américain.

Ils s'installèrent dans les fauteuils du hall de l'hôtel, qui bruissait du va-et-vient des touristes.

— Quel passage du rouleau avez-vous traduit ? interrogea Leslau sans préambule.

Harry lui fit part de ses conclusions.

— Hum... Mon pauvre ami, on débarque d'Amérique avec des rêves d'immortalité plein la tête, hein ?

— Ne me parlez pas comme ça, repartit Harry d'un ton calme.

— Vous êtes la quatrième personne à identifier la *guenizah* décrite dans ce passage.

Comme Harry le contemplait sans mot dire, l'archéologue se leva en soupirant :

— Suivez-moi.

70

Leslau conduisait sa vieille Volkswagen à tombeau ouvert sur les routes en lacet des collines aux crêtes ondoyantes.

– Vous êtes déjà venu dans le coin ?

– Non.

Ils roulaient à présent au milieu d'une plantation de bananes et de citrons.

– On se croirait au Soudan, vous ne trouvez pas ? lança l'archéologue.

Comme Harry ne répondait pas, il ajouta en lui jetant un coup d'œil :

– Je vous ai coupé le sifflet tout à l'heure, hein ? Excusez mon franc-parler. Mais à mon âge, on ne me changera pas.

– Qui a localisé en premier la *guenizah* ? s'enquit Harry, amadoué.

– Max Bronstein. Mais j'avais déjà plus ou moins trouvé moi-même. Ensuite on a consulté quelqu'un de l'Hebrew University, une fille très brillante qui a débarqué elle aussi dans la vallée d'Achor.

À un croisement, Leslau bifurqua vers le sud, à main gauche.

– Les fouilles archéologiques de Jéricho se trouvent à quelques kilomètres au nord d'ici. Ça fait soixante-dix ans qu'on creuse et on n'a pas encore épuisé le site. Jéricho est la plus vieille ville du monde. Ses ruines sont les seules connues à ce jour datant de l'âge de pierre.

– Quand vous avez fouillé les *guenizoth* indiquées dans le rouleau, qu'avez-vous découvert ?

– Que nous n'étions pas les premiers à creuser. Les *guenizoth* avaient déjà été visitées...

Leslau sortit de la route et roula à vive allure jusqu'à une falaise de pierre devant laquelle, par la force des choses, il s'arrêta.

– Jusqu'ici, déclara-t-il, nous sommes bredouilles.

L'archéologue sortit de la boîte à gants une torche électrique et précéda Harry.

71

— Nous sommes dans la vallée de Buke'a, jadis vallée d'Achor.

À quelques kilomètres seulement des verdoyantes plantations de l'oasis, le paysage avait pris des allures de désert. De petits oiseaux noirs à queue blanche sautillaient sur les fines branches flottantes des tamaris et des acacias bleus.

— Pensez-vous qu'Achane et les siens aient été lapidés ici ? avança Harry.

— Une exécution militaire « pour l'exemple » ? Ça ne sonne que trop vrai. Les armées à l'époque étaient sans doute aussi inhumaines que celles d'aujourd'hui. Je pense qu'ils ont été tués ici... Attention à votre tête, indiqua Leslau en s'arrêtant devant une cavité dans la falaise.

L'entrée de la caverne ne dépassait pas 1,40 mètre de hauteur, le plafond à l'intérieur ne s'avérant guère plus élevé. Le faisceau de la lampe de Leslau balaya une petite pièce oblongue qui s'abaissait au bout comme une mansarde. Deux rectangles étaient tracés par terre. Harry s'accroupit au bord du premier :

— De quelle *guenizah* s'agit-il ?

— Enterrée à huit coudées et une demi-coudée, une gemme étincelante... La cachette du diamant...

— Mais vous n'avez rien trouvé.

— Quelques vieilles pièces de monnaie datant du Moyen Âge, un morceau de glaive rongé par la rouille... La lame était cassée. On pense qu'on s'en est peut-être servi comme pelle. La poignée était gravée d'une croix.

— Les croisades ?

L'archéologue acquiesça.

— Sans doute la deuxième, précisa Leslau en inspectant le second rectangle tracé au sol. Ils se sont emparés du diamant. Ensuite il est tombé entre les mains de Saladin, pour être finalement récupéré par les chrétiens.

— Vous avez une preuve ?

— La première allusion à ce diamant remonte à une date tout juste postérieure à celle où la cachette a été violée. Saladin lui-même, quand il dépose la pierre à la mosquée d'Acre, déclare que ses hommes l'ont prise à des soldats appartenant aux lambeaux de l'armée française après la victoire des musulmans.

– Pourtant, moins d'un siècle plus tard, le diamant se retrouve dans l'Espagne chrétienne, où il est taillé.

– Après quoi il fut donné à l'Église par le comte de León, Esteban de Costa, qui était une sorte d'éminence grise de l'Inquisition. Lui-même l'avait dérobé à un Juif condamné à mort. Il se plaisait pourtant à laisser entendre que la pierre avait été saisie dans la mosquée d'Acre par des croisés espagnols de pur sang chrétien au cours d'une des dernières croisades... Les trois religions se sont repassé ce diamant comme un ballon, si j'ose dire. Sauf que les prétentions des Juifs remontent à des temps beaucoup plus reculés. Vous connaissez bien la Bible ?

Harry haussa les épaules.

– Vous vous rappelez que le roi David n'eut pas l'honneur de construire le Temple parce qu'il avait du sang sur les mains.

– Samuel II, chapitre 11.

L'archéologue approuva avant de poursuivre :

– C'est son fils, Salomon, qui fut chargé de construire le Temple. La Bible décrit aussi ses trésors : « Des pierres d'onyx et des pierres à enchâsser, des pierres d'ornement et de couleurs bigarrées, ainsi que toutes sortes de pierres précieuses. »

– Les Chroniques, Livre Premier ?

– Chapitre 29, confirma Leslau, toujours souriant. Et quatre siècles plus tard, le roi de Babylone Nabuchodonosor va assiéger Jérusalem et mettre le feu au Temple, au palais royal et à toute la ville. Avant son arrivée, à en croire le rouleau de cuivre, les prêtres ont réuni les objets de plus grande valeur afin de les cacher. Mettons que le diamant canari venait de ce trésor. Rien n'était plus simple que de le dissimuler. On peut imaginer qu'on ait pu le vendre afin de reconstruire un temple.

– D'après Akiva, Mehdi aurait aussi un grenat à vendre.

– Il est moins aisé d'identifier le grenat. Alors qu'il n'existe qu'un seul diamant jaune de ce type. Et s'il provient vraiment d'ici, ce pourrait être un objet sacré. Peut-être une des pierres prises aux vêtements des fils d'Aaron. Ceux qui ont enfoui ces trésors étaient très intelligents. La première *guenizah* était très étroite. Ils se sont dit que les voleurs, s'ils venaient, trouveraient le diamant jaune et s'en iraient sans pousser plus loin leurs investigations. Dans la deuxième *guenizah*, enfouies plus profondément dans la terre, les pierres sacrées étaient en sécurité.

Harry songea au pot de vaseline de son père, avec le gros diamant synthétique placé au-dessus comme leurre pour détourner l'attention des éventuels cambrioleurs.

— Comment pouvez-vous être sûr que les croisés n'ont pas violé la deuxième *guenizah* ? interrogea-t-il.

— Elle a été violée, mais beaucoup plus tard. On y a retrouvé un bouton de cuivre appartenant à un uniforme de l'armée britannique du début du XXe siècle, indiqua Leslau en s'asseyant sur la terre battue. Cette région était peuplée de bédouins. Des bergers nomades... Ils ont été sédentarisés par le gouvernement israélien, mais il fut un temps où ils vivaient en partie de contrebande. C'est ce que m'a raconté l'un d'eux, un très vieux berger...

— De la contrebande de quoi ?

— D'après lui, ils se livraient au trafic du tabac. Ils le revendaient aux soldats anglais. Mais, comme les Anglais avaient tout le tabac qu'ils voulaient, je suppose qu'il s'agissait plutôt de haschisch. Toujours est-il qu'il prétend avoir creusé un grand trou dans cette caverne pour y enterrer sa marchandise et avoir mis au jour des objets par hasard.

— Quelle sorte d'objets ?

— Il ne se souvient plus très bien. Des ustensiles de métal pesants, très anciens, et des pierres de cristal coloré dans un petit sac de cuir moisi. Son père avait tout apporté à Amman, où il avait vendu le lot à un antiquaire pour quelques livres sterling. Il se souvenait du chiffre exact. La famille n'avait jamais eu autant d'argent !

— On a interrogé l'antiquaire ?

— L'antiquaire est mort depuis quarante ans.

— Vous croyez à la parole de ce bédouin ?

– Pourquoi mentirait-il ? Il dit que son père, quand les soldats n'avaient pas d'argent, acceptait d'être payé en boutons d'uniforme.

– Cette terre demande à être apprivoisée, déclara Leslau alors qu'ils buvaient un café sur une terrasse de Jéricho. On ne sait pas toujours distinguer le passé du présent. Tant de gens ont foulé ce sol... Il suffit de gratter un peu, et on trouve une foule de vestiges... Vous voulez construire une route, vous tombez sur des sarcophages royaux... Vous voulez faire des travaux dans votre cave, vous découvrez une mosaïque qui transforme votre maison en musée...

De l'autre côté de la rue, un vieil Arabe en costume noir coiffé d'un fez longeait le mur à l'ombre des orangers.

– Ces hommes acculés par les événements avaient réussi à trouver de bonnes cachettes, observa Harry, rêveur. L'une d'elles a gardé son secret près de mille ans, la deuxième jusqu'à nos jours...

– Oui, on n'a presque rien retrouvé, opina l'archéologue. J'ai passé des mois à étudier les inscriptions du rouleau. Il y a neuf ans, on a exhumé de superbes bassins en bronze et argent dans une cave de Jérusalem. Je suis presque certain qu'il s'agissait d'un des trésors cités dans le rouleau. Mais les objets les plus importants, l'Arche, son couvercle, les Tables de la Loi elles-mêmes, attendent peut-être sous nos pieds qu'on les déterre !

Lorsque, pendant le voyage du retour, Harry, agrippé au tableau de bord pour se retenir de basculer sur le conducteur dans les virages, demanda à celui-ci s'il pouvait travailler avec lui, l'archéologue répondit en faisant grincer son levier de vitesse :

– Non, je n'ai pas besoin de vous. Je bénéficie du soutien des plus grands spécialistes d'Israël. Je compte sur vous pour acheter le diamant. Ce n'est pas sa valeur qui m'intéresse. Je sais qu'elle est considérable. Mais il vient du Temple ! Du Temple ! Vous vous rendez compte !

– Et si vous ne réussissez pas à retrouver ces objets, que ferez-vous ?

Silence, puis :

– Vous avez été au Vatican, vous avez vu la salle des reliques ? Non ? Eh bien, les murs sont recouverts d'étagères pleines d'urnes contenant des cendres, des fragments d'os et autres restes des premiers saints et martyrs chrétiens. Dès qu'une nouvelle église ouvre ses portes quelque part dans le monde, un préposé est prié de lui adresser une pincée d'ossements pour son reliquaire.

Un peu interloqué, Harry l'encouragea néanmoins à poursuivre.

– L'Église catholique estime que l'homme moderne doit garder un contact direct avec les origines de la foi.

– Je ne vois pas le rapport avec ce qui nous occupe, se permit d'avancer Harry.

– Oubliez ces histoires de poussières, rétorqua l'archéologue en freinant brutalement devant l'hôtel King David. Ce qui m'intéresse, en fait, c'est de reconstituer la matière même de l'Ancien Testament.

En sortant de la voiture, Harry jugea opportun de lui rappeler :

– J'aimerais pouvoir étudier le rouleau lui-même. L'original.

Leslau fronça les sourcils, manifestement contrarié :

– Je ne préfère pas.

Puis, en refermant la portière du côté d'Harry, il lança un « *shalom* » maussade.

Harry regarda la Volkswagen s'éloigner, à la fois ulcéré par le manque de courtoisie de l'archéologue et subitement gagné par la fatigue du voyage et du décalage horaire. Après avoir acheté un kilo de dattes fraîches à un vieux qui agitait un système de cordes au-dessus de sa charrette de quatre-saisons pour chasser les mouches, il n'eut pas le courage de remonter dans sa chambre. Akiva lui avait pourtant demandé de rester à l'hôtel tant que Yosef Mehdi ne l'avait pas contacté. Mais il préféra aller déambuler dans les ruelles étroites du quartier. Peu à peu, il retrouva son énergie. Les rues de Jérusalem. Les agences touristiques avaient beau galvauder son nom, la Ville d'Or n'avait en rien perdu sa capacité d'émouvoir, et d'enflammer l'imagination.

8

L'idiot

Harry déambulait sans se presser dans le dédale des venelles, observant les boutiques, les visages. Mais quand ses pas le menèrent étrangement aux abords de l'Université hébraïque, il s'aperçut que sa promenade avait en réalité un objectif précis : les structures cubiques du musée d'Israël.

Sans jeter un regard aux autres toiles, il se dirigea droit vers son tableau préféré. *Moisson en Provence*. Il le contempla d'abord dans sa globalité, puis en sélectionnant certains éléments. Le champ orange, les blés d'or, le ciel bleu vert écrasant de toute la force du destin la minuscule silhouette humaine. Il lui semblait qu'il aurait pu s'immiscer dans ce paysage et comprendre la nature de la folie qui avait poussé Vincent Van Gogh au suicide peu après.

Il se rendit ensuite dans une exposition d'objets en cuivre mis au jour vers le début des années 60, dans une grotte du désert de Judée, au cours de fouilles visant à trouver d'autres manuscrits de la mer Morte. Derrière les vitrines étaient disposés des outils et des armes, des couronnes et des sceptres, tous de facture superbe, datant du chalcolithique, bien avant l'apparition des Hébreux. À mesure qu'il examinait ces trésors surgis du fond des âges, il se rendait compte qu'il en voulait à David Leslau de lui avoir fermé la porte de cette connaissance à laquelle il aspirait de tout son cœur, comme son corps aspirait à serrer une femme contre lui, comme sans doute le peintre Van Gogh aspirait à rendre sur sa toile l'expression de la vie même.

Le soleil était couché lorsqu'il reprit le chemin de son hôtel. Des prostituées essaimaient par deux le long des trottoirs. Harry marchait d'un pas léger. Il se sentait tout aussi chez lui ici que sur la 8ᵉ Avenue à New York. Il dîna dans un bouiboui de la rue de Jaffa, quatre blinis et des pommes de terre chaudes dans un bortsch froid. Le chef parlait russe. Un peu plus tard, restauré, il hélait un taxi quand un couple de belles de nuit se rapprocha.

— Hé, l'ami ! lui lança l'une d'elles. Vous nous avez appelé un taxi ?

Elles étaient plutôt jolies, l'une blonde, l'autre brune. Leurs yeux pétillaient. Harry songea à sa chambre vide. Il ouvrit grand la portière et s'effaça :

— Montez donc, dit-il.

La petite blonde un peu ronde s'appelait Theresa, la brune maigre au teint chaud, Kochava. Elles traversèrent le hall de l'hôtel d'un pas de reines. Harry n'avait pas plus tôt fermé la porte de sa chambre en souriant à ses deux invitées qu'il entendit frapper. Un agent de la sécurité ? Il rouvrit le battant. Personne dans le couloir. On frappa de nouveau. Cela venait en fait de la porte de communication avec la chambre voisine. Il l'ouvrit. Une grande fille brune se tenait dans l'encadrement :

— Monsieur Harry Hopeman ?

— À qui ai-je l'honneur ?

— Je m'appelle Tamar Strauss. On m'a dit que je devais travailler avec vous.

Elle s'exprimait en anglais. Une peau foncée, presque noire. Elle devait venir d'Iran ou du Maroc. En tout cas, elle n'avait pas trente ans. Un corps tout à la fois athlétique et voluptueux que dessinait une robe toute simple, bleu pâle. Sa bouche était plutôt large, son nez osseux et busqué. Un nez magnifique, cruel.

– Puis-je entrer ? s'enquit-elle alors que ces dames pouffaient. Ah, je dérange...

Harry se sentait pris en faute, comme un adolescent.

– Mais pas du tout, lui assura-t-il.

Mais elle avait déjà refermé la porte.

Harry n'avait plus le cœur à faire la fête. Il rétribua plus que nécessaire les deux filles et, sans écouter leurs protestations, les poussa gentiment dehors.

– *Shalom*, dit Kochava d'un air chaviré.

– *Shalom*, Theresa, *shalom*, Kochava, *shalom, shalom*, entonna-t-il comme s'ils inauguraient une première leçon d'hébreu dans une école en délire.

Dès qu'elles furent parties, Harry frappa à son tour à la porte de communication, qui s'ouvrit au bout de quelques secondes. La jeune femme s'était changée. La robe bleue était encore visible sur un cintre dans l'armoire. Elle était vêtue d'un peignoir bleu marine et tenait une brosse à la main. Ses cheveux, qu'elle portait tout à l'heure ramassés en un chignon serré, cascadaient à présent sur ses épaules, telle une somptueuse fourrure noire.

– Je suis seul, déclara-t-il un peu bêtement.

– Un moment, s'il vous plaît.

Le battant se referma. Quand il se rouvrit, la robe et la brosse avaient disparu. Ses pieds fins, aux ongles corail, étaient enfouis dans des sandales.

– Entrez.

– Merci, dit-il en s'asseyant dans le fauteuil pendant qu'elle s'installait au bord de son lit. Mademoiselle Strauss ?

– Strauss, confirma-t-elle avec un gracieux mouvement de tête.

– Pour quelle raison vous a-t-on dit que vous alliez travailler avec moi ?

– Je pense pouvoir vous être utile.

– Qui vous a dit ça ? insista Harry.

Mais elle fit la sourde oreille et indiqua :

— Je suis conservateur au musée d'Israël.

— Et pourquoi aurais-je besoin d'un conservateur, ou d'une conservatrice plutôt ?

— Je suis experte dans le repérage de contrefaçons d'objets anciens.

— Vous savez quelle est ma spécialité, n'est-ce pas ? Les diamants. Eh bien, tous les diamants sont vieux, par définition, argua-t-il avec le désagréable sentiment de ressembler à David Leslau. Je n'ai pas besoin de vous.

— Je crains que l'on ne m'ait pas donné le choix, décréta-t-elle d'une voix posée.

— Je suis venu ici chargé d'une mission. Une mission où vous ne figurez pas.

— Vous devriez aller vous reposer. La nuit porte conseil. On en reparlera demain matin.

Il se leva à regret :

— J'étais dans votre musée cet après-midi.

Il n'osa pas lui parler de Van Gogh. Mais il vit une lueur amusée danser dans son regard.

— Vous avez sûrement passé un moment agréable, déclara-t-elle. Bonsoir, monsieur Hopeman.

— Bonsoir, mademoiselle Strauss.

— Madame Strauss, corrigea-t-elle en fermant la porte.

Une heure plus tard, Harry entendit de nouveau frapper. Mais cette fois à la porte d'entrée de la chambre de sa voisine. Elle ouvrit. Une voix de basse, masculine, résonna à travers la cloison. Ils parlaient en hébreu et riaient beaucoup. Au bout d'un moment, ils allumèrent la télévision. Harry, allongé sur son lit, commençait à trouver le bruit exaspérant, quand son téléphone sonna.

— Ici la réception. Un paquet vient d'arriver pour vous.

— Par la poste ?

— Non, un coursier... en taxi.

— Vous pouvez me le faire monter ?

81

– Bien sûr, monsieur.

On lui tendit un cube de moins de dix centimètres de côté enveloppé dans du papier kraft. Son nom et l'adresse de l'hôtel étaient inscrits sur deux faces, d'une grande écriture fine et chantournée. Harry attendit que le groom s'en aille et posa le paquet sur le bureau. Ensuite il prit une douche et enfila son pyjama. Dans la chambre voisine, la télévision s'était tue. Il colla le paquet contre son oreille. Aucun bruit suspect. Mais comme on n'est jamais trop prudent, il le glissa dans un tiroir et recouvrit l'objet de caleçons et de tee-shirts. Puis il s'installa dans le fauteuil et dévora quelques dattes. Juteuses, sucrées, succulentes. Finalement, il ressortit le paquet du tiroir et le déballa. La boîte ne contenait a priori que du papier journal extrait d'un quotidien arabe. Puis il trouva la pierre, de la taille d'un grain de raisin. Noirâtre, dont une facette était gravée de deux triangles. Il la leva à la lumière. Elle était translucide, pas tout à fait transparente.

Après avoir extrait de son sac de voyage sa loupe et ses instruments de mesure, il prit aussi les carnets de son père. À la dernière page noircie du cahier, il écrivit :

Fin du journal d'Alfred Hopeman, fils de Joshua le Lévi (Aharon ben Yeshua Halevi).

Sur la page suivante, il écrivit :

Début du journal d'Harry Hopeman, fils d'Alfred le Lévi (Yeshua ben Aharon Halevi).

En dessous, il inscrivit les résultats de ses mesures :

Type de pierre : grenat pyrope. Diamètre : 1,2 cm. Poids : 138 carats. Couleur : rouge sang de pigeon. Coefficient de gravité : 3,73. Dureté : 7,16. Cristallisé en dodécaèdre. (Facettes bien développées des douze côtés, légèrement striées.)

Commentaires : pierre brute, non sertie. Fissuré ou opacifié à 70 %, sans doute avec de l'oxyde de fer. Sa qualité médiocre ne s'oppose pas à une origine historique ancienne. Aux temps bibliques, on ne savait pas juger de la qualité d'une gemme, et il est tout à fait plausible qu'un grenat de cette sorte, trouvé comme par miracle dans le désert et offert par la tribu de Lévi pour orner le pectoral du Grand Prêtre, ait emporté les suffrages. La taille réduirait son poids à 40 carats. Sans intérêt pour Alfred Hopeman & Son.

Étendu dans le lit, incapable de trouver le sommeil, il contempla à travers la fenêtre la muraille éclairée par des projecteurs, comme un décor de cinéma, puis, lassé du spectacle, il examina de nouveau les photographies du rouleau de cuivre. Il avait beau s'abîmer les yeux, il n'arrivait pas à déchiffrer les deux mots du passage sur la *guenizah* du diamant jaune.

Dans le lieu de sépulture où Judas fut châtié pour avoir volé une partie du butin, enterrée à huit coudées et une demi-coudée, une gemme étincelante... quelque chose... quelque chose...

Il reprit le carnet de son père, dans l'espoir d'y trouver la clé du mystère. Rien.

– Papa, aide-moi.

Il pouvait presque entendre la voix de son père : *Du bist ah nahr*, tu es un idiot. Ce qu'il disait toujours quand Harry ne voyait pas ce qu'il avait sous le nez.

Harry relut les notes d'Alfred en s'efforçant de visualiser le diamant canari.

9

Berlin

Peu après avoir ouvert son atelier et sa boutique dans la section la plus élégante de la Leipzigerstrasse, Alfred Hauptmann se rendit à l'invitation de marchands d'Anvers qui cherchaient à créer une association de diamantaires, dans le goût des guildes d'antan. Il y avait foule à la réunion, mais le caractère individualiste des gens du métier ne permit à aucun accord d'aboutir. Ce qui n'empêcha pas Alfred de passer un merveilleux moment. Il y retrouva trois cousins de Tchécoslovaquie, en particulier son préféré, Ludvik, avec qui il avait été apprenti à Amsterdam. Il connaissait à peine le jeune frère de Ludvik, Karel, qui contemplait d'un air rêveur l'élégant costume d'Alfred et sa fleur à la boutonnière. Pendant le repas qu'ils prirent ensemble, le père de Ludvik et de Karel, Martin Voticky, ne cacha pas sa joie de voir que les gens s'arrêtaient pour serrer la main à son neveu. Un de ceux qui les saluèrent s'appelait Paolo Luzzatti, de Sidney Luzzatti & Sons, diamantaires à Naples.

Alfred tomba de nouveau sur Paolo Luzzatti un peu plus tard. Ils prirent un café ensemble sur la Pelikaanstraate. Comme Luzzatti parlait mal allemand et qu'Alfred était incapable d'aligner trois mots en italien, ils conversèrent en yiddish.

– Nous avons un service à vous demander, dit Luzzatti. On nous a confié une pierre à réparer et à polir.

– J'ai des ouvriers très qualifiés, lui assura Alfred.

Luzzatti lui lança un coup d'œil teinté d'ironie :

– Nous aussi, nous avons les meilleurs des ouvriers. Mais la pierre dont il s'agit ici est le Diamant de l'Inquisition. La mitre est tombée et le diamant s'en est détaché...

Alfred se redressa, soudain sur le qui-vive :

– Nous connaissons bien cette pierre. Ma famille, je veux dire.

– C'est pourquoi nous avons pensé à vous. Nous savons que vous avez travaillé en Afrique du Sud pour le Syndicat. Vous devriez être en mesure d'estimer les dommages.

– Le Vatican ! J'avoue que je suis impressionné, dit Alfred. Vous voulez que j'aille directement à Rome ?

– Non, non. C'est un peu délicat, comprenez-vous, une société juive, l'Église catholique... Ils ne vont pas se précipiter. Je ne sais même pas quand ils nous confieront le diamant.

– Bien, alors, vous me tiendrez au courant ?

Luzzatti acquiesça. Il fit signe au garçon de leur apporter encore une tasse de café, puis, se tournant vers Alfred :

– Dites-moi, Hauptmann, comment est-ce, la vie à Berlin ?

– C'est la ville la plus formidable du monde.

Berlin était la ville natale d'Alfred. Il avait passé son enfance dans une vilaine maison de pierre grise du Kurfürstendamm qu'il avait quittée, malade et terrifié, à l'âge de quatorze ans, trois jours après la mort de ses parents dans l'incendie d'un hôtel de Vienne, où ils séjournaient pour affaires. Son oncle, Martin Voticky, qui vivait à Prague, lui avait donné le choix : venir vivre en Tchécoslovaquie ou aller en pension. Alfred avait opté pour la deuxième solution, la mauvaise. Martin, qui gardait un mauvais souvenir de ses années de pension en Allemagne, crut bien faire en l'inscrivant en Suisse dans un établissement prestigieux. Il y vécut une existence de paria au milieu de garçons qui se conformaient aux opinions de leur milieu et ne lui adressaient jamais la parole. Son seul ami, avec qui il passait des heures à jouer aux échecs, était un Chinois, Pinn Ngau, l'autre « intouchable » de la pension. Mais quand Pinn parlait de lui à ses condisciples, il disait toujours « le Juif ».

Au bout de trois années de solitude, Alfred termina ses études secondaires dégoûté à tout jamais de la vie d'étudiant. De sorte que lorsque son oncle lui proposa d'aller à Amsterdam étudier la taille avec Ludvik il s'empressa d'accepter.

Les années d'apprentissage furent ses plus belles années. Ludvik devint comme un frère pour lui. Ils partageaient une chambre sous les combles au-dessus du canal Prinsengracht, d'où jour et nuit montait comme un bruissement d'ailes : le ronron du moulin installé à cheval sur le courant un peu plus bas. Tous les jours sauf le dimanche, ils se rendaient dans un institut où on leur enseignait les mathématiques et la physique optique nécessaires à l'art du lapidaire. Le reste du temps, ils restaient sur les bancs d'une des plus anciennes tailleries de la ville à se familiariser avec les pierres et les instruments.

Une fois qu'ils obtinrent leur diplôme, Ludvik retourna à Prague travailler dans la boutique de son père. Martin Voticky était prêt à accueillir aussi son neveu, mais Alfred, à la surprise générale, caressait d'autres projets. Il posa sa candidature chez De Beers. Quelques semaines plus tard, tel un explorateur, il se retrouvait à Kimberley, en Afrique du Sud.

La ville était construite sur une grande plaine tout autour de l'ancienne mine, un énorme puits creusé dans les entrailles de la terre où les diamants, ce carbone pur, ont été formés par des pressions et des températures inouïes avant d'être remontés à la surface par la lave des volcans. De 1871 à 1914, les mineurs avaient travaillé jour et nuit dans le « Big Hole » pour extraire trois tonnes de diamants.

Comme Alfred parlait français, on le plaça à la Compagnie française du diamant, une des sociétés d'exploitation de la De Beers, où il fut chargé du classement et de l'évaluation des gemmes. Il travaillait sous la direction de spécialistes qui déchiffraient la structure des minéraux comme d'autres les écritures. Auprès de ces hommes Alfred acquit un savoir-faire précieux. Au bout de deux ans, son contrat arrivant à expiration, le directeur de la société lui proposa de rester, offre qu'Alfred refusa poliment. Le bonhomme lui jeta un coup d'œil intrigué par-dessus ses lunettes en demandant :

– Ah ? Où comptez-vous donc aller, Hauptmann ?

Et il répondit tout naturellement :

– À Berlin.

Son oncle Martin lui avait écrit de Prague qu'il n'approuvait pas son projet alors qu'il avait un avenir tout tracé à la De Beers. Qui allait acheter des diamants à un gamin ? Martin lui proposait de les rejoindre à Prague afin d'acquérir plus d'expérience avant de voler de ses propres ailes.

Mais Alfred était bien décidé. Et Martin dut s'avouer battu. Il invita son neveu à entrer dans son bureau, ouvrit son coffre-fort, et déposa au creux de la main du jeune homme abasourdi une grosse pierre dont la base était peinte en doré en lui disant que ce strass avait été le porte-bonheur de son père et de son grand-père avant lui. Il lui révéla aussi des secrets de famille, les secrets de toute une dynastie de diamantaires. Alfred l'écouta, bouleversé, découvrant le monde sous un nouveau jour. Il se dit qu'avec le petit héritage de ses parents, déjà bien entamé par le coût de ses études, plus les économies sur son salaire de Kimberley, il avait de quoi se lancer dans la vie.

Berlin avait le lustre d'une vraie capitale. La ville était en pleine effervescence financière, intellectuelle et artistique ; Alfred loua un appartement dans une maison du centre, sur la Wilhelmstrasse. Ses logeurs, un couple de gens âgés qui occupaient le premier étage, le reçurent comme un fils. Herr Doktor Bernhard Silberstein, médecin à la retraite, cheveux et barbe blancs, affligé d'une toux chronique et de doigts jaunis par le tabac, le pria de descendre partager le repas du vendredi soir avec lui et sa femme afin de ne pas accueillir le Shabbat en solitaire. Comme il refusait sous prétexte qu'il n'était pas pratiquant, Mme Silberstein insista pour qu'il dîne avec eux le mercredi soir. Alfred céda. En plus de se régaler de la délicieuse cuisine d'Annelise, en particulier de son oie rôtie farcie aux fruits, Alfred se consacra aux échecs. Le Dr Silberstein, en effet, était un joueur de premier ordre. Tout en réfléchissant au prochain coup, penchés sur l'échiquier, les deux hommes soutenaient de longues conversations.

— Pourquoi êtes-vous revenu en Allemagne ?

— Parce que j'adore Berlin. J'ai toujours rêvé de revenir vivre ici.

— Les gens d'ici détestent les Juifs, souffla le médecin.

— Comme partout.

— Mon jeune ami, avez-vous entendu parler de Walther Rathenau ?

— Bien sûr, le ministre des Affaires étrangères qui a été assassiné.

— Oui, et il y avait une chanson antisémite qui le traitait de « sale Juif ». Vous connaissez les nazis ? Le Parti national-socialiste ?

— Non, la politique ne m'intéresse pas.

— Ils ne sont pas très nombreux, c'est entendu, mais ils ont juré de débarrasser l'Allemagne des Juifs.

— Combien de voix aux dernières élections ?

— Oh, une misère. Moins de trois cent mille au total.

— Alors...

Werheim, sur la Leipzigerplatz, était un grand magasin de luxe, un palais de marbre et de cristal équipé de quatre-vingt-trois ascenseurs et escaliers roulants. Le quartier était d'ailleurs en pleine expansion, avec un autre grand magasin qui s'élevait, celui-là tout en verre, sur les plans d'un architecte de renom, Eric Mendelsohn. Alfred trouva non loin de ce chantier une boutique de chaussures à louer, dont il racheta le bail malgré le prix relativement élevé du loyer. Mais il avait son idée en tête. Il fit faire des travaux de rénovation suivant la nouvelle vague d'architecture, qui privilégiait la lumière et la transparence des matériaux.

Alfred se laissa pousser la moustache. Son oncle Martin envoya des lettres de recommandation auprès de fabricants de montres et de bijoux en or bon marché mais Alfred ne tenta aucune démarche. Il préféra passer une série de coups de fil à Londres, où il finit par retenir l'attention d'un membre du Syndicat. Ce dernier, non sans avoir au préalable vérifié ses états de service à la De Beers, lui indiqua le nom de plusieurs grossistes qu'il allait lui-même prévenir de son côté afin qu'Alfred obtînt du crédit auprès d'eux. À sa grande joie, il put ainsi approvisionner sa boutique uniquement en signant des traites, ce qui lui permit d'investir davantage dans le décor : épais tapis turcs, chaises anciennes, petits meubles d'exposition.

Rares étaient les promeneurs sortant du nouveau et rutilant grand magasin de la Leipzigerplatz qui ne marquaient pas au moins une halte devant la vitrine de l'ancien marchand de chaussures où trônait, sur une colonne gainée de velours noir, un gros diamant blanc.

La seule enseigne consistait en une petite plaque de cuivre gravée d'un seul mot : HAUPTMANN.

Il veilla à payer ses traites dès les premières rentrées d'argent. Les grossistes, les frères Deitrich d'une part et la société Koenig d'autre part, le mirent ensuite à l'épreuve. Mais il réussit, en refusant tout net de payer leurs prix exorbitants et en les laissant revenir à la charge, à gagner leur respect avant de leur faire faux bond en passant commande, moins cher, à Prague. Bientôt, il fut en mesure d'engager deux ouvriers.

Il s'acheta une automobile, un des premiers modèles nés de la fusion de Daimler et Benz, et se mit à fréquenter l'un des meilleurs tailleurs de Berlin. Le Dr Silberstein, qui, pour sa part, ne possédait qu'un seul costume, au demeurant taché, et lisait les publications de l'Institut de psychanalyse, lui indiqua que ce goût immodéré de la toilette compensait sans doute chez lui un manque dû à une enfance solitaire. Mais un dandy est un dandy, et Alfred continua à se faire livrer trois fois par jour par le fleuriste des fleurs pour sa boutonnière.

Alfred s'étant lié d'amitié avec un étudiant en médecine américain, Lew Ritz, il se laissa entraîner à une soirée dans les faubourgs de la ville. La porte leur fut ouverte par une femme de chambre qui ne portait en tout et pour tout que son tablier. À l'intérieur, si tous les hommes étaient en habit, les femmes, dont une danseuse de la troupe de Josephine Baker, se promenaient nues comme le dos de la main. Alfred n'avait jamais vu de Noires. Mais son œil fut immédiatement attiré par une autre présence.

Tandis que son ami américain et lui-même se dirigeaient d'un commun accord vers une femme à la peau blanche comme de la porcelaine, ils se figèrent tous les deux. Lew sortit une pièce de monnaie de sa poche.

— Pile ou face ?

Alfred gagna. Il se présenta à la jeune femme au corps mince, dont les cuisses portaient encore la marque des jarretelles.

— Je m'appelle Alfred.

— Et moi Lilo, dit-elle, manifestement mal à l'aise.

— À quoi pensez-vous ?

— Je trouve que vous avez un beau costume.

— Pas aussi beau que le vôtre.

Le compliment la fit rire aux éclats.

— Faut-il que nous restions ici ?

— Il fait frais dehors, il vaudrait mieux que je m'habille, répondit-elle.

Non loin du kiosque où le Dr Silberstein achetait ses journaux yiddish, des jeunes gens en chemise brune vendaient désormais un hebdomadaire antisémite. Ils intimidaient tout le monde, mais leur parti n'obtenait que des résultats minables aux élections.

– Juste douze voix ! exulta le Dr Silberstein. Juste douze sièges sur les cinq cents du Reichstag !

– Après tout, on a nommé Albert Einstein à la tête de l'Institut Kaiser-Wilhelm, ici, à Berlin.

– Et on permet à des gens de l'attendre à l'entrée de son laboratoire ou en bas de chez lui pour le couvrir d'insultes pour la simple raison qu'il est juif, ajouta le médecin en prenant un pion à Alfred.

Bernhard Silberstein nourrissait d'immenses craintes quant à l'avenir du pays. Des financiers néerlandais, quatre frères du nom de Barmat, venaient d'être accusés de corruption à un très haut niveau au sein du gouvernement allemand. Les frères Barmat étaient juifs. Le Dr Silberstein s'attendait à des persécutions.

– N'y a-t-il pas des criminels catholiques ? interrogea Alfred. Des criminels protestants ?

– Il faut redoubler de prudence. Il ne faut surtout pas s'engager dans des affaires trop compliquées.

Alfred savait à quoi faisait allusion le médecin. Celui-ci siégeait au Conseil juif avec Irwin Koenig, le grossiste.

– Voulez-vous assister à une réunion du Conseil juif mardi prochain ? reprit le Dr Silberstein. Nous projetons de célébrer le bicentenaire de la naissance de Mendelssohn.

– Felix Mendelssohn, le compositeur ?

– Non, non. Moses Mendelssohn, son grand-père, le philosophe, le traducteur du Pentateuque en allemand.

– Je ne peux pas, je suis très occupé en ce moment, répondit Alfred en examinant l'échiquier avec un froncement de sourcils avant de tenter une manœuvre perdue d'avance.

Il continua à voir Lilo. Elle avait dix ans de plus que lui. Fille d'un éleveur de porcs de Westphalie, elle avait travaillé pendant sept ans comme femme de chambre, gardant jalousement sa virginité et chaque pfennig qu'elle parvenait à mettre de côté. Mais quand l'inflation vint réduire ses économies à néant, elle décida qu'il était temps de changer de vie et de réaliser son rêve : devenir actrice. Elle avait donc pris un emploi de vendeuse dans une boutique de tissus et faisait à l'occasion de la figuration pour les studios de l'UFA, dans des films dont Alfred préférait ne pas parler. Il aimait sa compagnie, un point c'est tout. Ils sortaient dans les cabarets avec l'Américain Lew Ritz et toute une bande de joyeux drilles. Alfred l'emmena même au concert. Au Philharmonique, le piano d'Artur Schnabel tira des larmes à Lilo. Alfred lui offrit un collier, un bracelet, un manteau de fourrure. C'était la belle vie, jusqu'au soir où, en entrant dans le bar du Tingeltangel, ils entendirent un client se plaindre que le barman avait éteint la radio.

— Ce soir, il n'y a pas de musique, ils ne parlent que de New York.

— Que se passe-t-il à New York ? interrogea Alfred en s'installant au comptoir.

— Je ne sais pas, quelque chose à propos de la Bourse qui s'effondre.

Quelques mois plus tard, le concierge d'Alfred à la boutique confia au diamantaire que la situation lui rappelait 1921.

— Où étiez-vous à l'époque ?

— En Suisse, en pension.

Le bonhomme soupira :

— En 1921, mes enfants se couchaient le soir avec la faim au ventre.

Les enfants avaient de nouveau faim en Allemagne. Personne ne songeait plus à acheter des diamants. Les ouvriers de l'atelier d'Alfred n'avaient plus aucune pierre à tailler, à polir ou à sertir. Il dut se résoudre à leur donner congé.

Lew Ritz lui apprit que la chapellerie de son père aux États-Unis avait licencié tout son personnel. Ce printemps-là, le jeune homme fut admis à son internat et rentra chez lui en Amérique. Le lendemain de son départ, Alfred reçut une lettre de l'oncle Martin. Il lui proposait de lui envoyer son cousin Karel pour lui prêter main-forte à Berlin : il n'y avait plus rien à faire à Prague. Il songeait même à se séparer aussi de son autre fils. Alfred répondit à son oncle qu'ils feraient bien de rester où ils étaient.

– Ils rejettent la faute sur les Juifs, dit le Dr Silberstein.

La tournure que prenaient les événements ne disait rien qui vaille à Alfred. Annelise, la femme du médecin, lui avoua qu'elle craignait le pire pour son mari ; son cœur était si faible... Quand la nuit était chaude, il avait tant de mal à respirer qu'il restait assis devant la fenêtre ouverte.

– J'ai encore un cousin de Pologne dans une *yeshiva* à Francfort, lui dit le Dr Silberstein. Les nazis y persécutent les Juifs. La police ne veut même pas entendre les plaintes.

– Berlin est un endroit civilisé, argua Alfred.

– Vous devriez partir. Vous êtes jeune.

– Allons, faisons une partie d'échecs, répliqua Alfred avec un geste d'impatience.

La situation s'aggrava. Au Cap, un certain Ernest Oppenheimer prit la tête de la De Beers et décida de stocker l'essentiel de la production diamantifère plutôt que de la livrer sur le marché à des prix dérisoires. Mais à quoi bon maintenir les prix, se demanda Alfred, si on ne vendait rien ?

Il était de plus en plus effrayé par ce qu'il voyait autour de lui. D'excellents bijoutiers commençaient à exposer dans leurs vitrines des joyaux de pacotille dans le genre de ceux que son oncle Martin avait jadis voulu lui faire vendre dans sa boutique. Il rassembla toutes les pierres qu'il avait en réserve et retourna celles qu'il n'avait pas encore payées. Bref, il liquida son fonds de commerce hormis sept petits diamants jaunes qu'il garda enfermés dans son coffre. Une belle montre suisse remplaça le diamant blanc sur l'écrin noir de la vitrine. Il ne fit pas de meilleures affaires, hélas. Mais il se refusait à brader n'importe quoi sous prétexte de rester ouvert. Dans les forêts des environs de Berlin se multipliaient les campements de toile de pauvres gens sans travail à qui il ne restait même plus un toit pour dormir.

— Ce qu'il nous faut, c'est un homme à poigne, déclara son concierge en examinant le magnifique costume d'Alfred.

Une lueur brillait au fond des yeux de cet homme. Ses enfants connaissaient de nouveau la faim.

Paolo Luzzatti, de la firme Sidney Luzzatti & Sons, lui écrivit de Naples pour lui annoncer que l'affaire dont il lui avait parlé quelques années plus tôt était sur le point d'aboutir. Alfred avait beaucoup pensé au Diamant de l'Inquisition. Cette lettre d'Italie lui apportait une bouffée d'air frais. La mitre de Grégoire éclaircit un moment le ciel de Berlin, où s'accumulaient des nuages de plus en plus sinistres. Lui qui avait pris tant de plaisir à arpenter Unter den Linden avait le cœur qui se soulevait de voir le superbe boulevard investi deux ou trois fois par semaine par les parades nazies ou communistes. Chaque fois que les hommes en chemise brune rencontraient les hommes en bleu de chauffe, il se produisait une explosion de violence obscène.

L'élection de septembre se solda par un désastre. Alors que les nazis eux-mêmes n'avaient pour ambition que de hausser le nombre de leurs sièges au Reichstag de 12 à 50, ils en enlevèrent 107. Les Allemands avaient fait un cadeau à Hitler.

Une semaine après les élections, Paolo Luzzatti vint lui-même à Berlin avec la mitre de Grégoire emballée dans un sac en toile bleue à fermeture Éclair tout à fait quelconque, le genre de sac dans lequel il aurait pu transporter son casse-croûte.

— Elle est magnifique, souffla Alfred en voyant la mitre.

— Vous travaillez bien, vous avez très bonne réputation.

Alfred montra d'un signe de la tête qu'il n'était pas insensible au compliment. Luzzatti avait néanmoins contracté une assurance à un prix faramineux. Les ornements en or de la mitre avaient été endommagés lors de la chute. Luzzatti regarda par-dessus l'épaule d'Alfred pendant que ce dernier dessertissait le fabuleux diamant et l'inspectait à la loupe, tous deux conscients de la facilité avec laquelle une pierre peut se casser ou se fêler en dépit de sa dureté.

– On dirait qu'elle est intacte, déclara Alfred.

L'Italien laissa échapper un soupir de soulagement.

– Il faudra d'autres tests pour en être totalement sûr, ce qui prendra du temps. Mais pendant que j'y suis, autant que je répare aussi la coiffe.

– Vous en êtes capable ? s'étonna Paolo Luzzatti. Il faudra que l'ensemble soit parfait le jour où on le restituera au Vatican.

– Il faudra peut-être que j'engage un orfèvre pour m'assister. Il y en a d'excellents à Berlin.

Finalement, Luzzatti prit le train pour rentrer à Naples, laissant la mitre à Alfred.

En dépit du contrat d'assurance, Alfred garda le diamant et la coiffe avec lui jour et nuit ; il les transportait dans le sac bleu. Un soir, il les montra à Lilo dans l'intimité de son appartement.

– À qui sont-ils ?

– Au pape.

Elle fronça les sourcils. Sans être pieuse, elle pensait manifestement qu'on ne plaisantait pas avec ces choses-là.

– Avant, le diamant appartenait à un Espagnol... qui périt sur le bûcher pour avoir été trop juif.

– Quelquefois je me dis que tu es fou !

Après tous les tests d'usage, Alfred conclut que son instinct ne l'avait pas trompé : le diamant était indemne. Un matin, il le replaça sur la mitre en se demandant si les gens du Vatican savaient à quoi correspondait sa forme originale. Son ancêtre s'était inspiré de la toque du Grand Prêtre. Sauf que celle-ci avait été tissée en lin, et que la mitre, elle, était en or. Et très difficile à nettoyer, chose qui convenait très bien à Alfred ; ainsi il pouvait y passer un temps fou. Il constata qu'il ne s'était pas trompé en pensant qu'il aurait besoin de l'aide d'un orfèvre. Il n'en martela pas moins lui-même la partie endommagée de la coiffe, millimètre carré par millimètre carré, avec un petit marteau qu'il maniait avec ce même amour, ce même savoir-faire prodigués par son ancêtre lorsqu'il l'avait fabriquée.

Hélas, tout le travail du monde n'aurait pas suffi à occulter la réalité. Au mois d'octobre, le nouveau Reichstag se réunit sous les ovations d'une foule criant son adoration à Hitler. À l'intérieur, non contents d'avoir revêtu en catimini leurs uniformes dont le port était interdit, les nazis, par leurs exhortations, leurs chants et leurs trépignements, empêchèrent la séance de se dérouler normalement. Lorsque la police eut dispersé la foule à l'extérieur, les organisateurs menèrent leur troupeau jusqu'au grand magasin Herpich, dont les vitrines volèrent en éclats tandis que les gens faisaient main basse sur les fourrures.

Alfred, assis dans sa boutique, écouta le rugissement haineux de la marée humaine qui se déversait dans les rues du quartier. *Juda werrecke !* Mort aux Juifs.

Alfred reçut une lettre de Lew Ritz lui annonçant qu'il commençait son internat dans un hôpital de New York. « J'ai entendu dire que les visas américains sont devenus très chers en Allemagne. As-tu pensé à venir ici ? Avec l'espoir de te persuader, je t'envoie le document ci-joint. Ils n'accordent aucun visa à ceux qui ne sont pas en mesure de prouver que leur présence ne fera pas qu'augmenter le nombre des chômeurs. Si tu viens, ce que j'espère, je t'emmènerai dans un endroit appelé le Cotton Club, pour y écouter une musique qui n'existe pas à Berlin, du vrai *yatz* comme vous dites là-bas. »

Le document en question était une lettre du père de Lew à l'en-tête de sa chapellerie attestant qu'il garantissait un emploi à Alfred Hautpmann. Alfred enferma la lettre et le papier dans son coffre-fort, puis écrivit à Lew pour le remercier tout en lui rappelant que les nazis ne représentaient que la deuxième force en Allemagne. « Le président Hindenburg a juré de respecter la Constitution. » Ce qu'il passa sous silence, c'était que le pauvre homme avait quatre-vingt-quatre ans bien sonnés et tendance à piquer du nez.

Lilo, tout en continuant à être charmante et affectueuse, commençait toutefois à montrer les signes d'un malaise de mauvais augure. Un soir, alors qu'ils étaient au lit, elle confia ses craintes à Alfred.

– Les nazis se sont installés dans plusieurs endroits de la ville. Des entrepôts et des usines désaffectés. Ils y emmènent leurs ennemis pour les interroger. Des communistes et des Juifs.

– Comment le sais-tu ?

– Quelqu'un me l'a dit.

Alfred caressa la cuisse de Lilo. Peut-être était-ce vrai ; après tout, il se produisait bien des disparitions étranges. Et on repêchait régulièrement des cadavres dans le canal. Partout où se rendait Alfred, il y avait des nazis en uniforme, aux chemises brunes flambant neuves. Hitler promettait des emplois et la prospérité dès que l'Allemagne aurait obtenu réparation pour les « spoliations » du traité de Versailles de 1919... et dès que les Juifs auraient été chassés hors du territoire.

Un éditorial d'un journal nazi mit en garde le bon peuple en lui enjoignant de ne pas essayer de trouver une solution individuelle au problème juif, qui était un problème national. Ce qui n'empêchait pas de braves citoyens de tenter l'aventure. C'est ainsi que le cousin polonais du Dr Silberstein, face au déchaînement de violence, dut s'arracher à sa *yeshiva* francfortoise pour venir se réfugier à Berlin. Avec sa barbiche et son teint pâle, le jeune Max Silberstein fut aussitôt repéré comme un *Ostjuden*, un Juif venu d'Europe de l'Est. Deux jours après son arrivée, en allant acheter le journal au kiosque pour son vieux cousin le médecin, il tomba sur un groupe de vendeurs de journaux nazis. Il rentra à la maison, blême, hagard, avec une pancarte épinglée dans le dos, sur son manteau : JE SUIS UN VOLEUR JUIF. Le lendemain, il prit le train pour rentrer à Cracovie.

Pour le couple Silberstein, c'en était trop. Ils s'organisèrent pour partir vivre dans la montagne, chez une consœur qui possédait une ferme.

– Pourquoi ne quittez-vous pas ce pays ? demanda le vieux médecin en disant au revoir à Alfred.

– C'est ici que je travaille, j'ai une entreprise, répondit Alfred d'un ton qui se voulait dégagé.

– Vous attendez que tout le monde soit sur le départ, quand il sera trop tard ?

– Si vous avez ce sentiment, pourquoi ne quittez-vous pas l'Allemagne vous-mêmes ?

– Vous ne pensez donc à rien ? Et la visite médicale qu'il faut passer pour obtenir un visa ?

Ils se regardèrent un moment en silence.

– Laissez votre boutique, lui conseilla le vieux médecin, que l'émotion essoufflait. Qu'avez-vous de valeur que vous ne puissiez emporter avec vous ?

Après un instant de réflexion, Alfred répondit :

– Cette ville.

Mais la ville qu'Alfred avait tant aimée n'existait plus ou presque. Les nazis s'étaient tapis dans les rues où Alfred ne pouvait plus marcher sans être obligé de faire d'interminables détours pour éviter tel ou tel coin résonnant du bruit des balles.

Un matin, il trouva écrit sur son mur de brique, à la peinture blanche baveuse, un énorme *JUDE*. Il n'y toucha pas. L'inscription eut l'air d'attirer la clientèle. Dans les jours qui suivirent, plusieurs personnes se présentèrent, très aimables, et on lui acheta quelques faïences de Delft. Les vitrines du grand magasin voisin furent remplacées, puis cassées de nouveau, puis attaquées encore, tant et si bien que toutes les ouvertures finirent par être bâchées. On raconta que les propriétaires, la famille Herpich, envisageaient de vendre à des chrétiens. C'était peut-être vrai, en tout cas conforme à la politique d'aryanisation. Un après-midi, un jeune homme au visage poupin entra dans sa boutique pour lui annoncer qu'il avait racheté le grossiste qui avait présidé aux premiers pas d'Alfred à Berlin, Irwin Koenig. La croix gammée sur le revers de son manteau gris indiquait qu'il aurait tout aussi bien pu se présenter en uniforme : en fait, cela aurait été plus approprié.

— C'est une si jolie petite boutique que vous avez là ! dit-il à Alfred. Elle m'a toujours beaucoup plu. Seriez-vous disposé à nous la vendre, Herr Hauptmann ?

— Je ne songeais pas à m'en séparer.

— Certaines personnes vont avoir du mal à joindre les deux bouts, si vous voyez ce que je veux dire. Si vous choisissez de vendre maintenant, nous vous garderions comme employé.

— Je ne crois pas.

— Ce commerce va perdre de la valeur à l'avenir, lui indiqua toujours très poliment son visiteur.

Alfred déclina son offre.

Hauptmann était un nom allemand, Alfred était allemand. Sauf que désormais, dans les restaurants, dans la queue devant la caisse au théâtre, il sentait le regard des gens posé sur lui, sur sa judéité, des regards qui tous l'excluaient.

L'appartement des Silberstein resta vide. La partie d'échecs du mercredi après-midi lui manquait. Et puis, du jour au lendemain, Lilo n'eut plus le temps de le voir. Un soir, le barman du Tingeltangel lui annonça qu'elle venait souvent avec un nazi. Il lui téléphona pour lui demander s'il pouvait au moins lui parler. Il la trouva en robe de chambre et en bigoudis.

— Oui, c'est vrai, j'ai un nouvel amoureux.

Il se tut, attendit, étonné de ne ressentir ni colère ni tristesse.

— Il m'a dit qu'ils allaient passer une loi. Ça va être dur pour les femmes qui fréquentent des Juifs.

— Quel dommage ! s'entendit-il murmurer.

Ils se séparèrent en se souhaitant mutuellement bonne chance.

Au milieu de la nuit, il se rappela lui avoir montré le contenu du sac bleu. Il s'efforça ensuite de ne plus y penser. Après tout, il n'avait aucune raison de la soupçonner. Elle ne lui avait jamais paru malhonnête. Et pourtant, l'idée le tourmentait malgré lui. Avant l'aube, il était assis à son établi. Il termina son travail. L'or resplendissait, le diamant étincelait : la mitre était comme neuve. Il l'installa dans un nid de papier de soie à l'intérieur d'une boîte qu'il mit dans une plus grande boîte qu'à son tour il emballa. Vite, il se rendit à la poste avant même l'ouverture des portes. Il adressa le paquet à Paolo Luzzatti.

Le vendredi matin, il fut réveillé par la sonnerie du téléphone.

– Herr Hauptmann ?

C'était le concierge de la Leipzigerstrasse.

– Il s'est produit une catastrophe, monsieur.

Alfred se sentit défaillir.

– Un... cambriolage, expliqua le gardien.

– La boutique ?

– Oui, ils ont tout pris.

– Vous avez appelé la police ?

– Oui.

– Je viens tout de suite.

En fait, il attendit vingt minutes allongé sur le lit, comme si c'était dimanche et qu'il faisait la grasse matinée. Puis il prit son bain, se rasa, s'habilla avec soin et prépara une valise.

Il héla un taxi, mais en apercevant deux SA en sentinelle devant sa boutique, il demanda au chauffeur de le déposer devant chez Herpich. Il fit le tour du grand magasin pour passer par une allée qui menait derrière l'immeuble en brique abritant sa boutique. La porte de derrière était verrouillée. Il avait la clé. Il tomba nez à nez avec le concierge, qui, après l'avoir salué d'un petit signe de tête, continua à balayer la cour comme si de rien n'était.

La porte qui donnait sur l'arrière-boutique avait été défoncée. Il ne restait plus rien ; les lampes et le mobilier avaient été brisés en mille morceaux. Alfred frémit en voyant qu'ils avaient tenté, en vain, de forcer le coffre. Il était tout griffé et un bout de porte avait été tordu, mais c'était un Kromer, du solide, de l'acier de la Ruhr.

Les deux SA se tenaient devant le piédestal qui avait accueilli le gros diamant blanc. Comme il n'y avait plus de vitrine à proprement parler puisque la vitre avait volé en éclats, Alfred, caché par l'encoignure, entendait tout ce qu'ils disaient. Ils parlaient d'une femme, ou plutôt des seins d'une femme. Fallait-il en conclure qu'ils avaient un rendez-vous galant ? Rien n'était moins sûr... Pour le moment, de toute façon, l'essentiel était qu'ils ne perçoivent pas le bruit du coffre-fort quand il l'ouvrirait. Alfred profita du bruissement du balai du concierge, qui nettoyait à présent devant la porte, pour tourner la combinaison.

— Dis donc, toi ! s'exclama soudain l'une des chemises brunes. T'aurais pas vu Alfie ?

— Qui ça ?

— Alfie. Le bijoutier.

— Oh, Herr Hauptmann.

La porte du coffre s'ouvrit sans un bruit. Alfred prit la lettre de son ami Ritz ainsi que le paquet contenant la grosse pierre peinte en doré et les petits diamants. Il glissa le tout dans sa poche.

— Je n'ai pas vu Herr Hauptmann depuis hier, mentit le concierge.

Il passa sept heures à attendre à l'ambassade américaine de la Tiergartenplatz. Quand il en sortit enfin, la banque de Darmstadt, sa banque, était déjà fermée pour le week-end, mais il avait son visa. Il se rendit immédiatement à la gare et commença par faire la queue devant le guichet des premières classes avant de se rappeler sa situation et de passer au guichet des troisièmes. Il n'avait jamais voyagé dans un tel inconfort.

Les banquettes en bois étaient dures et étroites, l'air empestait la sueur. Sinon, ç'aurait pu être un voyage comme un autre à destination de la Hollande.

Il avait des relations à Amsterdam mais, en l'occurrence, préférait ne voir personne. Il comptait dès le lendemain matin vendre un de ses diamants et embarquer à Rotterdam pour New York. Ayant loué pour la nuit une chambre dans un hôtel miteux, il descendit manger dans un café un plat de harengs saurs arrosé d'une bière à la pression. Dehors, il s'était mis à pleuvoir. Une fois ce modeste repas avalé, il laissa ses pas le guider vers la maison où il avait vécu jadis avec son cousin Ludvik. Elle était toujours là, identique à son souvenir. Seul le moulin avait disparu, et avec lui le murmure soyeux de ses ailes.

Une fois de retour dans sa chambre minable au quatrième étage, comme il éprouvait une certaine répugnance à se glisser entre des draps qui lui semblaient d'une propreté douteuse, il préféra rester accoudé à la fenêtre, à regarder la pluie tomber dans la nuit.

– Pardon, docteur Silberstein, chuchota-t-il à l'échiquier luisant et noir des toits d'Amsterdam.

II

La cachette

10

Tamar Strauss

Dans son rêve, Yoël était encore en vie et caressait avec précision les points les plus voluptueux de son corps. De tous les traits de caractère qu'il avait hérités de son ascendance allemande, l'efficacité représentait celui qu'il avait le plus de mal à renier. Tamar se réveilla au bord de l'orgasme. La chambre d'hôtel était tranquille. Elle resta un long moment allongée sans bouger sur le matelas grumeleux, paralysée par le chagrin. Des tapis montait une âcre odeur de poussière.

Elle ferma les paupières dans le vain espoir de replonger dans le songe. Mais le visage de Yoël fuyait son regard intérieur. Il n'était pas aussi brun qu'elle, quoique sa peau fût plutôt foncée pour un Juif allemand, rehaussant le bleu extraordinairement pâle de ses yeux. Ces yeux d'Ashkénaze qui l'avaient ensorcelée dès le premier soir au musée. On ne les avait pas présentés. Il l'avait contemplée depuis l'autre côté de la pièce et elle s'était sentie comme soulevée de terre.

Ils s'étaient connus seulement quelques mois. Il terminait son internat à l'hôpital Beilinson, à Petah Tikva, dans la banlieue de Tel-Aviv. Dès qu'il pouvait s'échapper, il sautait au volant de sa Volkswagen rouge pour venir la voir. Ils se retrouvaient au café rue de Jaffa ou bien au concert pour écouter l'Orchestre philharmonique d'Israël – ses parents avaient un abonnement, ce qui l'incita à supposer qu'ils étaient riches. Ensuite ils flirtaient dans la petite voiture. Un soir ils roulèrent jusqu'à une plage et là, sur le sable, elle ne put l'arrêter. Elle fut transpercée d'une douleur effroyable : il ignorait que ce qu'il venait de lui faire équivalait à la détruire. Mais il la consola. Il l'adorait. Il la présenta à sa mère et offrit au père de Tamar une version moderne d'une corbeille de mariage, remplie de fruits disposés autour d'une bouteille d'arak. Mais une semaine plus tard, lorsque Tamar rendit visite à ses parents, à Rosh Haayin, une ville entre Jérusalem et Tel-Aviv habitée par de nombreux Juifs yéménites, elle trouva la corbeille encore sous Cellophane, les bananes noires, les pêches et les oranges moisies. Elle jeta le tout sauf l'arak. Le soir, son père lui demanda :

– Tu vas accepter d'épouser ce type ?

Et comme elle acquiesçait, il ouvrit la bouteille d'arak.

Yoël se proposait, en guise de mémoire pour conclure son internat, d'étudier le taux de mortalité chez les parturientes bédouines. C'est ainsi qu'il se retrouva muté à la maternité de l'hôpital Hadassah, à Jérusalem, pour leur plus grand bonheur : c'était là qu'ils avaient l'intention de vivre. Les parents du jeune homme proposèrent de leur acheter un appartement. Leur petit magasin de meubles bon marché leur rapportait tout juste de quoi vivre, mais ils venaient de toucher des « réparations » d'Allemagne.

Le père de Yoël avait été interné à Mauthausen. Tous ses grands-parents et sa tante étaient morts à Buchenwald. La totalité de leurs biens avait été confisquée. Après la guerre, sa famille avait déposé une demande auprès de l'État allemand et une petite somme leur avait été versée mais ses parents ne voulaient pas toucher à cet argent pour eux-mêmes. Yoël non plus. Si bien qu'un jour M. Strauss était venu trouver Tamar et l'avait invitée à prendre le thé. C'était un homme encore séduisant en dépit de sa calvitie et de son air fatigué. Yoël ressemblerait-il un jour à son père ?

– Devrais-je renvoyer cet argent ? lui demanda-t-il en lui tapotant le dos de la main.

Ainsi ils emménagèrent dans un trois-pièces tout à fait confortable d'un immeuble moderne dans le quartier de Yemin Moshe, en s'efforçant d'oublier qu'ils le devaient à des fantômes.

Sa mère aurait souhaité qu'elle se marie dans le costume traditionnel yéménite. Mais le sens pratique de Tamar l'emporta. Elle acheta une robe qu'elle allait pouvoir porter en toute occasion, un fourreau tout simple en jersey lilas qui mettait en valeur la chaleur de son teint. La cérémonie se déroula sous le toit de tôle de la synagogue de Rosh Haayin avec un rabbin si vieux que ce fut tout juste s'il put prononcer la septième bénédiction. Quand Yoël eut cassé le verre, ils s'attablèrent autour des poulets farcis aux œufs durs, mélangés à du riz aux raisins et amandes. Le vin et l'arak coulèrent à flots.

La petite voiture rouge de leurs escapades leur servit une fois de plus à s'évader. Ils passèrent trois jours d'un bonheur sans nuage à Eilat, au bord de la mer Rouge, autant dire aux portes du paradis.

Le mariage allait à ravir à Tamar. La chance lui souriait. Au musée, elle fit une découverte de taille. Comme on avait apporté à l'atelier de restauration une ancienne coupe phénicienne en bronze, elle constata que la brisure révélait une curieuse structure. Aux ultraviolets, il s'avéra qu'il s'agissait bien d'un faux. Le faussaire avait habilement reconstitué une patine à l'antique sur un vieux vase en bronze dépourvu de valeur, alors que le musée s'apprêtait à l'acheter à prix d'or. Tamar avait non seulement fait économiser une grosse somme aux services de la conservation, mais désormais tout le monde lui souriait dans les couloirs.

Tamar aimait aussi tout simplement être la femme de Yoël. Elle était fière de la passion avec laquelle il prenait la défense des bédouins. Il avait réussi, après un bras de fer avec l'administration, à obtenir des fonds pour irriguer un territoire assez vaste pour permettre à la tribu de nomades dont il s'occupait de se sédentariser définitivement.

Juillet vint. Il la quitta pour sa période de réserve militaire annuelle. En qualité de médecin, il avait le rang d'officier. À mesure que l'heure de son départ approchait, ses nuits étaient de plus en plus traversées de cauchemars. Rêves prémonitoires d'une nouvelle ère de violences qui allait s'abattre sur le pays comme un coup de tonnerre ? Un orage dont Yoël ne reviendrait pas.

Tamar n'eut aucun mal à vendre leur appartement. M. Strauss, qu'elle avait invité à déjeuner pour lui donner le chèque de la vente, la regarda avec une expression vide. Il n'en voulait pas. L'argent des fantômes... Tamar le déposa sur un compte d'épargne et posta le livret à ses beaux-parents. Elle trouva un logement bon marché dans la Vieille Ville, non loin de la Via Dolorosa, au fond d'une ruelle arabe obscure, une pièce aux fenêtres voûtées s'ouvrant sur un petit jardin inondé de lumière où un puits émergeait d'un nid de verdure. Elle avait l'eau courante. Elle n'en demandait pas davantage. La première nuit, recroquevillée sur elle-même dans son lit, elle eut l'impression de reposer au fond d'un puits, inerte, insensible, sourde aux bruits du monde.

Il était mort. Elle, vivante.

Et nul autre qu'elle ne trouvait cela étrange.

Marcher était le seul moyen d'alléger le poids de son cœur. Elle arpentait la Vieille Ville aux heures les plus tranquilles de la nuit. Peu à peu, elle recouvra la faculté de reconnaître la présence des autres autour d'elle. Elle prit ses habitudes dans un café de la porte de Jaffa, semblable à une caverne sombre frémissante des voix des hommes penchés sur leur partie de cartes ou leur tournoi de *shesh besh*, une variante du jeu de jacquet. Tamar se contentait de s'asseoir à l'extérieur, à une petite table. Tout en buvant quantité de tasses de café grandes comme des dés à coudre, elle se mettait à l'écoute de la ville. Un soir, alors qu'elle était seule sur la terrasse, un homme habillé comme un Américain vint s'asseoir à quelques pas. Jeune, un peu plus vieux qu'elle, peut-être. Il avait posé un sac sur la chaise à côté de lui et gardait son Leica suspendu autour de son cou à une lanière de cuir. Assez vite, elle se leva et partit errer dans l'enchevêtrement des ruelles pavées que seule la lune éclairait, où seul résonnait le bruit de ses pas.

Le soir suivant, elle retrouva l'inconnu installé à une table sur le trottoir. Comme elle lui rendait poliment son salut, il leva son Leica et fit le point sur elle.

– S'il vous plaît, non.

L'homme acquiesça et se leva pour aller photographier les hommes à l'intérieur.

– C'est un bel endroit, commenta-t-il en sortant quelques minutes plus tard.

Il s'assit à sa table. Elle n'offrit aucune résistance. Photographe de mode à Londres, il était là pour effectuer des repérages dans la perspective d'amener des mannequins pour des prises de vue à Jérusalem.

– Je vous ai bien observée, dit-il. Vous avez l'air si triste !

Comme elle faisait mine de se lever pour partir, il l'arrêta d'un geste :

– Je ne cherche pas à être indiscret. Comprenez-moi : je suis de par ma nature tout à fait opposé à la tristesse.

Elle continua à boire son café en silence. Il lui demanda si elle voulait bien lui montrer le quartier. Elle accepta. Pendant les deux heures qu'ils passèrent ensemble à contempler lieux saints et monuments, à se promener dans le quartier juif détruit en 1948 et reconstruit après sa reprise pendant la guerre des Six Jours, il ne lui posa aucune question personnelle. Tout ce qu'elle savait de lui, c'était qu'il s'appelait Jack et qu'il était d'agréable compagnie. Ils finirent par s'asseoir dans un petit restaurant où ils partagèrent des feuilles de vigne farcies. Comme elle refusait de boire de l'arak, il lui sourit :

– Moi non plus, je ne bois pas d'alcool. Tenez...

Tout en parlant, il avait sorti de sa poche une petite boîte, et de cette boîte deux pilules roses qu'il déposa au creux de sa main.

– Qu'est-ce que c'est ? interrogea Tamar.

– Un remède à la tristesse.

Elle prit un air dubitatif. Il les avala toutes les deux avec son café. Elle céda. Au début, elle ne ressentit aucun changement en elle.

– Connaissez-vous un jardin arabe avec une fontaine ? lança-t-il.

– Non, mais un jardin avec un puits, ça vous intéresse ?

C'est au moment de grimper la ruelle qu'elle eut la sensation de ne plus avoir de pieds. Les rayons de lune accentuaient le relief de chaque pavé. Quelques minutes plus tard, elle sombra dans l'ouate fraîche de son lit comme dans un élément liquide.

– Heureuse ? dit-il.

– Heureuse, heureuse, heureuse, répéta-t-elle comme dans un rêve.

Et elle riait, riait !

Elle le regarda se dépouiller de ses vêtements avec des gestes de danseur aquatique. Jack avait l'air plus grand que Yoël. Elle observa, à quelques centimètres du sien, le visage clair, inconnu... heureux.

Il se rhabilla. La même petite danse aquatique, mais cette fois à l'envers. Il agrippa son sac, passa son Leica autour de son cou et sortit.

Tamar s'endormit en riant.

Au matin, affolée, elle annonça à ses collègues du musée qu'elle était à la recherche d'un nouveau logement. La propriétaire de la boutique de souvenirs finit par lui proposer une chambre dans l'appartement de sa fille, dans le quartier juif.

Elle y emménagea le soir même. Si jamais cet homme revenait avec ses pilules de bonheur, il trouverait porte close.

Tamar détestait son nouveau domicile. Une pièce étroite, aux murs écaillés, qui avait manifestement servi de chambre d'enfant. À travers la fine cloison, les pleurs du bébé la tenaient éveillée la nuit, ainsi que les chamailleries incessantes entre les parents.

Le malaise de Tamar s'intensifia quand ses règles tardèrent à venir. Elle attendit encore quelques jours, pour être bien sûre, puis se rendit dans une clinique de Tel-Aviv. Le lendemain, après avoir saigné toute la nuit, au lieu de se rendre au musée, elle prit le chemin du bureau de recrutement de l'armée et s'enrôla sur-le-champ.

Elle suivit une formation d'opérateur radio et fut envoyée à Arad, au « camp 247 ». À quelques kilomètres de la ville, un carré vert entouré de barbelés au milieu d'une étendue désertique. Les bâtiments marron étaient disposés de façon à former deux cours intérieures tapissées d'un beau gazon émeraude et de fleurs, une prouesse de l'administration. Tamar fut intriguée de voir qu'une partie de la caserne était occupée par des civils. Lorsqu'elle fit part de sa curiosité à son patron, un ingénieur du son qui ne rêvait qu'au jour où il pourrait retourner enregistrer des groupes de rock dans son studio de Jérusalem, il répondit en haussant les épaules :

– Ils travaillent pour la Compagnie des eaux.
– Ah, et que font-ils ?
– Le sale boulot.

Comme tout le monde, Tamar se mit à fréquenter le *shekem*, ce lieu de rencontre et d'échanges où tous les gens de la caserne se rendaient après le service. Bien entendu, elle y côtoya les « civils » dont la présence l'avait intriguée. Mais elle ne posa plus de questions. Une chose était sûre, ils ne travaillaient pas pour la Compagnie des eaux. Et ils n'étaient pas non plus de vrais civils. Elle observa que, non contents de se servir des voitures du parc automobile de la caserne, ils conduisaient deux Jeep Willy grises. Pour entrer dans leur section de la caserne, il fallait franchir un portail qui ne s'ouvrait que de l'intérieur. Une pancarte discrète sur la barrière portait l'inscription : QUATRIÈME DÉTACHEMENT SPÉCIAL TACTIQUE. Leur commandant était un homme mince à la peau brûlée par le soleil du désert, presque aussi foncée que celle de Tamar. Il s'appelait Zeev Kagan. Ses hommes lui obéissaient au doigt et à l'œil. En bavardant avec eux, Tamar apprit que son père était un gros bonnet du gouvernement.

Jour après jour, Tamar, sur qui son patron se déchargeait de plus en plus, sentait son ancienne vie se détacher d'elle comme une vieille peau. Peu à peu, elle apprenait à apprivoiser la mort de Yoël. Pourtant, souvent, elle avait encore une vision très nette de ses traits, de son expression, de son sourire. La nuit, son corps sentait le contact de ses mains, le souffle de son haleine sur sa peau, la chaleur de son étreinte. Elle avait beau se dépenser à l'exercice tous les matins, ce manque la taraudait. Aussi, quand on lui proposa de se joindre à un programme d'entraînement intensif sous les ordres de Zeev Kagan, elle s'empressa d'accepter.

Elle resta avec le commando pendant trois jours. Ils étaient tous vêtus de treillis dépourvus d'insigne. Le premier jour, ils parcoururent seulement quinze kilomètres à pied, chiffre que leur chef rallongea de cinq kilomètres chaque jour. Le soir, Tamar rentrait fourbue, prenait une douche brûlante et s'allongeait sur son lit de camp, percluse de courbatures. Au troisième jour, voyant qu'elle titubait, Zeev Kagan vint la chercher dans les rangs pour la faire marcher avec lui devant les autres.

– Ça va très bien ! souffla-t-elle, sur la défensive.

– Je ne pensais pas à vous.

Elle comprit alors qu'il voulait en réalité éviter que sa faiblesse ne se révèle contagieuse. Il ne lui adressa plus la parole. Un homme de haute taille, au profil d'aigle. À une ou deux reprises, elle se heurta à lui. Son corps était dur comme de l'acier. La nuit, elle se mit à rêver de lui.

Un jour, comme son patron l'avait retenue avec une pile de messages à envoyer, elle resta à la caserne. Le soir, Kagan vint la retrouver au *shekem* et lui demanda :

– Où étais-tu ?

Quand elle lui eut exposé la raison de son absence, il insista pour qu'elle soit présente le lendemain.

– Je n'ai pas encore décidé, répliqua-t-elle.

– Je veux que tu viennes, décréta-t-il en plongeant au fond de son âme ses yeux gris, aussi clairs que des yeux d'Ashkénaze dans son visage noir.

Il existait à la caserne une règle non écrite. Les hommes et les femmes se côtoyaient en bonne entente. Si un couple voulait pousser plus loin sa relation, il ne lui restait plus qu'à faire une virée en ville. Kagan avait été si long à se déclarer que Tamar avait fini par se demander si elle ne s'était pas trompée à son propos.

Ils allèrent à Tel-Aviv, dans un petit hôtel d'une partie délabrée du front de mer. La fenêtre ouverte laissait entrer le bruit et l'odeur de la plage. Il se déshabilla. Ses jambes et ses hanches, protégées par son pantalon de la brûlure du soleil, apparurent à Tamar d'une blancheur maladive. Pourtant elle se serra contre lui, confiante, amoureuse, offerte. Mais au bout d'un moment elle s'aperçut que quelque chose n'allait pas. Et elle eut beau déployer tout son art et sa passion, rien n'y fit. Elle se serait volontiers apitoyée sur elle-même, si elle n'avait pas été si désolée pour lui. C'était chez lui un problème récurrent. Il consultait un psy. Ce dernier lui avait conseillé d'essayer avec elle tout en le mettant en garde. Il lui présenta des excuses.

Sans s'avouer vaincue, Tamar lui fit tâter les muscles de ses mollets, des muscles que leurs longues marches dans le désert avaient endurcis. Au bout de trois semaines, Kagan put interrompre ses séances chez son psy : il était guéri. Et cette lutte, cette victoire comblèrent Tamar, lui donnèrent une raison de vivre. Elle n'en oubliait pas pour autant Yoël, l'amour de sa vie. Yoël avait milité en faveur des bédouins, s'était battu pour fournir de l'herbe en pâturage à leurs troupeaux. Kagan, lui, empoisonnait les puits afin de pousser les bédouins dehors car en haut lieu on soupçonnait ces nomades d'être des espions des pays arabes. Et il distribuait du cannabis à ses indicateurs. Oui, il faisait le « sale boulot », comme le lui avait dit son patron à la caserne.

Quatorze mois s'écoulèrent ainsi jusqu'à ce que Kagan se fît plus pressant auprès de Tamar. Cette dernière le repoussa, répugnant à s'engager dans une relation durable. En fait, elle donna sa démission et retourna travailler au musée.

Elle n'était pas plus tôt de retour dans ses bureaux de Jérusalem que Kagan vint la trouver pour lui proposer une mission. Au départ, elle crut qu'il plaisantait. Mais quand il lui eut expliqué ce qu'on attendait d'elle, elle demanda un peu de temps pour réfléchir.

En fin de compte, elle accepta, se mit en congé au musée, boucla sa valise et s'installa dans une chambre d'hôtel, la chambre voisine de celle d'Harry Hopeman.

L'Américain lui passa un coup de fil pour l'inviter à petit-déjeuner avec lui. Quelques minutes plus tard, elle frappait à sa porte. Ils descendirent dans la salle à manger en silence. Une fois à table, consciente de ses réticences, elle déclara :

– Je n'ai pas eu plus le choix que vous. On m'a chargée de vous assister.

– J'aimerais parler à votre supérieur hiérarchique.

– Monsieur Hopeman, si on a fait appel à moi, c'est qu'on ne veut pas que vous sachiez de qui il s'agit.

Harry se renfrogna. Tamar s'absorba dans la contemplation de ses mains. Des mains longues aux doigts souples, de très belles mains. Elle les imagina en train de défaire un nœud, ou de caresser la peau d'une femme. Et un sourire plissa ses lèvres : il était sans doute affreusement maladroit.

– J'ai du travail qui m'attend dans ma chambre, finit-elle par annoncer après un silence interminable. Je ne vous gênerai pas tant que nous n'aurons pas été contactés.

Harry sortit de sa poche un petit paquet cubique qu'il posa sur la table en disant :

– À mon avis, nous n'aurons pas à attendre longtemps.

11

Le monsignore

– Ça me rappelle Gila County, en Arizona.

– Qu'est-ce que c'est ?

Harry tressaillit. Ses silences étaient si prolongés qu'il en oubliait presque le son de sa voix.

– Une fournaise.

Il faut dire que la conduite sur cette route étroite exigeait toute l'attention d'Harry, qui tenait le volant. En face arrivait un camion. Devant, il y avait un âne sur le dos duquel était perché un gamin arabe. Le camion sortit un peu de la route pour les croiser. Harry dépassa l'âne et son cavalier. En changeant de vitesse, sa main frôla la cuisse de sa compagne.

– Pardon, souffla-t-il en plissant les yeux dans le vent brûlant qui s'engouffrait par la vitre ouverte.

Il lui en voulait un peu de l'avoir obligé à couper la climatisation dans la voiture. À l'en croire, il valait mieux qu'il apprenne à supporter la chaleur s'il ne voulait pas tomber malade.

Ce matin-là, un mot avait été déposé à son intention chez le concierge de son hôtel. La même grande écriture fine et chantournée que sur le paquet qui avait contenu le grenat. Il était prié de partir pour Arad et de prendre une chambre dans un hôtel dont on lui donnait l'adresse.

– Tout au nord du pays, il fait plus frais. Les sommets du mont Hermon sont couverts de neige toute l'année.

– Hélas, Arad est au sud, soupira Harry.

Construit sur une crête proche de la mer Morte afin de préserver un climat tempéré, Arad ressemble à une forteresse face au désert. Tamar se rendit tout de suite dans un café qu'elle fréquentait à l'époque où elle était stationnée dans son camp militaire non loin de là. Au cours de la conversation qu'elle eut avec le gérant de l'établissement, Harry nota que le nom de Zeev Kagan revenait trop souvent pour ne pas lui mettre la puce à l'oreille.

Après un dîner silencieux dans le restaurant de l'hôtel – Harry était trop épuisé pour s'escrimer à sortir Tamar de son mutisme –, ils montèrent chacun dans leurs chambres respectives. Au matin, Harry trouva une nouvelle lettre à son intention, à la réception.

– On me demande de retourner à Jérusalem et d'attendre à l'hôtel.

– On vous fait tourner en bourrique ? sourit Tamar.

– Vous savez, quand il s'agit d'objets aussi précieux qu'un diamant, on préfère parcourir quelques kilomètres inutiles plutôt que de prendre des risques inconsidérés.

– Alors on retourne à Jérusalem ?

– Oui, et si nous avons le temps, vous voudrez bien me faire visiter la ville ? Je ne connais pas la Via Dolorosa...

Comme Tamar avait prétexté une forte migraine pour ne pas venir se promener avec lui dans la Vieille Ville, Harry partit tout seul explorer les alentours de la célèbre « voie douloureuse », en réalité le quartier musulman, un labyrinthe de ruelles commerçantes où s'écoulait un flot ininterrompu d'hommes au milieu d'incessants et bruyants marchandages. Hormis les antennes de télévision qui hérissaient les anciens

117

toits de tuile et les réclames pour Coca-Cola, on se serait cru retourné au temps des croisades.

Harry ne tarda pas à être abordé par un guide qui lui proposa de lui faire visiter les alentours en compagnie de quelques autres personnes, lesquelles attendaient sagement derrière lui. Harry accepta volontiers et emboîta le pas à une famille française, un couple avec une adolescente, et deux jeunes Américains. Ils visitèrent d'abord un couvent puis les ruines d'une forteresse, et ils arrivaient devant une église arménienne lorsque le guide leur fit signe de marquer une halte pour laisser sortir une procession.

– Chaque vendredi, expliqua-t-il, des moines « rejouent » ici les étapes de la crucifixion de Jésus. Observez leurs costumes. Ils appartiennent tous à des ordres différents. Celui qui porte l'habit noir est un bénédictin, l'habit blanc et noir un dominicain, l'habit marron un capucin. Le prêtre avec la calotte rouge est un cardinal...

Le religieux chargé de porter la croix tenait son rôle de façon un peu trop convaincante. Il titubait, manquait presque de tomber. À un moment donné, il tourna la tête vers Harry. Ce dernier sursauta de surprise. Oui, ce ne pouvait être que lui.

– Peter ! s'exclama-t-il en s'avançant vers l'homme courbé.

Les yeux du pénitent le fixèrent sans le voir. Frappé par l'intensité fébrile de ce regard, Harry se recula. Mais lorsqu'il vit la procession descendre la Via Dolorosa vers la Cinquième Station, il la suivit sans hésiter en repoussant d'un geste de la main les rappels à l'ordre de son guide.

Après neuf haltes, les religieux s'arrêtèrent au Saint-Sépulcre. S'armant de patience, Harry attendit, ne lâchant pas Peter Harrington des yeux pendant que celui-ci assistait le cardinal tout au long de la messe. Une fois l'office terminé, Harry le prit par le bras, et Peter le reconnut instantanément.

– Bonjour, mon père, dit Harry dans un sourire.

Une lueur de plaisir traversa le regard du religieux, puis son expression se voila un instant de manière indéchiffrable.

Bien entendu, ils dînèrent ensemble.

Peter Harrington avait découvert le péché de gourmandise à l'époque où il était séminariste à Baltimore. Crabes géants et bière allemande composaient alors tout le menu de ses bombances. Très intelligent et travailleur, il avait obtenu une bourse pour étudier à Rome celle que l'on disait la plus noble des sciences, la théologie. Après son ordination, il rentra à Baltimore pour prendre la tête d'une petite paroisse. Mais à côté des délices de la cuisine italienne, les crabes et la bière lui parurent bien fades. Il n'eut de cesse d'obtenir une nouvelle bourse pour rédiger à Rome une thèse intitulée « Objets d'art sacrés dans la symbolique des Pères de l'Église ». Mais voilà, son travail de recherche au musée de Vatican le mettant au contact de donateurs et de galeristes de renom, il était très souvent convié dans les meilleurs restaurants de Rome.

La première fois qu'il avait fait part de cette faiblesse dans le huis clos du confessionnal, frère Marcello l'avait rassuré :

– Ne vous frappez pas tant, mon fils. Augmentez le nombre de vos prières, choisissez mieux vos plats et limitez-vous à quatre verres d'alcool.

Pourtant, c'était plus fort que lui. À force d'écouter ses doléances, le frère Marcello avait fini par lui imposer, en plus des prières, des méditations sur les vertus de l'abstinence et les méfaits de la gloutonnerie, une heure de jogging tous les matins.

À la même époque, Harry tournait chaque jour à la même heure autour de la Piazza Bologna. Et un beau jour, alors que Peter se promenait en compagnie du cardinal Pesenti, ce dernier les avait présentés. Ils avaient tout de suite sympathisé, et le soir même s'étaient retrouvés autour d'une bonne table à prolonger leur conversation tard dans la nuit.

Peter emmena Harry à King George Street, dans un bar américain comme il en existe dans presque toutes les grandes villes du monde.

– C'est le seul endroit où l'on vous sert un whisky correct.

– *Lékhaïm, chaver.*

– À ta santé, mon père.

– Tu peux m'appeler monsignore maintenant. Car j'en suis un, depuis deux ans.

– Ah, bientôt cardinal ?

– Non, non. Je m'arrête. Je ne sais déjà pas comment je me suis retrouvé là, d'ailleurs.

– Je t'ai vu, tout à l'heure, portant la croix. Oui, je pense que tu as vraiment la vocation.

– Merci, Harry, opina doucement Peter Harrington en abaissant son regard sur la carte. Je te recommande le goulasch.

– Il n'y a pas beaucoup de bœuf en Israël.

– Ils le font venir de Chicago.

Lorsqu'on déposa le plat fumant devant eux, Peter regarda Harry avec des yeux pétillants :

– C'est meilleur qu'à Chicago ! Tu te souviens du veau à Rome ?

Harry poussa un soupir :

– Chez Le Grand. C'est toujours aussi bon ?

– Oui, répondit Mgr Harrington en jouant avec sa serviette. Puis, à brûle-pourpoint, il lança :

– On t'a montré le diamant ?

– Non.

– Moi non plus. Ça fait deux semaines que j'attends à l'Institut pontifical comme une cruche.

– À croire que quelqu'un nous tient en réserve ici, fit observer Harry. La police ne peut-elle rien pour toi ?

– Pas en dehors des frontières italiennes.

– Le diamant était assuré ?

– Tu connais un musée qui est assuré ? Oui, bien sûr, quand on déplace une œuvre d'art ou un objet précieux. Mais dans l'enceinte du musée ? Jamais. Ce que nous abritons n'a pas de prix. Tu imagines la facture de l'assurance, prononça-t-il d'un ton lugubre.

– Bien, mais tu essayes de le racheter ?

Mgr Harrington haussa les épaules :

– Nous voulons récupérer l'Œil d'Alexandre. Ce n'est pas une question d'argent. Pour nous, c'est comme une histoire d'enlèvement d'enfant. Mais tu veux que je te dise ce que nous ne comprenons pas, Harry ?... Eh bien, pourquoi ne travailles-tu pas pour nous ?

– Ce diamant appartient au peuple juif.

– Mais il nous appartient ! C'est à nous qu'il a été dérobé !

– Il a été volé plus d'une fois. Il faut que tu gardes ça en tête, Peter.

– Me serais-je trompé sur ton compte ? Serais-tu prêt à te rendre complice de recel ?

– Que veux-tu, les liens du sang sont les plus forts. Et de nos jours, vous ne pouvez pas m'obliger à travailler pour vous. Vous ne pouvez pas me brûler vif ou m'enfermer dans une prison.

– N'importe quoi ! grommela Mgr Harrington. Vous autres, vous ne laissez donc jamais le passé dormir en paix.

– Le passé a trop de choses à nous apprendre, monsignore. Comment l'Église s'est-elle approprié le diamant, par exemple ? À qui appartenait-il avant d'atterrir entre vos mains ?

– On croirait entendre parler un sioniste à propos d'Israël.

– Exactement ! Voilà la raison pour laquelle je dois racheter ce diamant. Un bien précieux nous a été confisqué, et à présent vous nous reprochez de l'avoir récupéré et de vouloir le garder.

– Il est à nous, objecta son interlocuteur avec un mouvement autoritaire du menton. Une mitre de toute beauté attend derrière l'une de nos vitrines avec un gros trou à la place du diamant volé. Cette mitre a été portée par des papes ! J'ai bien l'intention de gagner, Harry. Pour l'Église, certes, mais surtout pour moi. Ce n'est pas agir en bon chrétien, n'est-ce pas ?

– C'est humain. Je comprends.

– Que tu es sûr de toi, Harry ! Tu aurais fait un bon jésuite, va. Dommage que tu ne sois pas catholique.

— J'ai de la chance, vois-tu, je suis né élu.

Les deux amis se regardèrent un instant en silence, conscients du gouffre amer qui s'élargissait entre eux.

— Je crois qu'un peu de cognac nous fera du bien, finit par dire Peter Harrington comme à regret.

12

Massada

Le lendemain matin, quand la belle Yéménite l'appela au téléphone, Harry crut que sa tête allait exploser. *Il ne faut jamais boire avec des prêtres*, se répétait-il tout en se préparant une aspirine et du jus de tomate.

Tamar l'emmena au musée d'Israël, où l'air frais des salles climatisées lui fit plus de bien que la douche froide de l'hôtel. Les gardiens saluaient tous la jeune femme par son prénom mais se montraient aussi respectueux à son égard que si elle avait été une reine. Harry écouta avec ravissement les judicieux et savants commentaires dont elle accompagna la visite. À la fin de la matinée, sa gueule de bois n'était plus qu'un mauvais souvenir.

— Où allons-nous déjeuner ? demanda-t-il en sortant du bâtiment.

Ils prirent un taxi jusqu'à la porte de Jaffa. Tamar le guida jusqu'à un petit immeuble en pierre à l'ombre duquel étaient disposées une douzaine de tables.

— Il fera plus frais dehors, dit Tamar.

Harry lui confia le soin de commander. Tamar choisit un assortiment de salades qu'ils mangèrent avec de la pita, le tout arrosé de thé à la menthe. À l'intérieur, comme dans tous les cafés du quartier, les hommes étaient penchés sur leurs jeux de *shesh besh*.

— J'avais l'impression que vous n'aimiez pas la Vieille Ville, lança Harry.

— Je l'adore. Mais j'ai vécu ici un temps. Pas un temps très heureux pour moi... Si je vous ai amené ici, c'est parce que je me suis rendu compte cette nuit qu'il est inutile de fuir ce qui vous fait peur.

— Ah, c'est pourtant ce que je fais sans arrêt.

Un serveur vint leur demander s'ils voulaient un narguilé. Harry jeta un coup d'œil aux deux Arabes qui, à une table voisine, tiraient de petites bouffées, puis fit non de la tête. Quand il lui eut raconté sa conversation avec Mgr Harrington, il ajouta :

— Serait-il possible que les gens pour qui vous travaillez gardent un œil sur lui ?

— Je vais le leur demander, promit Tamar.

— Je commence à penser que je ne dois rien négliger... Vous êtes divorcée ?

— Il est mort, répondit-elle en continuant à siroter son café.

Cher Monsieur Hopeman,
Rendez-vous à Massada et attendez que l'on prenne contact avec vous.
Merci mille fois de votre patience et de votre coopération que je trouve admirables. C'est avec regret, croyez-moi, que j'ai dû retarder notre transaction.
En me réjouissant de vous rencontrer,
Bien cordialement,
Yosef Mehdi.

Tamar n'eut pas l'air surprise.

— Massada est en plein désert, loin de tout, déclara-t-elle. À cette époque de l'année, il fait trop chaud pour les cars de touristes. Et trop peu de soldats y stationnent pour effrayer nos amis.

— Faudra-t-il dormir sous la tente ?

– Ce ne sera pas nécessaire. Sur le versant du rocher du côté de la mer Morte, il y a une auberge de jeunesse. Bien sûr, elle est fréquentée, et Mehdi n'aura peut-être pas envie de vous rencontrer là. Du côté du désert, il y a un bungalow qui sert à accueillir parfois des employés des réserves naturelles. Mais en général il est vide. Je peux peut-être en obtenir la clé.

Elle le rappela une demi-heure après en lui annonçant que tout était arrangé.

La jeune femme insista pour faire quelques courses en ville, en vue de leur séjour à Massada, et, pendant ce temps, Harry veilla à remettre de l'eau et de l'huile dans le moteur de la voiture. Il fit le plein d'essence, puis, saisi d'une subite impulsion, s'arrêta acheter une bouteille de cognac israélien avant de passer prendre la jeune femme à l'épicerie où elle lui avait donné rendez-vous.

Juste avant de rejoindre la route de la mer Morte, ils aperçurent les bâtiments blancs de l'Université hébraïque de Jérusalem, trônant sur le mont Scopus, où Tamar avait fait ses études. Peu après, le sable crissait sous les roues de la Volkswagen et les collines de Judée, paysage lunaire, les enveloppaient. Comme ils dépassaient deux chameaux immobiles, Harry interrogea la jeune femme sur la faune du désert. Gazelles et vipères, hyènes et chacals y vivaient, répondit-elle. Dernièrement, un léopard avait été aperçu non loin de l'endroit où ils allaient.

– Arrêtez-vous au sommet de la prochaine côte, ordonna-t-elle trois quarts d'heure plus tard.

Là, à moins de dix kilomètres à vol d'oiseau, se dressait comme s'il avait surgi du néant le rocher de Massada, le site archéologique le plus spectaculaire du pays.

– Vous voyez les terrasses tout en haut ? dit-elle. Tout au bout, à gauche ? C'est là que le vieux roi Hérode se tenait quand la nuit était chaude, avec une grosse 'hatichah sur chaque genou.

— Une grosse quoi ?

— Une *'hatichah*, c'est... comment vous dites ? Un beau morceau. Une fille canon, quoi.

Harry redémarra sur un éclat de rire. Le rocher de Massada se fit de plus en plus imposant. Harry discernait à présent les bouches noires des grottes sur la paroi. Pour la première fois depuis son départ de New York, il eut la sensation de ne pas être venu pour rien.

Le bungalow était équipé d'un réfrigérateur d'un autre âge mais en état de marche, d'un réchaud, d'un W-C dont la chasse était fatiguée et d'une douche au pommeau rouillé.

— C'est royal ! s'exclama Harry, mi-figue mi-raisin.

Il déchargeait la voiture quand, levant les yeux, il aperçut une rangée de soldats armés. En déposant la boîte de provisions dans la cabane, il interrogea Tamar :

— Je suppose que ce sont des Israéliens ?

Elle jeta un coup d'œil par la fenêtre, puis se dirigea vers la porte. Une vingtaine de soldats, dont deux femmes à la taille épaissie par un barda militaire, étaient en train de s'installer à l'ombre du bungalow. Harry agrippa son appareil photo avant de suivre Tamar dehors.

— Pas de photo ! Pas de photo ! s'écria l'officier d'abord en hébreu puis en anglais.

Harry abaissa son appareil. Tamar adressa quelques paroles vives à l'officier. Quelques minutes plus tard, les soldats levèrent le camp.

— Ce n'était pas exactement une leçon de démocratie, lâcha Harry alors que, de retour dans le bungalow, ils rangeaient leurs provisions sur les étagères.

— Je lui ai promis de lui donner votre pellicule.

— Je n'ai même pas appuyé sur le bouton.

— J'aurais besoin de la pellicule, insista-t-elle.

— Seigneur !

Une minute plus tard, Harry lui tendit l'objet en soupirant :

– C'est dommage de gâcher un film. J'avais pris de belles choses dans la Vieille Ville.

Cherchant une autre pellicule, il commença par fouiller dans son sac, puis, n'en trouvant pas, il en renversa le contenu sur le plancher. Sous-vêtements, chemises, pastilles à la menthe, chaussettes, livres de poche, boîtes de films et plusieurs sacs de blanchisserie au nom de Della. Tamar, en lisant les étiquettes, ironisa en levant les sourcils :

– Vous donnez votre linge à laver en Amérique ?

– C'est ma femme, elle expédie tout chez le teinturier.

Sans un mot, elle déposa la poêle à frire et la bouilloire dans l'évier et se mit à frotter.

– Le sol est dégoûtant, dit-elle. Vous trouverez un balai dans le placard.

– Ma femme et moi sommes séparés, précisa-t-il assez bêtement.

– Qui s'intéresse à votre vie privée ? répliqua-t-elle en récurant énergiquement.

Il jeta deux pitas et quelques bananes dans son sac, et alla chercher la bouteille d'alcool dans la voiture. Puis il amorça l'escalade vers la forteresse.

Le sentier creusé dans le roc qu'il emprunta est connu sous le nom de « rampe romaine » parce qu'il fut construit par la Xe légion lorsqu'elle monta à l'assaut du groupe de rebelles juifs qui s'opposaient au pouvoir de Rome. Les poutres dont s'étaient servis les Romains pour consolider le passage étaient encore visibles par endroits. Harry s'arrêta pour poser ses mains sur le bois préservé par le sel et la sécheresse du climat, un bois argenté, poli, durci par deux mille ans d'exposition au soleil et à l'air de cet étrange désert. Il frissonna, comme si le contact avec cette matière le replongeait comme par magie dans un temps enfoui.

Il finit par arriver au sommet du plateau désolé, au milieu d'un paysage de pierre grise et sous un ciel d'un bleu saphir.

Autour de lui, les vestiges d'un fabuleux palais bombaient leurs murailles éclatées, avec çà et là un toit qui étincelait dans les rayons d'un soleil impitoyable. Une cité que personne n'avait songé à reconstruire. Le vent chaud et sec du désert était étouffant. En haletant, Harry pénétra dans la fraîcheur obscure d'une maison de pierre.

Quelque chose de vivant frôla ses mollets. Il sursauta :

– Pardon. *Shalom, shalom*, qui que vous soyez.

Il s'assit pour reprendre son souffle. Ses yeux s'habituant à l'obscurité, il constata que les murs et le plafond étaient recouverts d'une épaisse couche de plâtre patiné par l'âge. Un sol de terre battue, presque froid. Il y étendit sa couverture avec délices.

Lorsque, enfin, il se résolut à sortir de son havre pour explorer la forteresse, il eut la déplaisante impression qu'il n'était pas seul : quelqu'un était là, qui l'épiait. Quelques minutes plus tard, il tomba sur une chèvre noire dont la silhouette sombre se dessinait contre le ciel bleu comme un découpage d'enfant. L'animal l'observait, la tête légèrement penchée de côté. Harry frappa dans ses mains dans l'espoir de l'effrayer, mais elle se contenta d'émettre un bêlement. Il reprit sa marche. Quand il jeta un coup d'œil derrière lui, la chèvre avait disparu.

La maison où il s'était réfugié après sa longue et brûlante escalade faisait partie d'un ensemble de constructions festonnant le bord du rocher. Très loin en contrebas, un oued profond et rocailleux se terminait par une bâtisse qui ressemblait à une grange, et qui devait être l'auberge de jeunesse. Au-delà, les eaux de la mer Morte luisaient comme une immense flaque de mercure. Pas âme qui vive aux abords de l'auberge. Non loin, un câble grimpait jusqu'au sommet du rocher. La cabine du téléphérique était arrêtée en bas. Il n'y avait personne.

Harry se sentait emprisonné dans une solitude où seule la plainte du vent brisait le silence. Il était seul à Massada.

Il erra au milieu des ruines. Ce qu'il avait pris au départ pour des structures identiques se révélait en réalité de formes très variées. Les bâtiments longs et bas étaient sans doute des entrepôts. Les espèces de maisons comme celle où il avait laissé ses affaires accueillaient chacune un foyer extérieur. D'autres présentaient des escaliers descendant vers les reliefs de bains rituels. Deux d'entre elles, aménagées pour les touristes, affichaient des pancartes *Messieurs* et *Dames* qui lui parurent obscènes dans ce cadre. Il ne pénétra pas moins dans les toilettes pour hommes et eut l'exquise surprise de trouver, coulant à flots des robinets, de l'eau d'une fraîcheur miraculeuse. Il se pencha pour la laisser couler voluptueusement sur sa tête.

À l'extrémité nord de la falaise se dressaient les ruines du palais du roi Hérode, avec des sols encore par endroits décorés de mosaïques aux motifs géométriques d'une émouvante simplicité. Descendant un escalier qui le conduisit à une terrasse intermédiaire, il comprit pourquoi le grand roi avait choisi ce lieu précisément : on y était protégé à la fois de la caresse dévorante du soleil et de la morsure du vent.

Harry s'attarda dans le délicieux climat sur ces terrasses aménagées par un souverain mort depuis des siècles, les yeux perdus au loin, sur les bords de mer, sur les grises étendues de désert. Comme une sentinelle sûre de voir approcher l'ennemi s'il venait à se présenter.

Harry contemplait à ses pieds un carré de ruines romaines. Huit camps en tout, construits tout autour de Massada et reliés entre eux par un mur de pierre.

Soixante-dix ans après la mort d'Hérode, sur ces hauteurs, une garnison romaine qui occupait la forteresse avait été anéantie lors d'un raid organisé par des rebelles juifs. Ceux-ci avaient maîtrisé la place quatre ans, seuls contre toute la puissance de Rome. Le général Flavius Silva avait marché sur Massada à la tête de la Xe légion et de milliers d'hommes, auxiliaires et aides de camp, pour mater la dernière poche de résistance juive. Les Romains avaient encerclé le rocher de camps militaires, fermés d'une muraille, afin de bloquer toute possibilité de fuite. Néanmoins, il avait fallu quinze mille soldats et trois années sanglantes pour venir à bout des défenses juives, lesquelles ne comptaient que neuf cent cinquante âmes, dont des femmes et des enfants. Lorsque les Romains avaient réussi à pénétrer dans Massada, ils avaient trouvé neuf cent cinquante cadavres alignés : les rebelles avaient préféré se donner la mort plutôt que de devenir des esclaves.

Harry scruta les camps en contrebas. Rien ne bougeait. S'ils étaient encore occupés, c'était par des rongeurs et des insectes.

Le soleil s'était couché quand il arriva à la hauteur de la masure où il avait laissé ses affaires. Un vent plus frais soufflait de la mer. Les petites bananes achetées vertes par Tamar l'après-midi même avaient viré au jaune et se piquaient déjà de taches noires. Il en pela une. La chair était douce et sucrée.

C'est alors que la chèvre refit son apparition. Elle s'approcha, poussa les pelures de banane du bout de son museau, puis se mit à les mâcher avec une visible satisfaction. Harry partagea avec elle sa pita. Le vent avait forci. Tout autour de lui, le monde prenait l'apparence de l'acier poli. Mais quand la lune se leva, astre vaporeux flottant sur l'horizon, la pierre perdit de sa netteté, les teintes s'adoucirent, les ombres s'allongèrent démesurément dans la lumière blanche qui éclairait presque comme en plein jour. Harry ouvrit la bouteille de cognac et en avala une gorgée, puis une autre. Tout là-bas, le clair de lune chatoyait sur la mer Morte comme sur un miroir solide, parfaitement lisse. Sur l'autre rive, en Jordanie, deux minuscules points de lumière se déplaçaient le long d'un trajet sinueux. Harry se demanda quel genre d'homme pouvait bien être ce conducteur lointain.

Il emporta la bouteille à l'intérieur de la maison et s'étendit de tout son long sur sa couverture. Il but encore un peu, jusqu'à ce que le sol se réchauffe sous lui. Puis il se déshabilla et se laissa gagner doucement par le sommeil.

Il fut réveillé par le bruit de sa propre toux. Sa gorge était sèche, il avait horriblement chaud. Quand il sortit, la lune se cacha aussitôt derrière un mince nuage de poussière qui semblait monter de l'est, poussé par une brise légère. Harry alla mouiller son tee-shirt au robinet pour s'en envelopper la tête. Il n'était pas plus tôt revenu à sa couche que le vêtement était de nouveau sec.

– Harry !

– Ici ! s'exclama-t-il en enfilant en toute hâte son bermuda.

Tamar n'arrêtait pas de tousser. Il la prit par les épaules et la guida vers la maison et la bouteille de cognac dont il lui fit boire une gorgée. Elle fut secouée d'un violent frisson, mais elle cessa de tousser.

– Qu'est-ce que c'est que ce vent ?

– Le *sharav*. Il souffle d'Égypte, un vent de sable et de poussière.

– Pourquoi n'êtes-vous pas restée en bas ?

– J'avais peur que vous ne vous aventuriez à redescendre. Non loin d'ici, un pasteur américain s'est égaré. Il est mort.

Il prit son visage en coupe entre ses mains et l'embrassa. Leurs langues se touchèrent. Un jour, il avait lu dans un magazine la réponse à une question : « Est-ce que s'embrasser avec la langue est un péché mortel ? » L'éditorialiste avait répondu : « Non, ce n'est pas un péché mortel, mais c'est une invitation à ne pas s'y méprendre et à passer aux choses sérieuses. » Bref, lorsque leurs bouches s'unirent de nouveau, il ne fit aucun mystère sur ses intentions. Elle ne montra de son côté aucune réticence.

– Je ne me souviens plus du nom de ce pasteur américain... à moins qu'il ne se soit agi d'un évêque...

Peu importait à Harry tandis qu'ils roulaient ensemble sur la couverture. Il déboutonna le corsage de la jeune femme, fit jaillir ses seins, globes fermes et soyeux frémissant contre ses lèvres. Tous deux haletaient à présent, moins à cause du *sharav* qui emplissait l'intérieur de la maison d'une fine poussière que du désir dévorant qui martelait leur poitrine. La seule humidité restant au monde était nichée au creux de sa fourrure.

Lorsqu'il y plongea le doigt, elle sursauta. Alors il la prit dans ses bras, la souleva de terre, puis l'allongea de nouveau, caressant ses reins des deux mains, s'abreuvant à sa source chaude.

– Non ! gémit-elle.

Il persista jusqu'à ce qu'elle plie les genoux, puis se souleva de nouveau et s'enfonça en elle. Mouvements lents comme la respiration de l'océan. Puis plus rapides, de plus en plus rapides. Elle prit sa tête entre ses mains, mordilla la peau de son cou. Avec trop de savoir-faire, ne put-il s'empêcher de noter.

– Oui, maintenant.

Il aurait voulu que cela dure toujours. Il tenta de penser à autre chose. Aux impôts, au diamant qu'il avait promis à la star de cinéma, aux Romains qui attendaient au pied du rocher. Il suspendit un instant son souffle, elle émit un grognement, et ensuite ce fut la chute vertigineuse.

Il cessa de l'embrasser en s'apercevant qu'il pesait de tout son poids sur elle. Du bout du doigt, elle frôla sa paupière, son nez, la commissure de ses lèvres.

– L'évêque Pike.

Lorsque Harry se réveilla, sa montre indiquait 4 h 30. Et il était seul. Dehors, la chaleur était torride, mais l'air limpide. Le *sharav* avait passé son chemin. Le vent de poussière formait sur la plaine comme de longues écharpes de brume.

13

Ein Guedi

Lorsqu'il descendit le lendemain du rocher par la rampe romaine, il ne trouva ni Tamar ni voiture. Un mot était scotché sur la porte du bungalow : *« Il y a du jus de fruit dans la glacière. Je reviens. T. »*

Harry sourit de l'emploi de ce terme suranné, « glacière ». Certes, le réfrigérateur était une vraie pièce de musée ; un Amkor, l'équivalent israélien de General Electric. Harry se versa un verre de jus d'orange et but quelques gorgées en contemplant les affaires de la jeune femme. Un soutien-gorge propre posé sur son sac à dos ; le reste de son linge sec était soigneusement plié et aligné sur le rebord de la fenêtre, surmonté de chaussettes blanches roulées et de petites culottes de coton bien rangées. Un livre usagé, en arabe, avait été abandonné sur le sol à côté du lit. Elle roulait l'extrémité de son tube de dentifrice.

N'ayant rien de mieux à faire, il sortit les grandes photographies du rouleau de cuivre et, allongé sur son lit de camp, les étudia longuement, dans le vain espoir de trouver la clé du mystère.

En entendant le bruit de la voiture qui revenait, il redressa la tête pour voir entrer Tamar, l'air accablée par la chaleur, mais néanmoins satisfaite. Comme la première fois qu'il l'avait vue, elle s'était tressé des nattes qu'elle avait roulées

133

en chignon. Une coiffure qui lui allait bien. Elle portait un short et une vieille chemise de treillis dont les pans étaient noués comme un poing serré sous sa poitrine.

– *Erev tov*. Vous avez l'air endormi.

– Où étiez-vous ?

– Arad. Je suis allée téléphoner. Votre ami le monsignore a eu plus de chance que nous.

– Ah bon ? s'exclama Harry en se dressant sur son séant comme s'il avait reçu un choc électrique.

– Oui. Il a vu quelqu'un à Bethléem hier soir.

– Mehdi ?

Elle haussa les épaules.

– Un homme mûr, corpulent. Ils se sont vus à l'extérieur de l'église de la Nativité à 20 h 45, pendant environ une heure et demie. Ensuite, votre monsignore est entré dans l'église. Il a allumé trois cierges et a prié pendant près d'une heure. Quelques minutes plus tard, il a pris un taxi collectif pour rentrer à Jérusalem.

– Et Mehdi ?

– Il a quitté Bethléem à bord d'une Mercedes bleue avec chauffeur appartenant à une société d'importation de Gaza, probablement une fausse immatriculation. Il a été suivi pendant plusieurs centaines de kilomètres. Presque jusqu'à Eilat, où il a passé la frontière pour rentrer en Jordanie.

Ils convinrent que si Mehdi venait le trouver, ce serait à Massada même et non dans l'un des bungalows près de la base militaire. Après un petit déjeuner composé de fromage, de pita et d'un café si fort qu'il put à peine l'avaler, il repartit pour la rampe romaine. En dépit de la chaleur, les touristes avaient déjà fait leur apparition sur le plateau. Le téléphérique partait de la base est, où les cars étaient garés sur le bord de la route. Il rejoignit un groupe de Juifs de Chicago ruisselants de sueur, assis à l'ombre d'un ancien entrepôt, pendant que leur rabbin leur racontait l'histoire des zélotes. Celui-ci confondait certains faits, mais apparemment seul Harry s'en était rendu compte. Une fois le laïus terminé, les touristes de l'Illinois firent la queue devant le départ du téléphérique avant de s'envoler hors de sa vue. Mais au retour de la cabine, un groupe venu de Pennsylvanie envahit les lieux. Cette fois, le rabbin était jeune et avait mieux préparé son topo que son collègue de Chicago. Mais il était tellement pédant qu'Harry n'eut qu'une envie : filer aux toilettes pendant que le sermon se terminait. En attendant, hélas, Yosef Mehdi n'avait pas donné signe de vie.

L'après-midi sembla s'étirer en longueur.

Pendant qu'il redescendait à bord du téléphérique, Tamar avait préparé le dîner : salades, et des falafels tellement épicés qu'il en mangea juste assez pour ne pas la vexer. Il termina les dernières bananes pour apaiser sa faim. Elle fit la grimace quand il se versa un peu de lait concentré dans son café.

Comme il faisait une chaleur oppressante à l'intérieur du bungalow, à la nuit tombante, ils sortirent une couverture pour s'installer dehors. Elle prit sa guitare et se mit à chanter en arabe. Sa voix n'était pas à la hauteur de son jeu, mais il trouva son timbre étrangement émouvant. Étendu auprès d'elle, il regardait le ciel qui s'obscurcissait.

— Que raconte cette chanson ? demanda-t-il quand elle eut terminé.

— Une jeune fille est sur le point de se marier. La veille, elle s'inquiète de son futur époux. Est-il vieux ? Est-il jeune ? Est-ce qu'il boit ? Est-ce qu'il la battra ?

Quand il sourit, elle secoua la tête.

— Tu ne peux pas comprendre.

— Mais que faut-il comprendre ?

— Cette culture. Les filles sont marchandées à leurs maris alors qu'elles sont encore trop jeunes. Elles ont des enfants avant que leur corps ne soit formé. Elles sont déjà vieilles avant d'avoir mon âge.

Frappé par la gravité de ses intonations, il dit doucement :

— Et toi, tu as pu échapper à ça ?

— De justesse. Un instituteur a convaincu mon père que je devais rester au lycée. Il a accepté, pensant que je pourrais trouver du travail comme vendeuse dans une boutique. Mais il a été bouleversé quand j'ai passé mes examens d'entrée à l'université. Il disait qu'aucun homme n'épouserait une femme trop instruite.

Il tendit la main pour lui toucher le visage.

— J'ai été brouillée avec mon père pendant trois ans. Ce fut très douloureux pour nous deux.

— Pauvre Tamar ! Ah, les pères ! Quand j'étais gamin, mon père m'envoyait tous les étés en colonie de vacances, comme je l'ai fait moi-même avec mon fils.

Comme elle ne connaissait pas l'existence de ces curieuses colonies, dites de vacances, Harry lui en fit une brève description.

— Mon père voulait que j'améliore ma pratique de l'hébreu et je devais lui écrire tous les jours une lettre dans cette langue. Lui ne m'envoyait jamais aucune lettre, mais tous les jours je recevais les miennes, corrigées de mes fautes de grammaire et d'orthographe.

— Pauvre Harry !

Il prit la guitare. Il ne savait gratter que quelques airs de banjo. Il joua une version 1920 de *I Found a Million Dollar Baby in a Five and Ten Cent Store* et elle suivit le rythme en frappant dans ses mains. Il fallut lui expliquer ce qu'était un bébé d'un million de dollars. En échange, Harry lui demanda de lui apprendre la chanson arabe.

— Plus tard.

Elle reprit sa guitare et la posa à l'écart.

— Harry, tu es adorable, dit-elle en lâchant ses cheveux qui le chatouillèrent quand elle se baissa sur lui.

Elle l'embrassa plusieurs fois, langoureusement.

— Détends-toi. Oublie la grammaire et l'orthographe. Au diable la perfection.

Le lendemain matin, l'air était brûlant. Harry était inquiet, persuadé que le *sharav* était de retour. Mais Tamar secoua la tête.

– Il fait chaud, c'est tout.

– Mehdi ne viendra pas ici par une telle chaleur.

– Au contraire, il se pourrait très bien qu'il choisisse de venir aujourd'hui.

– Qu'il aille au diable !

Harry ne se sentait pas très bien. Il pensa que cela s'arrangerait s'il s'installait dans la voiture climatisée. Mais quand il sortit de la voiture, ce fut pire encore. Il annonça à Tamar qu'il allait piquer une tête dans la mer Morte pour se rafraîchir un peu.

Elle fit une moue peu engageante :

– Tu n'aimeras pas. Le sel pénètre dans tous les orifices. La moindre coupure vous brûle.

Elle sourit en voyant sa déception.

– Bon, attends. Je t'emmène dans un endroit bien plus agréable.

Elle le conduisit une quinzaine de kilomètres plus au nord, vers une petite poche de verdure, à Ein Guedi.

Lorsqu'ils s'éloignèrent de la voiture, sous de grands palmiers, l'air était plus frais. Elle lui fit grimper un sentier qui les amena jusqu'à une cascade. L'eau vive scintillait en se déversant dans une petite mare ombragée.

– Lorsqu'il pleut dans ce pays, les eaux sont drainées souterrainement jusqu'ici. En hiver, la cascade est très forte. En ce moment, elle crachote.

Il n'avait pas besoin d'explications. Il se déshabilla en un instant et se précipita dans l'eau, qui était chaude. Étonnant.

– Des sources chaudes, expliqua-t-elle.

Elle plia soigneusement ses vêtements au bord de l'eau. Des petits poissons leur filaient entre les jambes. Il s'étendit sur le fond sablonneux et laissa l'eau lui lécher le visage. Elle avait apporté du savon et se lava les cheveux sous la cascade. Puis elle lui frotta les siens. C'était l'endroit idéal pour faire l'amour, mais elle détourna le visage quand il essaya de l'embrasser.

– Il y a un kibboutz non loin d'ici. Et c'est un terrain d'étude pour la Société de préservation de la nature. Quelqu'un pourrait venir à n'importe quel moment.

– Tu as vraiment le sens pratique, lui dit-il en souriant.

L'air leur sécha le corps rapidement. En s'habillant, il se sentit mieux.

– Et toi, tu n'as pas le sens pratique ?

Tout en boutonnant sa chemise, elle se retourna pour le regarder.

– Harry, tu ne vas pas tout gâcher ? En prenant tout au sérieux ?

Il n'en revenait pas. Il n'avait pas pensé une minute que les choses puissent devenir sérieuses avec elle. Comme si elle lisait dans ses pensées, elle lança :

– Je n'ai pas envie d'une relation sérieuse avec qui que ce soit. Plus jamais.

– On reste amis. Et on profite agréablement l'un de l'autre. Une bonne description pratique de la situation ? répondit-il.

Elle lui sourit.

– Très pratique.

– Alors on ne s'engage pas. Pas d'inquiétude.

– Pas d'orthographe, pas de grammaire.

Elle s'approchait de lui et allait l'embrasser quand trois hommes munis de bêches firent leur apparition, immédiatement suivis par un quatrième qui poussait une brouette pleine de plants de bananiers. Ils échangèrent un *shalom* amical. Tamar souriait d'un sourire désarmant d'innocence.

En chemin vers la voiture, il admira les magnifiques palmiers.

– C'est ce que veut dire ton nom.

– Oui, *tamar*, le palmier. Il y a longtemps, cet endroit s'appelait Hazazon-Tamar, ce qui veut dire « là où l'on élague les palmiers ». Facile à retenir quand j'apprenais la géographie.

Il n'avait aucune envie de quitter l'oasis. Il retourna vers Massada en conduisant lentement sous le soleil de plomb. Il espérait que Mehdi n'était pas venu pendant leur absence. Puis il finit par ne plus s'en soucier. Le personnage était en train de devenir abstrait ; il ne savait même plus si Yosef Mehdi existait réellement.

Ils se nourrirent de quelques fruits, de pitas et d'une cruche de citronnade, puis retournèrent sur le plateau. Tamar s'occupa à écrire un rapport pour le musée dans la fraîcheur de la terrasse d'Hérode. Estimant qu'il serait plus facilement repérable de loin, Harry s'installa à l'ombre, près de l'arrivée du téléphérique. Puis il reprit son étude des photographies du rouleau de cuivre.

Arrivé à la moitié, il tomba sur un passage qui l'arrêta. Il le relut plusieurs fois avec attention. Et se précipita vers la terrasse d'Hérode.

— Peux-tu me traduire cette phrase, s'il te plaît ?

Tamar l'examina.

— Il semblerait que ce soit « *haya karut* ».

— Pas « *haya koret* » ?

— Ce pourrait être « *haya koret* ». Comme il n'y a pas d'indication de voyelles, c'est à toi de choisir.

— Parfaitement.

Il oublia soudain la chaleur.

— Je l'avais toujours interprété comme *haya koret*, la forme active du verbe.

Il lui montra ses notes.

— Voilà comment j'avais traduit ce passage.

Là où les arbres s'arrêtent, près du pressoir à vin, au pied de la plus petite des collines de l'est, un gardien d'or, enterré dans l'argile, à vingt-trois coudées.

— Mais si l'on suppose que c'est *haya karut* au lieu de *haya koret* – la forme passive du verbe au lieu de sa forme active –, et si l'on ajoute une virgule, voilà ce que l'on a.

Là où les arbres sont élagués, près du pressoir à vin, au pied de la plus petite des collines de l'est, un gardien d'or, enterré dans l'argile, à vingt-trois coudées.

Tamar le regarda.

— L'endroit où les arbres sont élagués ?

139

Il acquiesça.

– Hazazon-Tamar. Là où sont coupés les palmiers, murmura-t-il d'une voix émue.

Une fois passé leur premier étonnement, ils se disputèrent. Il voulait rentrer immédiatement à Jérusalem pour annoncer à David Leslau qu'il avait trouvé l'emplacement probable d'une *guenizah*.

– Nous devons attendre Mehdi ici.

– Et s'il ne vient pas ?

– Si au contraire il vient ? Après deux mille ans sous la terre, quelques jours n'ont pas beaucoup d'importance pour la *guenizah*.

– Au cours de ces quelques jours, quelqu'un d'autre pourrait parvenir à la même traduction.

Comme elle le regardait sans mot dire, il haussa les épaules :

– Tu ne comprends pas.

– Je crois que je commence à comprendre, au contraire, rétorqua-t-elle.

Ce soir-là, ils ne se parlèrent que par nécessité. Elle ouvrit pour le dîner des boîtes de ragoût de mouton, un mets bien gras arrosé de ce café épais dont il avait horreur. Harry s'abstint de tout commentaire, mais elle ne fut pas dupe.

– Demain, tu pourras préparer le repas ! déclara-t-elle d'un ton indifférent.

Cette nuit-là, elle dormit face au mur, comme une épouse mécontente. Il resta allongé sur le bord du lit, évitant de frôler ses hanches tentatrices. Elle ronflait – un bruit pénible. Il se dit qu'elle n'avait aucune inquiétude à se faire : il ne risquait pas de tomber amoureux d'elle.

Le lendemain matin, il se rendit de bonne heure sur le plateau. Dans la fraîcheur relative d'une des antiques maisons de pierre, il se remit à l'étude des photographies du rouleau. Chacune des énigmes pouvait être résolue par un petit indice comme celui qu'elle lui avait donné en lui apprenant le nom d'une ancienne communauté du désert.

Ses connaissances à lui étaient insuffisantes. Leslau savait plus de choses, mais il n'avait rien pu trouver. Harry admettait qu'il ne voulait pas vraiment aider l'archéologue. Il y avait peu de chances qu'il puisse reprendre les travaux à son compte, mais néanmoins, il convoitait une telle possibilité.

Il vit quelqu'un émerger du chemin des Serpents, le sentier de la face est, un homme musclé, trapu, vêtu d'un pantalon beige et d'une chemise blanche, le col ouvert. Il avait la peau sombre et une pointe de moustache bien nette. Le nouveau venu commença par déambuler sur le plateau, tournant la tête d'un air distrait, se rapprochant peu à peu d'Harry.

Arrivé à sa hauteur, l'homme s'arrêta et salua d'un signe de tête appuyé.

— *Shalom*, dit Harry.

— Bonjour ! lui jeta l'homme en touchant l'embrasure de la porte.

— Ces murs sont superbes, non ? Simples et robustes. Ils savaient ce qu'ils faisaient.

— Ils ont duré.

Il promenait son œil un peu partout.

— Je suis supposé rencontrer quelqu'un ici.

— Ah ! soupira Harry. Moi aussi.

L'homme lui sourit.

— Bonne idée d'attendre à l'ombre.

— Mon nom est Hopeman.

— Comment ?

— Harry Hopeman. De New York.

— Ah !

Il serra chaleureusement la main tendue d'Harry.

— Paul Friedman. Cincinnati.

Harry eut un peu honte de sa méprise. Lui qui avait cru avoir enfin affaire au fameux Mehdi ! L'homme continua d'une voix de stentor à l'adresse d'une jeune fille blonde qui s'avançait à leur rencontre :

— Ah, te voilà enfin, Emily !

Puis l'homme précisa en se tournant de nouveau vers Harry :

– Elle a fait le tour en voiture pour monter par le téléphérique, pendant que je prenais le chemin des Serpents.

– Bravo. Profitez-en.

De nouveau seul, Harry s'assit sur le sol de terre, les jambes en tailleur. Bien qu'il doutât sérieusement de pouvoir résoudre l'énigme du rouleau, il essaya des synonymes et changea la ponctuation en essayant de ne plus penser à Yosef Mehdi, ni à Dieu, ni au diable.

Trois heures passèrent. Un petit garçon s'approcha pour lui demander ce qu'il vendait. Mais la plupart des touristes jetaient un regard dans la maison en passant, comme s'il était un animal sans grand intérêt, dans un zoo.

Vers le milieu de l'après-midi, il n'y avait plus personne. La porte de la cabine du téléphérique s'ouvrit pour laisser sortir un seul passager, un homme corpulent qui s'approcha essoufflé, la mine satisfaite. Sans doute venait-il à Massada, pensa méchamment Harry, pour raconter à ses camarades de synagogue qu'il avait mis ses *tefillin* dans la plus vieille *shul* du monde. Sa kippa noire était posée de façon désinvolte sur sa tête. Il tenait précieusement un sac à tallit trop plein en velours bleu brodé d'une étoile de David en fil d'argent, le genre de sac informe que le père d'Harry aurait porté. On pouvait bien imaginer qu'en plus d'un livre de prières, son châle de prière et ses phylactères, le sac contenait peut-être un paquet de chewing-gums, une orange ou une pomme. Harry sourit en le voyant s'approcher.

– C'est par ici !

– Quoi ?

– La synagogue.

L'homme posa sa sacoche sur le sol et tendit une main épaisse parfaitement manucurée.

– Je suis Mehdi, monsieur Hopeman, dit-il.

Le gros homme s'assit sur le sol en soupirant, puis esquissa un sourire mélancolique.

– Vous, vous n'avez pas de problème de poids. Vous ne vous rendez pas compte.

Harry fit non de la tête, fasciné par le bonhomme.

– Vous avez le diamant ?

– Sur moi ? Non.

– Quand puis-je espérer le voir ?

Mehdi détourna le regard.

– Il y a quelques problèmes.

Harry attendit.

– Nous devons nous mettre d'accord sur un minimum.

Harry était choqué.

– Un minimum d'enchère ?

– Oui. Deux millions trois cent mille dollars.

Harry secoua la tête.

– Il fallait nous prévenir avant que je ne quitte New York.

L'homme approuva, d'un air désolé, ajoutant qu'il n'y pouvait rien.

– Écoutez, ces vingt dernières années, vous avez vendu au moins quatre pierres. Il vous reste encore quelques diamants que vous allez sûrement vendre un jour, l'un après l'autre.

Mehdi cligna des yeux doucement.

– Vous semblez savoir beaucoup de choses sur moi.

– C'est exact.

Harry se pencha.

– Je vous promets une chose. Si vous tentez de me rouler, je ferai tout ce qui est en mon pouvoir pour qu'il vous devienne extrêmement difficile d'opérer la moindre transaction.

– Je sais aussi des choses sur vous, monsieur Hopeman. Je connais votre position dans le milieu des diamantaires. Mais je n'aime pas les menaces.

– Je ne vous menace de rien du tout. Dans la salle du conseil de toutes les bourses de diamant du monde, il y a une longue table de conférence. Autour de celle-ci se réunit un groupe très particulier de juges. Si une plainte contre quelqu'un est traitée par cette cour, cette personne peut être empêchée de traiter avec tous les grands diamantaires de la planète. Ce qui ne veut pas dire qu'elle ne pourra plus écouler des pierres par des canaux moins réguliers. Mais elle ne pourra vendre qu'à une infime fraction de la valeur réelle.

Harry reprit son souffle avant de conclure :

– Vous m'avez fait traverser des milliers de kilomètres. J'ai dû supporter pas mal d'inconfort. Vous m'aviez promis qu'en échange je pourrais examiner le diamant de la Ka'ba et faire une offre. C'est tout ce que j'attends.

Il sortit le grenat de sa serviette et le posa à côté de Mehdi.

– Il ne vaut rien.

– Je ne suis pas d'accord, répondit Mehdi.

– Vous l'avez décrit comme ayant un intérêt historique. En avez-vous la preuve ? Des documents concluants ?

L'homme secoua la tête.

– Il a toujours été répertorié dans l'inventaire comme une pierre de la période biblique.

Harry grommela.

– Bon, une petite valeur. Je vous propose cent quatre-vingts dollars pour ce grenat.

Mehdi hocha la tête.

– Il est à vous, c'est un cadeau. Vous voyez, je vous crois. Tâchons de nous faire confiance mutuellement.

– Confiance ?

Dans l'esprit d'Harry, ce pouvait être tout à la fois une malédiction et une bénédiction.

– Vous me mettez en attente. Personne n'est prêt à payer un tel prix. Je pense que vous êtes déjà en négociation avec un autre acheteur et qu'une partie de ce prix vous procure un avantage politique.

– Vous avez beaucoup trop d'imagination, monsieur Hopeman.

– Peut-être.

– Je suis désolé pour les inconvénients. Sincèrement. Installez-vous dans un hôtel où vous serez plus à l'aise. Je vous contacterai dans deux jours. C'est une promesse solennelle.

– Non, non. J'en ai assez d'attendre dans des endroits bizarres. Écrivez-moi. À Jérusalem.

Mehdi acquiesça.

– Je reste huit jours de plus en Israël, reprit Harry. Vous avez donc une semaine, plus une journée de délai pour la lettre. Si je n'entends pas parler de vous d'ici là, je rentre à New York et je dépose une plainte.

Il chercha à croiser le regard fuyant de Mehdi.

– La politique vous a déjà ruiné. Elle peut encore vous faire du mal, énonça Harry.

Mehdi se releva avec difficulté. Harry ne put savoir si le regard qu'il lui jeta montrait de l'admiration ou du dédain.

– *Shalom*, monsieur Hopeman.

– *Salaam aleikhum*, monsieur Mehdi.

Ils se serrèrent la main.

Le téléphérique n'avait pas plus tôt quitté le plateau que Harry rassemblait ses affaires et prenait la rampe pour redescendre.

Tamar lui jeta un regard rapide quand il entra dans le bungalow.

– Alors ?

Il lui raconta la rencontre par le menu.

– Tu penses que tu as des problèmes ?

– Je crois qu'il a fait affaire avec les Arabes.

Harry balaya l'unique pièce du bungalow d'un regard las et soupira. Au moins, ils allaient pouvoir quitter cet endroit.

– Que peuvent-ils lui offrir que nous ne pouvons pas lui donner ? pesta-t-il.

Harry était déjà en train de fourrer son linge sale dans son sac.

– L'honneur, répliqua-t-elle d'un ton catégorique.

En arrivant dans la banlieue de Jérusalem, il lui demanda si elle voulait l'accompagner à l'hôtel.

– Non. Je veux rentrer chez moi.

Elle lui indiqua le chemin. La voiture freina devant un

145

immeuble vétuste en pierre, dans une rue de bâtisses simi-
laires.

— Un coup de main pour tes bagages ?

— Mon sac est petit. La guitare n'est pas lourde.

— D'accord. Je t'appelle bientôt.

Elle lui sourit sans aucun ressentiment.

— Au revoir, Harry.

Le bureau de David Leslau était fermé quand il téléphona.

D'habitude, Harry était un client exigeant. Mais aujourd'hui,
après le bungalow, la chambre lui paraissait plus que jamais
propre et spacieuse. Il s'éternisa sous la douche et commanda
avec soin le dîner, à servir dans sa chambre : cassolette de
poulet, salade de champignons et champagne. Après son repas,
les draps impeccables et le matelas confortable lui parurent
une expérience sensuelle.

Mais il ne trouva pas le sommeil.

Il entendit l'ascenseur. Une voix dans le couloir, le murmure
du climatiseur. Le ronronnement d'un moteur électrique,
enfoui dans les profondeurs du bâtiment. Isolé, à Massada, il
ne s'était pas senti seul. Au cœur de Jérusalem, il avait soudain
l'impression d'être abandonné.

Il se leva et sortit les carnets de son père. Il retrouva le
rapport sur le Diamant de l'Inquisition et commença à lire les
notes que son père, Alfred Hopeman, avait écrites si longtemps auparavant, à Berlin.

*Type de pierre, diamant. Diamètre, 4,34 centimètres. Poids,
202,94 carats. Couleur, jaune canari. Masse spécifique, 3,52.
Dureté, 10. Réfraction unitaire, 2,43. Forme cristalline, en
forme d'octaèdre ; ce diamant fut formé par la croissance
jumelée de deux gros cristaux hémiédriques.*

*Commentaire : cette pierre est de bonne qualité, mais prend
toute sa valeur de par sa dimension importante et son histoire.*

*Avant la taille, les diamants en forme d'octaèdre sont tou-
jours striés de marques triangulaires. On ne trouve pas de*

marques de ce type sur ce diamant taillé. Les 72 facettes sont magnifiquement lisses. Les proportions sont parfaites. Il a des feux, mais ni ceux-ci, ni la couleur jaune canari ne sont mis en valeur à leur potentiel maximal par la briolette, la forme de poire entourée de facettes de tous les côtés. Pourtant ce diamant est impressionnant car c'est un spécimen du meilleur travail de la période primitive. Il a été taillé il y a environ cinq cents ans par un diamantaire de grand talent.

14

La pierre du pape

L'enfant à venir était comme un melon dans le ventre de sa femme. Anna se déplaçait lourdement pour effectuer ses tâches domestiques. Pourtant le sol de la petite maison était aussi blanc que celui de toutes les maisons de Gand. Leur fils Isaac était chaudement vêtu et nourri régulièrement, et il y avait toujours du feu dans l'âtre.

— Pourquoi ne te reposes-tu pas ? lui demandait Julius Vidal d'un air grognon.

— Je me porte très bien.

La cloche sonna à la porte, et elle sortit de son atelier.

Il soupira. Le petit diamant blanc, sur la table, devant lui, était couvert de marques d'encre, qu'il modifiait à mesure que ses calculs progressaient sur l'ardoise. Il n'avait pas l'esprit prompt ; et il s'en rendait compte mieux que personne. Il n'était pas idiot, grâce au Tout-Puissant, mais il ne possédait pas l'intelligence qui avait permis à son frère Manasseh de devenir rabbin et érudit, ni celle de feu son oncle Lodewyk, paix à son âme, qui maîtrisait les secrets de la taille, ce qui avait assuré le salut de leur famille en cette époque troublée. Les mains de Julius étaient sûres et habiles, mais il devait refaire ses calculs une dizaine de fois avant d'être sûr de la façon dont il allait procéder.

Anna revint.

– C'est un moine.
– Un bénédictin de l'abbaye ?
– Un dominicain. Il dit venir d'Espagne.
Elle avait l'air inquiète.

Personne à part Anna n'avait le droit de pénétrer dans son atelier. Il passa dans la pièce principale, où son visiteur l'attendait assis devant le feu.

– Je vous souhaite le bonjour. Je suis Julius Vidal.

L'homme, qui s'était présenté comme le frère Diego, lui remit un cadeau : deux cruches de vin espagnol. Il connaissait les robes souples et brunes des moines des alentours, et cet habit noir et blanc que portait le religieux lui rappela brusquement le passé.

– J'ai accompli un long périple pour venir vous voir, depuis notre prieuré de Ségovie. Notre prieur, frère Tomas, souhaite vous confier la préparation d'un diamant.

Julius fronça les sourcils.

– Une pierre appartenant au comte de León, Esteban de Costa. Le diamant est légué à notre Sainte Mère l'Église.

– Par qui ?

Frère Diego eut une moue désapprobatrice.

– Par Esteban de Costa. Ce sera un cadeau destiné au Saint-Père, à Rome.

Vidal acquiesça, certain que le moine savait qu'il avait déjà été convié à deux reprises à venir séjourner en Espagne et qu'il avait refusé chaque fois.

– Votre prieur me fait trop d'honneur.

– Non. Vous avez déjà taillé un diamant porté par trois papes.

Vidal secoua la tête.

– J'étais jeune, alors, et j'apprenais encore mon métier. Je traçais là où mon cousin me disait de tracer. Je taillais là où mon oncle m'ordonnait de tailler. Pour terminer une pierre comme celle décrite par les messagers du comte de Costa, il faut le talent d'un van Berken.

— Lodewyk van Berken est mort.

— Son fils, Robert, mon cousin et maître, est en vie.

— À Londres, comme vous le savez, effectuant un travail pour Henri VII. Les Anglais ont jeté un sort sur les Pays-Bas. Ils utilisent vos produits et vos artisans comme si c'étaient les leurs, lâcha le moine d'un air maussade.

— Attendez qu'il ait terminé ses commandes pour le roi Henri, lui conseilla Vidal.

— Nous n'avons pas le temps. Le pape Alexandre est originaire de Valence. Il est âgé et malade. Ce cadeau doit être offert pendant qu'un Espagnol est encore souverain pontife.

Le frère Diego secoua la tête.

— Vous avez peur de quitter ce pays, señor ? Vous êtes pourtant originaire de notre magnifique ville de Tolède, non ?

— Maintenant je suis sujet de ce pays.

Il décrocha du mur un parchemin encadré pour le faire lire au moine. Signé Philippe d'Autriche, il plaçait Julius Vidal sous la double protection des familles de Habsbourg et de Bourgogne, ainsi que toute sa famille, ses biens et ses héritiers.

Le religieux se montra impressionné.

— Votre père n'était-il pas Luis Vidal, tanneur de son métier à Tolède ?

— Mon père est mort. Il était négociant en cuir et employait beaucoup de tanneurs.

— Et son père était Isaac Vidal, un négociant en laine de Tolède ?

Julius se tut. Il devenait méfiant.

— Dont le père était un certain Isaac ben Yaacov Vitello, grand rabbin de Gênes ? continua le moine.

— Et alors ?

— Connaissez-vous le nom de mon prieur, à Ségovie ?

Vidal haussa les épaules.

— C'est le frère Tomas de Torquemada.

— Le Grand Inquisiteur ?

— Précisément. Qui m'a chargé de vous dire que don José Paternoy de Mariana est retenu dans une prison du royaume de León.

Vidal secoua la tête.

– Ce nom ne vous rappelle rien ?

– Que devrait-il me rappeler ?

– Un ancien professeur de botanique et de philosophie des sciences à l'université de Salamanque.

– Et alors ?

Vidal grommela ; il en avait assez de ce moine.

– Le descendant direct d'un certain Isaac ben Yaacov Vitello, grand rabbin de Gênes.

Vidal se mit à rire.

– Votre Inquisition va devoir trouver mieux que moi comme témoin. Je n'ai jamais entendu parler de ce... cousin. Mais, même si je le connaissais, je ne vous dirais rien.

Le frère Diego esquissa un sourire.

– Je ne viens pas ici chercher un témoin. Nous avons suffisamment de preuves.

– De quoi ? demanda Vidal.

– C'est un relaps.

– Autrement dit, on le suspecte de ne pas s'intégrer à la société chrétienne ? demanda sèchement Julius.

Le moine acquiesça.

– La première fois, il a été déchu de ses titres et condamné à porter l'habit des pénitents pendant dix-huit mois. Mais il a récidivé. Il sera certainement absous par le feu lors d'un auto-dafé.

Vidal, pour le coup, eut du mal à garder son sang-froid.

– Vous avez fait tout ce voyage pour me dire que vous allez brûler un Juif ?

– Nous ne brûlons pas les Juifs. Nous brûlons les chrétiens qui se condamnent eux-mêmes en trahissant le Christ. Je suis chargé de vous informer que...

Le moine choisissait ses mots avec soin. Il ajouta :

– Si vous taillez la pierre pour le pape, une certaine clémence sera consentie.

Vidal lui lança un regard furieux.

– Allez au diable ! Ce n'est pas un membre de ma famille.

L'expression du frère Diego montra qu'il n'appréciait pas de se voir répondre de la sorte par un Juif.

– Don José Paternoy de Mariana était le fils du frère Anton Montoro de Mariana qui, avant sa conversion au christianisme et son ordination, n'était autre que le rabbin Feliz Vitello de Castille. Frère Anton était le fils d'Abraham Vitello, négociant en laine en Aragon. Qui était lui-même le fils d'Isaac ben Yaacov Vitello, grand rabbin de Gênes.

– Je n'irai pas !

Le frère Diego haussa les épaules. Il sortit de son sac un parchemin et le posa sur la table.

– Quoi qu'il en soit, j'ai ordre de vous remettre ce sauf-conduit pour l'Espagne, signé de la main de frère Tomas lui-même, et d'attendre le temps qu'il faudra pour vous permettre de réfléchir à ce message. Je reviendrai, señor.

Lorsqu'il fut parti, Vidal resta immobile devant le feu. Pendant la dernière phase de la maladie de Lodewyk van Berken, quelqu'un s'était enquis de son état de santé. Julius se souvenait de la réponse de son oncle : tant qu'un Juif respire et ressent encore quelque chose, l'espoir demeure.

Il transporta hors de chez lui les deux cruches que le moine avait laissées et les vida l'une après l'autre par terre. Le vin espagnol gicla comme du sang sur la neige.

Anna revint de l'arrière-boutique. Il soupira. Lorsqu'il lui passa les bras autour de la taille, sa future descendance lui donna un coup de tête à l'aine.

– Je dois me rendre à Anvers pour voir Manasseh, lui dit-il en chuchotant dans ses cheveux.

– Il n'en est absolument pas question, décréta son frère.

– Pourtant, j'aimerais bien pouvoir faire quelque chose pour ce Mariana, objecta Julius, secrètement soulagé de ne pas avoir à courir de péril.

– Mais que peut-on faire pour qui que ce soit ? soupira Manasseh, amer.

– Sans nul doute ce vil dominicain nous ment. Si Mariana était vraiment de notre famille, nous le saurions.

– Tu ne te souviens pas de lui ? dit calmement Manasseh.

– Et toi ?

– Son père. Je me souviens avoir entendu notre père maudire un cousin, un ancien rabbin qui était devenu prêtre après les massacres, quand tant de personnes préférèrent l'abjuration au bûcher.

Une vieille femme entra dans la petite synagogue, apportant un poulet dans un panier d'osier. Elle montra le volatile à Manasseh et attendit, pleine d'inquiétude, qu'il décide si l'animal était casher ou non.

Quant à Julius, il regardait la scène, le cœur gonflé de ressentiment. Il était l'aîné. Il aurait dû se souvenir de choses que Manasseh ne pouvait pas avoir vues. Cette inversion des rôles renforçait chez lui la conscience de son infériorité.

Peu de temps après, la femme repartit, satisfaite. Le sage avait décrété la volaille propre à la consommation.

Manasseh soupira en se rasseyant.

– En Espagne, son respect scrupuleux de nos lois alimentaires lui vaudrait la mort.

– Nous ne serions pas en vie si quelqu'un de notre famille n'était pas intervenu pour nous. S'il est de notre sang...

Ils se regardèrent. Manasseh lui prit la main et la tint entre ses paumes, chose qu'il n'avait pas faite depuis qu'ils étaient enfants. Julius vit avec inquiétude que le rabbin d'Anvers était effrayé.

– En ce qui concerne Anna et mon petit Isaac...

– Ils resteront ici, avec nous.

Il caressa la main de son frère.

La neige qui recouvrait les routes sillonnées d'ornières lui permit d'emmener Anna jusqu'à Anvers en traîneau avec un minimum d'inconfort. Elle feignait un entrain trop marqué. Lorsque vint le moment du départ, elle se serra contre lui puis le repoussa brusquement avant de quitter la pièce aussi vite que son état le lui permettait. Il savait qu'elle était inquiète à l'idée de porter l'enfant pendant son absence.

Sur cette sombre pensée, il descendit la Jodenstraat et s'éloigna de la maison de Manasseh, chevauchant un hongre robuste. Il avait toujours voulu disposer d'une bonne monture : en plus d'être tailleur de diamants, il était *mohel* et parcourait le pays pour pratiquer la circoncision dans toutes les familles juives à qui il naissait un rejeton mâle.

Ses instruments médicaux étaient rangés dans ses sacoches, au même titre que les outils de son art de tailleur. Il avait prévu de s'arrêter à Aalter pour la nuit, dans la maison d'un négociant en fromage dont la femme venait de mettre au monde un garçon. Le lendemain matin, Vidal souleva le beau bébé de la chaise réservée au prophète Élie lors de toute cérémonie de circoncision, et le plaça sur les genoux de son parrain pour la petite intervention chirurgicale. Lorsqu'il repoussa la peau du tout petit organe pour exposer le gland, les genoux du parrain se mirent à trembler.

– Ne bougez pas ! grommela Julius.

Sa lame accomplit l'Alliance d'Abraham et le bébé hurla en perdant son prépuce. Vidal trempa son doigt dans la coupe et donna à l'enfant du vin à sucer, en récitant les prières pendant que le petit garçon recevait le nom de son défunt grand-père, Ruben.

La famille pleura et cria *Mazal Tov*. Julius retrouva un peu son moral. À cause de ses deux métiers, les gens l'avaient surnommé Der Schneider, le coupeur. Manasseh avait toujours insisté pour qu'il prenne plus de soin lors d'une circoncision que pour la taille du diamant le plus précieux. Et pourquoi pas ? Il était conscient, en enrobant le minuscule pénis d'un linge propre, que les mères de ces enfants savaient bien quel était le plus précieux des diamants qu'elles confiaient aux mains expertes de Der Schneider.

Il atteignit le port d'Ostende vers le milieu de l'après-midi et n'eut aucun mal à trouver le *Lisboa*, une galère portugaise mal tenue, munie de voiles latines. Il fut consterné de voir l'équipage de sauvages qui embarquait la cargaison, mais il n'y avait aucun autre navire à destination de Saint-Sébastien, et le voyage terrestre, à travers de nombreuses contrées plus ou moins guerroyantes, n'était pas envisageable.

Pour couronner le tout, lorsqu'il eut payé et embarqué, il découvrit que le frère Diego, qu'il avait espéré éviter, était lui aussi du voyage. Trois autres passagers se trouvaient à bord, des chevaliers espagnols déjà saouls, belliqueux, d'une agressivité débordante envers les marins.

Il attacha la bride du hongre à un poteau et s'installa sur le pont, dans une litière de paille, préférant la compagnie de son cheval. Le *Lisboa* prit le large avec la marée. Les embruns glacés de la mer du Nord réduisirent à néant tout espoir de dormir sur le pont. Il attendit aussi longtemps que possible dans le froid, puis il protégea tant bien que mal sa monture avec de la paille et se dirigea vers la minuscule cabine arrière, déjà occupée par les autres. Quand il ouvrit la porte, il eut un haut-le-cœur. Il s'éloigna le plus possible des chevaliers, se rapprochant du moine, lequel poussa un juron. Tournant son visage vers la paroi, Vidal s'endormit.

Il supportait plutôt bien les traversées en mer, mais le lendemain matin les vomissures des autres le rendirent malade. Pendant les trois jours qui suivirent, le navire dut affronter la puissante houle de la Manche et aucun des voyageurs ne fut épargné. Les repas étaient infects, constitués de mauvais poisson salé et de pain rassis. Il aimait le vin rouge brut du Portugal, mais il remarqua que l'état des chevaliers espagnols empirait dès qu'ils en avaient absorbé et il se contenta donc de manger le moins de pain possible et de boire une eau peu engageante à l'arrière-goût de tonneau.

Après le passage des îles de la Manche, le vent se calma. Les souffrances des passagers diminuèrent quand les rameurs furent mis au travail. Ils courbaient l'échine, faisant avancer le navire sur une mer d'huile à la seule force de leurs muscles.

Le frère Diego ayant dévoilé aux chevaliers que Julius était juif, ils se vantaient d'être des chrétiens de souche et insistaient sur l'importance de la *limpieza*, la pureté de la lignée sanguine. Malgré le fait qu'ils empestaient comme du bétail, chaque fois que Julius entrait dans la cabine ils se plaignaient de la « puanteur du Juif ». L'un d'eux raconta une interminable histoire sur un Hébreu qui avait volé des hosties consacrées dans une église. Le gredin avait rapporté les hosties dans sa synagogue. Il en avait posé une sur l'autel, l'avait transpercée d'un coup de couteau pointu et du sang avait jailli ! Lorsque le voleur effrayé eut jeté les hosties restantes dans un four pour s'en débarrasser, la forme d'un enfant s'était échappée vers le ciel, et le Juif s'était confessé aux autorités. Il avait d'abord été dépecé avec des pinces chauffées au rouge, puis traîné sur le bûcher.

Vidal essaya de les ignorer. Certains membres d'équipage avaient de la monnaie espagnole. Il fit échange avec eux, si bien que maravédis et *dineros* remplacèrent les deniers de cuivre dans ses sacoches. La quatrième nuit, le vent était de retour. Tiré de la cabine par l'air irrespirable qui y régnait, il sortit sur le pont et trouva l'un des chevaliers, l'affabulateur, qui essayait de s'emparer de ses sacoches.

Il pensa à son enfant à naître.

L'homme sortit son sabre. De sa main gauche, il tenait d'un air moqueur la sacoche contenant les précieux instruments, comme s'il allait la lâcher par-dessus bord.

— Laissez-les tomber à la mer, et vous vous expliquerez avec *fray* Torquemada, lui cria Vidal, à bout.

Frère Diego passa devant lui en parlant rapidement. Le chevalier, blanc comme un linge, rendit les sacoches, soudain dégrisé.

Après cet incident, le périple fut moins pénible. Ils ne le raillaient plus quand il montait sur le pont pour prier. On l'évita. Le dominicain lui répéta quantité de fois qu'ils l'auraient tué et jeté à la mer si, en ami fidèle, il n'était pas intervenu. Le moine était encore plus écœurant que le mal de mer.

Le vent continua de souffler régulièrement. Au matin du neuvième jour, la galère se trouvait au sud du golfe de Gascogne. Ils accostèrent à Saint-Sébastien par une forte pluie.

Frère Diego sortit de la cabine pour signaler à Vidal que le navire allait ensuite faire escale à Gijón.

– Restez à bord jusque-là. C'est plus proche du León.

Julius ne dit rien. Il guida le hongre sur la passerelle de planches et débarqua. Le cheval avait bien survécu au voyage en mer. Lorsque la terre ferme cessa de tanguer sous ses pieds, Vidal sauta en selle. L'air avait une senteur épicée, il semblait plus léger que dans le froid de Gand.

Il acheta deux oignons à un paysan peu avenant, lequel le regardait d'un air méchant. Lorsqu'il arriva dans une pinède en haut d'une colline, il descendit de cheval et s'assit contre un arbre, d'où il pouvait voir une prairie occupée par du bétail, un champ de blé et une oliveraie. Il aurait aimé prendre son fils dans ses bras et lui montrer ce spectacle de beauté. *Tu vois, Isaac, la terre où est né ton père. Ils l'ont banni d'ici, mais ce n'est pas la faute de la terre. Ces oignons d'Espagne ne sont-ils pas bons ?*

En fait, ils n'étaient pas aussi savoureux que dans son souvenir. Ce qu'il leur fallait, à son fils et lui, était impossible à obtenir : un morceau de pain cuit par sa mère, brisé d'une miche encore toute chaude.

On l'avait appelé Julio.

Mais son nom dut être changé quand ils arrivèrent aux Pays-Bas. Son père, ayant tout laissé derrière lui, essaya en vain de travailler comme simple bottier, ou gantier. Les guildes toléraient que les Juifs leur achètent des produits, mais elles ne permettaient pas qu'ils en fassent partie. Lorsque son père mourut, le frère de sa mère prit la responsabilité de ses deux neveux étrangers.

– Oublie Julio, dorénavant tu seras Julius, avait dit fermement son oncle.

Il avait lui-même établi un précédent, ayant quitté l'Italie sous le nom de Luigi. L'homme avait ensuite étudié les mathématiques à Paris en tant que Louis et, quand il avait compris que les Juifs ne pouvaient espérer de postes universitaires, il était parti pour Bruges et était devenu Lodewyk, lapidaire et tailleur de diamants.

Vidal soupira. Il but l'eau d'un ruisseau pour faire passer les oignons et remonta en selle. La pluie s'arrêta, laissant place au soleil. Traversant Victoria, il put acheter du pain à trois pèlerins qui se dirigeaient vers Saint-Jacques-de-Compostelle. Son comportement légèrement différent éveilla peut-être leurs soupçons, car un peu plus loin il fut interpellé par des gardes de l'Inquisition. Il resta muet. Heureusement, le sauf-conduit signé par Torquemada produisit son effet.

Deux fois encore, pendant les quatre heures qui suivirent, il fut arrêté par des hommes en armes auxquels il montra son document. La troisième fois, à la fin de l'après-midi, il avait atteint le royaume du León et les soldats étaient ceux de Costa. Ils l'escortèrent au galop. Il lui parut étrange de se transformer soudain en l'un de ces cavaliers filant à grande allure. Il appréciait la sensation du paysage qui défilait rapidement et les bruits autour de lui. Mais les animaux et la population déguerpissaient devant eux, effrayés par les impitoyables sabots de l'Inquisition.

Il fut traité en hôte de marque. On lui avait préparé une grande chambre, avec du vin et de la nourriture. Il avait oublié l'eau de rose. Les Flamands n'utilisaient que le savon, pour lequel Anna conservait précieusement les cendres du foyer.

Ce soir-là, il fut convoqué. Le comte était un grand homme à l'allure négligée, arborant un perpétuel sourire plein de vanité et de suffisance.

Vidal avait entendu parler de Costa par des réfugiés installés à Anvers. Pendant des années, il avait témoigné que certains riches *conversos* pratiquaient en secret les rites judaïques. Leurs propriétés étaient chaque fois confisquées et Costa avait ainsi pu acheter quantité de terres à un prix dérisoire. Isabelle de Castille était particulièrement reconnaissante envers ceux qui faisaient tout pour que la sainte entreprise de l'Inquisition fût couronnée de succès, car les profiteurs étaient les seuls capables de payer sans discuter leurs taxes foncières. Costa avait reçu le titre de comte en 1492, l'année même de la grande expulsion des Juifs d'Espagne.

Quelques années auparavant, il avait acquis le magnifique diamant jaune et une grande quantité de terres, propriété d'un relaps du nom de don Benvenisto del Melamed. Un armateur « nouveau chrétien », qui avait commis l'erreur de laisser la Couronne s'endetter trop largement auprès de lui pour construire ses navires et sa flotte. Melamed avait acheté le gros diamant jaune à la famille d'un chevalier, lequel chevalier l'avait pillé dans la grande mosquée de Saint-Jean-d'Acre, pendant les croisades. Au lieu de l'offrir à Leurs Majestés catholiques ou à l'Église, l'armateur avait commis une seconde erreur, fatale : il l'avait gardé pour lui.

Un tel égoïsme était la preuve pour Costa de la judaïté de Melamed, et le pauvre homme avait fait l'objet d'une dénonciation anonyme. Il fut finalement condamné au bûcher pour purifier son âme de chrétien. Le couple royal, son immense dette miraculeusement apurée, fut très bien disposé lorsque les biens du misérable furent discrètement récupérés par leur pieux et loyal sujet, Costa.

Le comte fit visiter à Julius Vidal le vaste château seigneurial. Julius se garda bien de s'enquérir de son précédent propriétaire.

Dans une grande pièce se trouvaient des souvenirs des croisades que Costa avait rassemblés avec la passion d'un collectionneur : des épées sarrasines, mauresques et chrétiennes, des boucliers et des armures de nombreux pays, et une série d'étendards de bataille, marqués par les combats.

— Voici mes préférés, déclara Costa.

Accrochés aux étrivières d'une lourde selle de guerre, pendaient ce que Vidal prit d'abord pour des doigts humains, jusqu'à ce qu'il découvre qu'ils étaient tous indéniablement circoncis.

— Des sexes de mahométans, confirma Costa dans un sourire.

– Comment pouvez-vous être sûr qu'ils étaient tous musulmans ? demanda Vidal d'une voix faible.

Le comte parut éberlué, comme si l'idée ne lui était jamais venue. Il éclata de rire et donna à Julius une grande tape dans le dos pour montrer qu'il appréciait son esprit.

Le lendemain, Vidal fut conduit dans une grande bâtisse, l'une des infâmes geôles secrètes de l'Inquisition. De l'extérieur, elle aurait pu passer pour une imposante résidence. À l'intérieur, elle grouillait de soldats et de moines dominicains.

Un frère qui se présenta comme l'alcade étudia son laissez-passer.

– Oui, le prisonnier Mariana se trouve ici.

Il le conduisit dans un dédale de couloirs vers une porte. Derrière, on entendait quelqu'un tousser. Quand les gardes ouvrirent, Vidal put voir que la pièce était minuscule. Le pot de chambre empestait, mais le reste de la cellule était propre. Sur le sol se trouvait un nécessaire d'écriture, une cuvette pour se laver, un petit morceau de savon et une lame, ainsi qu'un tabouret à trois pieds. Un homme maigre aux cheveux blancs, allongé sur la paillasse, sursauta au bruit des clés dans la serrure. Il s'assit et les fixa du regard. Son visage était pâle et parfaitement rasé, mais ses yeux bleus étaient chassieux.

– Je suis venu vous aider.

L'homme ne répondit rien.

– Je suis Julius Vidal, un tailleur de diamants de Gand. On m'a dit que nous étions apparentés.

L'homme se racla la gorge.

– Je n'ai pas de famille.

– Le grand-père de mon père était Isaac ben Yaacov Vitello.

– Je ne connais aucun parent.

– Ce n'est pas un piège. Ils ont besoin de moi. Je pense pouvoir vous sauver.

– Je ne suis pas condamné, donc je n'ai pas besoin d'être sauvé.

– Je suis venu pour que votre corps soit épargné. À vous de prendre soin de votre âme.

L'homme le regarda. Julius s'assit sur le tabouret.

– Vous connaissez vos ancêtres, la famille Vitello ?

– Je descends de *conversos*. Tout le monde le sait, pourquoi le nier ? Mon père est mort en prêtre chrétien. Et j'ai donné mon unique enfant à notre Sainte Mère l'Église.

– Un fils ?

– Une fille. Ma Juana. Une sœur de la Miséricorde.

Vidal hocha la tête.

– Étrange que le destin de parents puisse être si différent. Mon frère est rabbin. Nous sommes nés à Tolède, là où des milliers de Juifs ont été massacrés, accusés de répandre la peste noire. Plus de cent cinquante ans après, nous tremblions encore.

– Enfant, je n'ai jamais eu peur, répondit Mariana, comme pour prouver quelque chose.

– On dit que Tolède a été fondé par des Juifs, le saviez-vous ?

– Moi, je pense que c'est un mensonge, répliqua le vieil homme habilement.

– Le nom vient de Toledot, qui veut dire « générations » en hébreu. Une ville magnifique. La maison de mon père se trouvait près de la synagogue.

– C'est aujourd'hui une église. Je connais bien Tolède.

– Vous parlez peut-être de l'église Sainte-Marie-la-Blanche, qui remplace l'ancienne synagogue, près du Tage. C'était déjà une église quand nous y habitions encore, dit Vidal.

– La synagogue plus récente est aussi devenue une église, maintenant. J'y ai moi-même assisté à la messe.

– Le cimetière juif existe-t-il toujours ?

Mariana haussa les épaules.

– L'été, lorsque mon père était à la synagogue, mon frère et moi jouions sur les tombes. Je perfectionnais ma lecture de l'hébreu sur l'épitaphe d'un garçon de quinze ans : Asher ben Turkel. Mort en 1349.

Cette pierre est un mémorial.
Qu'une génération prochaine sache
Que sous elle est étendu un jeune,
Un enfant adoré,
Parfait connaisseur,
Lecteur de la Bible,
Qui étudiait la Mishna et le Talmud.
Son père lui avait enseigné
Ce qu'il avait appris de ses maîtres,
Les statuts de Dieu et de Ses lois.

– Dieu me vienne en aide. Je commence à croire en vous. Comment se fait-il qu'un Juif se trouve en ces lieux, et en vie ?

– Vous pouvez avoir confiance en moi, cousin.

Vidal toucha la main de l'homme et la trouva brûlante.

– Vous êtes souffrant. Vous avez de la fièvre, dit-il, inquiet.

– C'est l'humidité. Sans feu, mes vêtements sont toujours mouillés. Cela passera. J'ai déjà été malade.

– Non, non. Vous allez être soigné.

Vidal s'approcha de la grille et appela l'alcade. À son arrivée, il lui déclara que le prisonnier était malade et avait besoin d'un médecin. Il fut soulagé de voir que l'homme revêche acquiesçait.

– Il vaut mieux que je vous laisse vous faire soigner.

– Revenez, revenez, même si vous n'êtes qu'un leurre, lui enjoignit Mariana.

Dehors, sur la place, des hommes âgés prenaient le soleil sur des bancs pendant que des enfants criaient et couraient après un chien. Il y avait un petit marché plein de charme. Vidal avait faim. Il s'arrêta devant une marchande qui vendait des haricots bouillis.

– Y a-t-il du porc dans ce plat ?

Elle le regarda d'un air méprisant.

– Et vous voudriez de la viande, en plus, pour un prix pareil !

Il sourit et acheta une portion. La nourriture avait un goût qu'il avait presque oublié. Il mangea avec plaisir, s'asseyant à la chaleur d'un mur couvert d'avis. Un autodafé, ou acte de foi, allait avoir lieu dans quelques jours. Une vache laitière, prête à la reproduction, était à vendre. De même qu'un chien de berger, et de la volaille, plumée ou vivante. On pouvait lire aussi un édit demandant à la population de contacter les bureaux du tribunal de l'Inquisition...

Si vous connaissez ou avez ouï dire de quiconque respectant le Sabbat selon la loi mosaïque, qui met des draps propres ou autres linges, et qui change la nappe de la table les jours fériés en l'honneur du Sabbat, qui ne s'éclaire pas à partir du vendredi soir ; ou qui purifie la viande qu'il doit manger en la saignant dans l'eau ; ou qui égorge le bétail ou la volaille qu'il mange en prononçant certains mots et en recouvrant le sang de terre ; ou qui mange de la viande pendant le Carême ou tout autre jour interdit par notre Sainte Mère l'Église ; ou qui pratique le grand jeûne, marchant pieds nus ce jour-là ; ou qui prononce des prières juives, le soir, implorant le pardon de tous, les parents posant leurs mains sur la tête de leurs enfants sans faire le signe de croix, ou qui dise « Sois béni par Dieu et par moi » ; ou qui bénisse la table selon le rite juif ; ou qui récite les Psaumes sans le Gloria Patri ; ou si une femme attend quarante jours après la naissance d'un enfant pour entrer dans une église ; ou s'ils circoncisent leurs enfants ou leur donnent des prénoms juifs ; ou si, après le baptême, ils lavent l'endroit où ils ont été oints ; ou si quelqu'un sur son lit de mort se tourne vers le mur pour mourir, et qu'une fois mort il est lavé à l'eau chaude, et qu'on rase toutes les parties de son corps...

Lorsqu'il eut fini de manger, il se mit à la recherche d'une arme. Il n'avait jamais porté d'épée et n'aurait pas su s'en servir habilement. Mais Der Schneider n'aurait aucune difficulté avec une lame plus petite. Il acheta une courte dague en acier de Tolède et la fixa à sa ceinture. Chez un pelletier, il examina les pièces de fourrure pour trouver une peau de mouton bien traitée. Il l'apporta à la prison pour apprendre que le médecin était passé et reparti. Il avait posé des ventouses sur la poitrine de Mariana et l'avait saigné. Le malade était encore affaibli, à peine en état de parler.

Vidal borda la peau de mouton sur le corps de Mariana et rentra pour s'occuper du diamant.

Le comte de Costa posa la pierre sur la table et sourit. Il était beaucoup plus gros que tous ceux que Vidal avait taillés auparavant.

— Combien de temps ? s'enquit le noble.

— Je travaille lentement.

Costa le scruta, méfiant.

— C'est un travail trop important pour agir avec précipitation. Il faut la plus grande précision, et la préparation demande du temps.

— Alors il faut commencer tout de suite.

Il avait évidemment l'intention de le regarder travailler.

— Je ne peux travailler que quand je suis seul.

Costa montra son dégoût.

— Vous faut-il du matériel particulier ?

— J'ai tout ce qu'il me faut.

Mais quand Vidal fut seul, les choses empirèrent. La pierre était là, comme un œuf bien lourd. Il l'avait détestée dès qu'il l'avait vue. Il n'avait aucune idée de la manière dont il allait procéder.

Le lendemain, Mariana n'avait pas l'air plus en forme qu'après la saignée, mais il était content de voir Julius. Il avait les joues enflammées et semblait ravagé. La toux commençait à produire des mucosités grises. Vidal voulait rester optimiste.

— Vous vous remettrez entièrement quand je vous emmènerai à Gand, là où les Juifs peuvent au moins respirer tranquillement.

Les yeux bleus le toisèrent.

– Je suis chrétien.

– Même après tout... cela ?

– Qu'ont-ils à voir avec le Christ ?

Vidal le regarda, étonné.

– Alors, mon bon chrétien, en quoi judaïsiez-vous ?

Mariana lui demanda de lui passer quelques feuilles de papier empilées sur le sol.

– Le sel de ma vie. Un herbier de la flore connue.

Il montra à Vidal que chaque feuille comportait des croquis de plantes, ainsi qu'un texte indiquant les noms latins et courants, l'environnement, les variétés et leur utilité pour l'homme.

– Je préparais le chapitre sur les plantes de la période biblique. Les traductions sont mauvaises. Pour être plus précis, j'ai acheté un rouleau.

– Une Torah ?

– Oui. Je ne m'en suis pas caché. Toutes mes traductions ont été obtenues par un prêtre hébraïste. Pendant un certain temps, il n'y a pas eu de problèmes. Mais j'en sais plus que la plupart des savants sur les propriétés médicinales des plantes. Que ce soient mes collègues, mes étudiants, chaque fois que l'un d'eux se sentait malade, il venait me demander un remède. Je ne suis pas médecin, mais je finis par en tenir lieu. Un jour, en entendant ma classe de botanique, un évêque en visite suggéra que c'était une pratique curieusement juive. Je suis un professeur sévère, peut-être trop intransigeant...

– Vous avez été accusé par l'un de vos élèves ?

– J'ai été arrêté, cousin. Mon prêtre traducteur était mort. J'étais un nouveau chrétien en possession d'un rouleau hébraïque. Ils m'ont maintenu en prison, exigeant que je me confesse, pour échapper à l'enfer... Mais comment pouvais-je me confesser ? Finalement, ils m'ont obligé à regarder pendant que d'autres étaient soumis à la torture. Ils utilisent trois méthodes de préférence. Avec la *garrucha* le prisonnier est suspendu par les poignets à bonne hauteur, avec de lourdes masses attachées aux pieds. On le soulève lentement et on le lâche brusquement, ce qui provoque souvent la dislocation des bras ou des jambes. Avec la *toca*, il est attaché allongé. On lui ouvre la bouche de force et un linge est glissé dans sa gorge pour conduire l'eau versée d'une jarre. Quand mon tour est arrivé, ils ont utilisé la *potro*. Ils m'ont attaché à un chevalet avec des cordes entourant mon corps nu et mes membres. Les attaches se serraient chaque fois qu'ils tournaient la corde.

Il esquissa un sourire triste avant d'ajouter :

– Je croyais que je pourrais devenir un fidèle martyr du Christ. Mais, señor, en deux tours, j'ai confessé tout ce qu'ils voulaient.

Un silence pesant s'abattit dans la cellule.

– Quel fut votre châtiment ?

– J'ai été renvoyé de la faculté et obligé de marcher en public six vendredis de suite, me frappant moi-même avec un fouet de chanvre. On m'a interdit la fonction publique, le change d'argent ou de tenir boutique, ou même d'être témoin. Ils m'ont dit que si je m'égarais de nouveau, je serais condamné au bûcher. Ils m'ont fait porter le san-benito pendant un an et six mois. Tous les coûts de ma détention furent mis à ma charge, et ma femme et moi avons dû vendre une petite ferme pour payer à l'Inquisition ce que je devais.

Vidal s'éclaircit la gorge.

– Votre femme est en vie ?

– Je crois qu'elle est morte. Elle était malade et âgée, et je lui ai causé beaucoup de souffrances. Lorsque ma peine fut terminée, selon la loi, ma tenue de pénitent a été envoyée à ma paroisse pour être exposée en permanence avec les san-benitos des autres personnes pratiquant clandestinement le judaïsme. Quelle honte...

Il soupira.

– Il y eut d'autres catastrophes, reprit-il, plus ou moins graves. Avant même son achèvement, mon herbier a été mis à l'index des livres interdits.

– Vous ne l'avez jamais achevé ?

– Il fut achevé. Je n'avais plus besoin des rouleaux confisqués, puisque je disposais de toutes les traductions. J'ai repris la rédaction de l'ouvrage. Je pensais qu'il pourrait être publié à l'étranger. Ou même en Espagne, une fois ce vent de folie passé.

— Vous le publierez à Gand, cousin.

Mariana secoua la tête.

— Ils ne me laisseront pas sortir.

— Ils me l'ont promis.

— Qu'ils me relâcheront ?

— Qu'une certaine clémence sera consentie.

— Non, non. Vous ne pouvez pas comprendre. Pour eux, cette clémence particulière veut seulement dire qu'ils m'étrangleront juste avant de me brûler. Ils pensent que les flammes sont nécessaires pour purifier l'âme afin qu'elle puisse aller au paradis. Ce ne serait pas si terrible s'ils ne croyaient pas en ce qu'ils font, señor.

Vidal commençait à avoir la nausée.

— Une chose que je n'arrive pas à comprendre : si vous travailliez chez vous et en secret, comment cela a-t-il pu se produire une seconde fois ?

Mariana se souleva à moitié de sa couche, le regard fixe. Ses yeux indiquaient l'horreur.

— Ce n'est pas ma Juana qui m'a dénoncé ! Ce n'est pas ma fille ! pleura-t-il.

De toute sa vie, Julius n'avait vu que trois pierres précieuses vraiment imposantes. La première était un diamant de forme irrégulière appartenant à Charles le Téméraire, duc de Bourgogne. Il avait été taillé par Lodewyk avant que Julius ne devienne son apprenti. Quelques années plus tard, quand le diamant avait été rapporté pour être nettoyé, Julius avait été impressionné par les facettes symétriques qui couvraient toute la pierre.

— Comment as-tu fait pour le tailler, mon oncle ?

— Beaucoup de soin, répondit Lodewyk.

Et en conséquence, un grand succès. Les feux du joyau, qu'on avait appelé le « Florentin », avaient fait savoir aux riches et aux puissants qu'un Juif de Bruges détenait un secret

167

lui permettant de transformer de petits morceaux de pierres rares en astres.

Vidal était son apprenti depuis déjà plusieurs années à l'époque où son oncle avait taillé une deuxième pierre de grande dimension pour le duc de Bourgogne. C'était encore un diamant de forme particulière, fin et long, de 14 carats. Van Berken avait réussi à le tailler et l'avait monté sur une bague en or que le duc avait offerte au pape Sixte, à Rome, pour qu'il la porte lors des grandes cérémonies. Julius avait eu la permission d'effectuer quelques-uns des meulages.

Sept ans plus tard, lorsque le duc de Bourgogne avait apporté de nouveau une grande pierre précieuse, l'apprenti était presque formé et en meilleure position pour participer. Ils avaient taillé très habilement la curieuse gemme en une forme triangulaire, qui exploitait au mieux son volume d'origine. Vidal et son cousin Robert avaient planifié l'opération, surveillés de près par Lodewyk, avant de tailler toutes les facettes. Ils avaient monté le diamant, une fois poli, sur une création que Vidal avait conçue seul, deux mains serrées en or qui formaient une magnifique bague d'alliance que Charles le Téméraire avait offerte au roi Louis XI, en gage de loyauté.

Lodewyk et Robert avaient reçu cinq mille ducats et acquis une grande notoriété, mais ils n'avaient pas manqué de mettre Vidal en valeur, lequel obtint de la sorte la protection du duc.

Il était maintenant seul, sans protection, et il scrutait depuis des heures ce diamant jaune, comme il avait étudié la pierre triangulaire, plus petite, avec son oncle et son cousin.

Il ouvrit des points d'observation dans la gangue grossière de la pierre, comme Lodewyk le lui avait appris. Les grandes fenêtres espagnoles, derrière lui, émettaient une bonne lumière à travers le précieux cristal, mais ce n'était pas suffisant et il dut la maintenir face à un faisceau de bougies allumées, si longtemps que sa main finit par trembler.

Regarder à travers cette pierre était comme un rêve, un monde d'éclats dans lequel d'innombrables flammes de bougies explosaient. Mais cette beauté dorée se terminait par un défaut si prononcé qu'il grommela quand il s'en aperçut. La clarté chaude virait au blanc, et vers le fond du diamant la tache laiteuse devenait affreuse et sombre. Cette imperfection était importante et elle le dérangeait beaucoup, mais sa responsabilité s'arrêtait à l'aspect extérieur : la forme et les facettes. Pour obtenir une forme gracieuse, il fallait éliminer les aspérités de la pierre. Il examina le grain, comme si le diamant était un morceau de bois, traçant à l'encre des lignes le long des endroits qui pouvaient être facilement clivés.

Il risquait fort de l'abîmer.

Lorsque les soldats vinrent mettre le diamant au coffre pour la nuit, il était couvert de marquages à l'encre. Julius évita de croiser leur regard, pour ne pas montrer ce que ses yeux exprimaient.

— Son état s'est aggravé, déclara l'alcade.

Lorsque Vidal pénétra dans la cellule, il vit avec tristesse que le regard de son cousin était vide, et son nez et sa bouche couverts de plaies purulentes. Vidal nettoya le visage enflammé du vieil homme et demanda à l'alcade de faire venir le médecin.

Mariana parlait difficilement.

— Une partie de mon manuscrit. Cachée. Pouvez-vous me l'apporter ?

— Bien sûr. Où est-il ?

— La serre. Sur les terres de ma maison. Je vais vous faire un plan.

Mais ses doigts étaient trop faibles pour guider la plume.

— Pas d'importance. Dites-moi seulement comment m'y rendre.

Vidal écrivit les directions, s'arrêtant au passage pour demander des précisions.

— Dans une boîte verte. Sous des pots en terre, côté nord.

Ses poumons étaient engorgés.

— Je le trouverai. N'ayez crainte.

Mais il hésita. La course allait prendre des heures.

— Je ne crois pas que je devrais vous laisser.

— Allez. De grâce.

Il n'avait pas l'habitude de fouetter ou d'éperonner son cheval, mais cette fois il dut résister à la tentation. Pendant la plus grande partie de ce long parcours, il maintint le hongre au petit galop. Plusieurs fois, en traversant des bois, il sortit de la route et attendit. Mais il n'était pas suivi.

En arrivant au village indiqué par Mariana, il trouva la porte de l'église ouverte. En passant devant, il jeta un coup d'œil à l'intérieur et distingua une rangée de san-benitos, robes sans manches portées par les pénitents condamnés par l'Inquisition, suspendus au-dessus des bancs, comme du linge mis à sécher. Il se demanda lequel avait pu être celui de son cousin.

La propriété lui permit de comprendre que son cousin était un homme riche. C'était une ferme de bonne taille, mais elle paraissait négligée. Pas de paysans travaillant la terre, pas de bétail dans les pâturages. Une grande maison de style mauresque se dressait à bonne distance de la route. Les rideaux des fenêtres étaient fermés. Vidal ne put savoir si elle était habitée.

La serre se trouvait bien là où son cousin le lui avait indiqué, un long appentis, bas de plafond. À l'intérieur, parmi une profusion de matériel et de récipients, une table sur laquelle reposaient des restes de plantes, mortes pour n'avoir pas été arrosées. Un fauteuil confortable faisait face à des vergers et des prairies s'étendant vers l'ouest. Le chant des oiseaux envahissait l'air. Ce devait être délicieux d'être assis là, à regarder le soleil se coucher sur ses terres.

Il trouva les papiers. La boîte n'était pas fermée à clé. Les pages du dessus concernaient diverses variétés de chardons. Il les jugea sans intérêt.

Il se rendit à la demeure et frappa à la porte. Un serviteur lui ouvrit.

— Puis-je voir la señora de Mariana ?

— Vous voulez voir doña Maria ?

— Oui, dit-il, heureux de savoir qu'elle était encore en vie. Dites-lui que je suis Julius Vidal.

La vieille femme marchait avec difficulté. Elle avait les traits fins.

– Señora, je suis de la famille de votre mari.

– Mon mari n'a pas de famille.

– Señora, nous avons des ancêtres communs. Les Vitello de Gênes.

La porte se referma brusquement. La maison resta silencieuse. Vidal attendit un peu, puis enfourcha son cheval et s'éloigna.

La rage bouillait en lui. Mais quand il arriva à la prison de León, elle céda la place à une terrible angoisse. Pour la première fois, ils ne lui permirent pas d'entrer, malgré son laissez-passer. Il attendit que le garde appelle l'alcade.

– Il n'est plus ici. Il est mort, dit le moine.

– Il est mort ?

Vidal le regarda, désemparé.

– Oui, pendant qu'on le saignait.

L'homme s'éloigna.

– Attendez ! Alcade, où sont ses effets ? Il y avait des papiers, des écrits.

– Il n'y a plus rien. Tout a déjà été brûlé.

À l'extérieur de la prison, un groupe de soldats de Costa vint le chercher et l'escorta jusqu'au château. Maintenant que son cousin était mort et qu'il n'y avait plus d'otage, il était passé du stade d'invité à celui de prisonnier.

Lorsqu'il fut seul face à la pierre, il ouvrit son sac et en sortit les fioles, les paquets et les instruments. Mais quand il relut ses calculs, il ne fut pas satisfait. Il aurait préféré que son oncle le choisisse comme rabbin et laisse Manasseh devenir apprenti.

Jamais encore il n'avait eu aussi grande surface à ébruter en facettes. En désespoir de cause, il avait fini par diviser le diamant en lignes imaginaires, décidant de traiter les sections une à une, comme s'il s'agissait d'une seule pierre plus petite.

Et si le résultat final manquait d'éclat ?

Lodewyk, vieux gredin, dis-moi ce que je dois faire.

Mais, de là où il était, Lodewyk ne pourrait pas lui donner

171

la réponse. Julius fit ramollir de la résine, pour fixer le diamant fermement au bout d'un support en bois. Ce dope fut fixé sur sa pince à vis et il marqua légèrement le diamant de sillons, traçant des marques peu profondes là où il pensait appliquer le coup de burin. Mais il ne put se résoudre à prendre le maillet et à commencer à débrutir. Ses doigts ne voulaient pas lui obéir.

Il entendit de l'animation à l'extérieur. Par la fenêtre, il vit que la route était encombrée d'une foule de gens.

— Que se passe-t-il ? demanda-t-il au garde, de l'autre côté de la porte.

— Ils viennent voir l'autodafé. Un spectacle à ne pas manquer, assurément.

Le jeune soldat le regarda, les yeux pétillants.

— Voulez-vous y jeter un coup d'œil, señor ?

— Non, rétorqua-t-il d'un ton sec.

Il referma la porte et s'affaira sur la pierre. Se ravisa-t-il par volonté de témoigner de l'horreur, ou parce qu'un sentiment pernicieux commençait à l'envahir, l'attirant vers le mal aussi violemment que ceux qu'il méprisait ? Toujours est-il qu'il héla le gardien peu après :

— Allons voir.

Devant la cathédrale se rassembla une procession menée par des laïcs armés de piques et de mousquets.

— Les marchands de charbon. Ils ont cet honneur parce qu'ils fournissent le bois avec lequel nos condamnés sont brûlés, expliqua le soldat, au comble de l'excitation.

Esteban de Costa, comte de León, précédait un contingent de nobles et portait les insignes de l'Inquisition. Une suite de dominicains venait juste après, portant une croix blanche. Puis apparurent une vingtaine de prisonniers, les hommes marchant à distance des femmes. Ils avançaient pieds nus et portaient des san-benitos jaunes, frappés d'une croix rouge sur l'avant et le dos du vêtement. Après eux se traînaient deux hommes et une femme, les condamnés, vêtus de san-benitos blancs ornés de démons et de flammes dessinés grossièrement. La femme, les cheveux ébouriffés, d'âge moyen, jetait un regard glacé à l'assistance. Elle pouvait à peine marcher. Un jeune garçon, encore adolescent, portait quelque chose dans la bouche, comme le mors d'un cheval. Le troisième prisonnier marchait les yeux fermés, remuant les lèvres.

– Pourquoi le garçon est-il bâillonné ?

– C'est un pécheur non repenti, señor. On craint qu'il ne gâche l'autodafé en blasphémant.

Les hommes du Saint-Office, reconnaissables à leur habit noir et blanc et à une croix couverte d'un voile de crêpe noir, fermaient le cortège. Mais déjà la foule des badauds leur emboîtait le pas.

Sur la place, une tribune de bois et un échafaud avaient été dressés. Les dominicains occupèrent la tribune et entamèrent une messe. La foule continuait de remplir les lieux, certains entonnant des prières, pendant que d'autres s'arrêtaient sur le marché adjacent et achetaient de la nourriture ou des boissons.

Une fois la messe achevée, on lut les noms des personnes ayant commis les crimes les moins graves. À chaque appel, un des prisonniers levait un cierge éteint en reconnaissance de sa honte publique.

Les trois condamnés furent conduits sur l'échafaud et attachés sur les bûchers pendant qu'un inquisiteur récitait la liste de leurs crimes. Teresa et Gil de Lanuza étaient mère et fils, des hérétiques relaps accusés de conspiration afin d'organiser la circoncision d'un enfant. La femme avait avoué, mais pas le fils. Le troisième était Bernardo Ferrer, reconnu coupable de sodomie.

Un murmure parcourut le public. Un bourreau venu derrière Teresa de Lanuza lui avait passé un garrot autour du cou et il l'étrangla. Le visage de la femme fut pris de convulsions. Elle mourut en quelques secondes. Trois dominicains quittèrent leur tribune et montèrent sur l'échafaud, portant des torches allumées. Chacun se tenait tour à tour près de Gil de Lanuza, lui parlant avec conviction et passant la flamme de la torche près de son visage.

– Ils tentent de le convertir. Ils lui montrent ce que vont lui faire les flammes, murmura l'homme d'armes.

Un tremblement, visible de là où se tenait Vidal, secoua le corps de l'hérétique. Un prêtre enleva le bâillon de la bouche du jeune garçon et celui-ci balbutia quelques mots. Le prêtre se tourna et leva la main pour ordonner à la foule de faire silence.

– Mon fils, qu'as-tu dit ?

– Je me convertis à la foi véridique.

Un frisson de joie parcourut les spectateurs. À côté de Vidal, une femme par son excitation effraya son propre enfant, qui se mit à pleurer.

– Dieu soit loué, souffla le soldat, la voix émue.

Les dominicains s'agenouillèrent.

– Mon fils, à quelle foi véridique te convertis-tu ? demanda le prêtre.

– Père, je meurs dans la foi de Jésus-Christ.

Les dominicains se levèrent pour embrasser le jeune homme.

– Tu es notre frère. Notre frère bien-aimé, ajouta le prêtre d'un ton larmoyant.

Les yeux du garçon montraient une exaltation sincère. Le bourreau derrière le poteau l'étrangla.

Les marchands de charbon commencèrent à déposer des fagots de broussaille, de bois et de charbon. Ils manipulaient leurs charges avec aisance, et les accumulaient autour des corps ligotés aux poteaux et sous l'échafaud.

Enfin leur tâche fut terminée.

Chacun porta son regard sur le dernier condamné. Les yeux de Bernardo Ferrer refusaient de voir la réalité.

– On ne lui donne pas une chance de se repentir ? demanda Vidal.

Le soldat regarda délicatement la femme qui portait l'enfant.

– Son crime n'est pas expiable, señor.

Un inquisiteur fit un signe de tête et le bourreau s'approcha avec une torche allumée. Dès qu'il le toucha, le bûcher s'embrasa. Le bois sec craquait et produisait de petites explosions en se consumant.

Vidal essaya de partir, mais la foule compacte le cernait, l'immobilisait. Il regarda la victime encore vivante. Ferrer s'affaissait dans ses liens, comme s'il essayait de rejoindre le feu.

La fumée s'éleva. La vague de chaleur commença à déformer les trois condamnés attachés au bûcher. On eût dit qu'ils scintillaient et dansaient tout à la fois.

Les flammes apparurent à travers les fentes du plancher de l'échafaud et attaquèrent les fagots empilés autour des suppliciés. Un serpent de feu s'éleva des broussailles et vint lécher l'ourlet du san-benito. Ferrer criait quelque chose, mais sa voix était inaudible.

Ses cheveux prirent feu.

Ses liens se consumèrent et il tomba. Quelques instants plus tard, le plancher s'écroula sous lui dans une gerbe d'étincelles.

Il fallait si peu de temps pour brûler un homme ?

Vidal terminait la prière des morts. À côté de lui, la femme serrait son enfant. Le soldat fit le signe de croix et la foule commença à se disperser.

Ce fut étrange. Quand il retourna à son diamant – peut-être parce qu'il avait assisté au pire dont l'homme pût se rendre coupable –, il n'avait plus peur.

Il s'empara du maillet et du burin, et frappa deux coups puissants. Les aspérités disgracieuses étaient trop fines pour se détacher proprement. Elles volèrent en éclats, laissant une pierre plus ronde, plus belle, une forme offrant de magnifiques possibilités.

Il sortit de son sac les éléments d'une petite meule à pédale et les assembla. Une fiole contenait de la poussière de diamant, de l'égrisé, toujours soigneusement balayée et recueillie après chaque taille et polissage. Il en fit tomber un peu dans une coupelle et ajouta de l'huile d'olive pour constituer une pâte épaisse qu'il étala sur un disque de cuivre, la pièce coupante de la meule.

Il s'approcha de la porte.

– Il me faut des bougies. Autant de cierges, de bougies et de chandelles que vous pourrez en trouver.

Il les disposa tout autour de la pièce. La lumière conjuguée des flammes suffisait à peine pour effectuer le travail final, mais elle lui permettrait d'achever le débrutage, première ébauche des grandes facettes.

Il fit tourner la meule et, pour la première fois, il approcha la pierre du disque de cuivre en rotation. En quelques minutes, la pression qu'il appliquait avait obligé l'égrisé contenu par la pâte à s'incruster dans le cuivre plus mou, transformant la roue en une lime efficace.

Là résidait tout le secret découvert par Lodewyk et que la famille gardait maintenant précieusement : rien ne peut attaquer le diamant si ce n'est le diamant.

Pendant toute la nuit, il se pencha sur la roue et meula.

Le lendemain matin, il avait débruté les grandes facettes et, à l'aube, il attendit impatiemment le lever du soleil pour avoir suffisamment de lumière et commencer les tailles les plus délicates. Dès les premières lueurs du jour, il s'appliqua à réduire les tolérances des plus grandes facettes et à en tailler de plus petites autour du périmètre du diamant pour former un volume que Lodewyk avait dénommé « briolette ».

La pierre avait un aspect gris et métallique.

À midi, un serviteur frappa à la porte, pourvu de nourriture, mais Vidal le renvoya. Il travailla sans répit, en mesure maintenant de voir ce qu'il restait à faire.

Quand la lumière faiblit, il s'arrêta, ayant atteint un stade où il lui fallait une illumination parfaite pour le reste de la taille. Il réclama un repas, ainsi que de l'eau pour prendre un bain. Puis il s'écroula sur le lit sans avoir mangé, ni s'être lavé. Il dormit tout habillé et fut réveillé par les rayons du soleil qui venaient frapper ses yeux.

Ce matin-là, quelqu'un essaya la serrure et frappa à la porte.

— Allez-vous-en !

— C'est moi. Je voudrais voir le diamant.

— Il n'est pas encore prêt.

— Ouvrez la porte immédiatement.

— Je suis désolé, messire, c'est encore trop tôt.

— Chien de Juif ! Ordure ! Je vais enfoncer cette porte ! Vous serez...

— Cela ne sauvera pas le diamant du pape, coupa Vidal. Je dois travailler en toute tranquillité.

Il savait que seule la réussite lui permettrait de quitter cet endroit en vie.

Costa s'en alla, furieux.

Le danger était grand. Il fallait meuler la pierre dans le sens du grain, comme on rabote une pièce de bois, pour éviter d'abîmer à la fois le diamant et le disque de la meule. Il pouvait user le diamant, mais non pas le reconstituer en cas d'erreur ; il devait donc constamment veiller à ne pas tailler trop fort. Il devait aussi arrêter la machine de temps en temps, pour laisser le diamant et la meule se refroidir, car, si la friction provoquait un échauffement trop fort de la pierre, la surface risquait de se décomposer.

Le travail s'accomplissait néanmoins et la pierre prenait forme.

Peu à peu, l'aspect gris métallique de la surface laissa place à une pierre redevenue jaune.

Et de plus en plus transparente.

Le matin du quatrième jour, il termina la dernière facette. Il prit la poudre d'os la plus fine, contenue dans l'une de ses fioles, et se mit à polir le diamant à la main. Il y passa le restant de la journée.

Ce soir-là, il s'immobilisa un long moment et regarda la pierre. Puis il récita *Hagomel*, la prière d'action de grâce dite par les rescapés d'un grave danger. Pour la première fois de sa vie, il comprit que Lodewyk avait fait le bon choix. Jamais Manasseh n'aurait pu accomplir pareil ouvrage.

Les résidus furent rassemblés avec une plume, jusqu'à la dernière granule. Il démonta sa meule, puis il se baigna et s'habilla pour le voyage. Quand ses outils furent rangés dans ses sacoches, il déverrouilla la porte.

De dépit, Costa n'avait cessé de boire depuis deux jours. Soudain, il vit le Juif devant lui, avec à la main le diamant.

Le comte s'en empara. Il était tellement saoul qu'il avait du mal à ajuster sa vision. Quand il y vit enfin, il poussa un hurlement de joie.

– Que voulez-vous ? La putain la plus habile de toute l'Espagne ? Une vierge ?

Vidal nota que la question du paiement avait été soigneusement évitée.

– Je suis content d'avoir pu rendre service. Maintenant, je désire rentrer chez moi, messire.

– Nous devons d'abord fêter l'événement.

Des serviteurs apportèrent d'autres bouteilles. Costa posa le diamant devant les bougies. Il le tourna dans toutes les directions.

– Vous aurez fait ma fortune, vous, le Juif.

Puis il se mit à débiter fébrilement :

– Je n'ai pas toujours été un noble. Même aujourd'hui, il y en a qui se moquent de mon sang, mais je vais être doublement noble, au moins chevalier de Rhodes. Le pape espagnol a créé des cardinaux pour moins que cela.

Vidal s'assit, d'abord l'air morose, puis de plus en plus inquiet. Il serait facile pour Costa de faire tuer quelqu'un auprès de qui il se serait trop librement épanché. L'homme, manifestement, n'avait déjà plus sa clarté d'esprit. Vidal remplit la coupe de Costa.

– Avec votre permission, messire, buvons à votre santé et à votre bonheur.

Il dut verser longtemps. Le comte avait une incroyable résistance à la boisson. Une autre bouteille était presque vide quand enfin il s'écroula au bas de sa chaise.

Vidal se leva et se dressa au-dessus de lui avec dégoût.

– Espèce de porc, murmura-t-il.

Pas de gardes. Il porta la main à sa dague de Tolède. Puis il se dit qu'il n'était qu'un imbécile. Cela valait-il la peine de risquer sa vie ?

Il regarda le diamant sous les bougeoirs. Dans le velours jaune de chaque facette qu'il avait taillée, il semblait voir un corps sur le bûcher.

Il sortit sa dague et se pencha sur l'homme allongé. Le comte bougea une fois. Il gémit doucement et devint inerte. Vidal avait désormais les mains tachées de son sang.

Ce n'est que le lendemain matin que le corps du comte fut découvert par un soldat. Au début, ce dernier crut qu'un animal avait dévoré son seigneur. Il cria à l'aide.

Esteban de Costa bougea. Il s'humecta les lèvres avec sa langue desséchée.

Il se souvint du diamant et regarda, inquiet, pour voir s'il avait disparu, mais le joyau était toujours près des bougies consumées. Il tendit la main pour l'attraper mais une douleur fulgurante lui déchira le corps.

Quand il baissa les yeux, il rugit aussi fort que le garde. Mais la peur s'avéra plus forte que le mal : il avait été circoncis, et non pas castré.

Il trouva le message plus tard, quand la douleur déjà s'atténuait :

En voici un autre pour votre collection.
Julio Vidal.

Julius avait galopé sans arrêt, pendant toute la nuit, pendant toute la matinée. Il avait décidé de passer par Ferrol, pensant que toute poursuite serait lancée en direction de Bilbao et Gijón, les ports les plus proches.

S'il ne trouvait pas de bateau, il avait l'intention de faire demi-tour et de se cacher dans les montagnes. Mais il aperçut à quai une barque à deux mâts de la guilde des tisserands, qui emportait de la laine d'Espagne destinée à la fabrication de tissus flamands. Il paya son passage et attendit à bord, l'œil rivé sur la route venant du levant, jusqu'au moment où le navire hissa les voiles.

Quand la terre disparut, il s'affala sur le pont, soudain terrassé par une immense fatigue.

Il leva les yeux sur la voile, aussi gonflée et tendue que le ventre d'Anna au moment de son départ. Il s'adossa contre une balle de laine grasse à l'odeur âcre et regarda la voile enceinte le porter jusqu'à son nouveau-né.

III

La quête

15

Mea Shearim

Quand Harry téléphona au bureau de Leslau, une femme lui annonça que l'archéologue n'était pas là. Harry n'allait pas se contenter de cette réponse laconique : le temps perdu avec Mehdi l'avait empêché de lui faire part de ses découvertes et il comptait bien y remédier au plus vite.

— Qu'il me rappelle. Dites-lui qu'Harry Hopeman veut le joindre.

— Harry comment ?

— Hopeman.

— Ah.

Visiblement, son nom ne lui disait rien.

— Peut-on le joindre à un autre numéro ?

Silence.

— Il travaille chez lui, peut-être ? Donnez-moi son adresse, s'il vous plaît.

Pas de réaction.

— Je peux vous assurer qu'il considérera que c'est important, insista-t-il.

— Rehov Hevrat Tehillim. Au 28, énonça-t-elle comme à regret.

— Merci. Dans quel quartier ?

— À Mea Shearim.

Plus d'un siècle auparavant, un groupe de hassidim litua-
niens et polonais avait quitté le quartier juif de la Vieille Ville
pour créer un bastion entouré de murailles qui comprenait,
paraît-il, exactement cent habitations. C'est pourquoi il prit le
nom de « cent portes », ou Mea Shearim. Aujourd'hui, la plus
grande partie de l'enceinte d'origine a disparu. Surpeuplé par
des générations de familles pour qui la contraception est un
péché, Mea Shearim est devenu un quartier de taudis grouillant
de monde ; il a dépassé sa délimitation d'origine et s'est étendu
avec l'installation d'autres communautés orthodoxes.

Alors qu'Harry cherchait Rehov Hevrat Tehillim, la rue de
la Société-des-Psaumes, il posa les yeux sur un grand écriteau,
rédigé en anglais, en hébreu et en yiddish :

> *FILLES D'ISRAËL !*
> *La Torah vous demande*
> *D'être vêtues décemment.*
> *Nous ne tolérons pas*
> *Les personnes qui passent*
> *Dans nos rues*
> *En tenue indécente.*
>
> *Comité de surveillance de la pudeur.*

Une rue plus loin, un autre panneau en plusieurs langues
accusait le gouvernement israélien de permettre, par la pratique admise des autopsies, qu'on profane le corps humain,
création du Tout-Puissant.

Le quartier était un labyrinthe : les venelles se ressemblaient
toutes, avec leurs bâtisses en pierre, de guingois, avec des
échoppes au rez-de-chaussée et surplombées d'appartements.
Harry regarda autour de lui, désemparé. Deux garçons jouaient
à chat avec enthousiasme, leurs papillotes volant au vent dans
leur course effrénée. Une jeune femme passa devant lui
chargée de linge, et elle évita son regard. Dans l'ombre d'une
maison se tenait un vieil homme portant un caftan noir et un

shtreimel, qui lui fournit de précieuses informations, mais quand Harry trouva enfin Hevrat Tehillim, les bâtiments n'étaient pas numérotés.

En désespoir de cause, il entra dans une boutique d'articles religieux. Au milieu des livres de Torah, volumes de Talmud et châles de prière, son œil fut attiré par des kippas de velours brodées. Harry passa quelques minutes à en choisir plusieurs pour la bar-mitzvah de Jeff. En réglant ses achats, il apprit que le 28 était le bâtiment contigu.

– Qui voulez-vous voir ici ?

– Le professeur Leslau.

Le vendeur, calotte noire et petite barbe blonde, eut l'air surpris.

– Troisième étage. L'appartement de gauche.

L'escalier était étroit et sombre. Quelqu'un venait de faire frire du poisson. Quand il atteignit la porte gauche du troisième palier, il frappa car il ne vit pas de sonnette. Un long silence suivit.

Un instant plus tard, l'homme ouvrait la porte.

– Hopeman ! Comment avez-vous fait pour me trouver ici ? Enfin, peu importe... Que puis-je pour vous ?

– Demandez-moi plutôt ce que moi, je peux faire pour vous.

Le visage de Leslau trahit une certaine impatience :

– Écoutez, la dernière fois que nous nous sommes vus, je vous ai dit clairement que je n'avais nul besoin de vos lumières...

– Allons, ce n'est pas une affaire d'amour-propre...

À mesure qu'Harry progressait dans son développement – sa traduction du texte, Hazazon-Tamar, où l'on élague les arbres –, l'expression cynique déserta le regard de Leslau. Il montra un intérêt croissant, puis une excitation qu'il aurait préféré dissimuler.

– Allons faire un tour à Ein Guedi, conclut l'archéologue.

Quand ils arrivèrent à proximité de l'oasis, ils ralentirent l'allure afin de repérer les deux collines correspondant à la description du rouleau manuscrit. Ils s'engagèrent sur les routes secondaires, juste avant le kibboutz, bifurquèrent en direction de l'école de découverte de la nature.

– En toute logique, la cité antique devait se trouver près de la source d'eau douce, *Maayan Ein Guedi*. Nos collines sont probablement situées à l'ouest des sources, dit Leslau.

Deux buttes s'élevaient en effet au nord-ouest. Un autre massif surgissait au nord-est, s'étalant vers les basses montagnes d'une façon tellement irrégulière qu'Harry commença à s'inquiéter ; rien ne distinguait ces tertres les uns des autres. Mais Leslau secoua la tête et tendit le doigt.

– Les voilà.

Ils sortirent du véhicule et parcourent près de cinq cents mètres à pied jusqu'à la base de la plus petite colline. Le sol avait l'air vierge et sans grand intérêt.

– Ce pourrait être ici. Si on découvre l'un des Chérubins, je commencerai immédiatement à rechercher l'autre. Quelque part, caché entre les deux, se trouve l'*Aron Hakodesh*, l'Arche sainte.

Sous l'empire d'une ardeur fébrile, ils faillirent oublier de déjeuner, mais pendant le trajet de retour vers Jérusalem, Harry se rendit compte qu'il avait faim. Ils mangèrent en silence, chacun absorbé par ses réflexions, dans un petit café arabe.

Pendant le repas, Harry dévisagea Leslau avec curiosité.

– Comment se fait-il que toi, un universitaire américain de renommée mondiale, tu habites Mea Shearim ?

Leslau fit une grimace.

– Quand je suis arrivé en Israël, l'idée me paraissait bonne. Je voulais m'imprégner de toutes ces richesses culturelles et en faire part à mes étudiants.

– Des étudiants nés aux États-Unis ne pourraient pas vraiment comprendre, avança Harry.

Leslau acquiesça.

– À Mea Shearim, la religion est traitée comme un secret de famille, préservé dans les conditions où il a été reçu. Leur accoutrement est identique à celui que leurs ancêtres portaient en Europe jadis. Leurs prières ne varient jamais, même dans les intonations. Et leur corpus de règles est comme hors du temps.

– C'est ce qui rend ce quartier pittoresque et charmant, dit Harry. Ils ont le droit de vivre comme ils l'entendent.

– Mais à Mea Shearim, tout le monde doit suivre leurs préceptes.

– Il n'y a pas une loi, qu'elle vienne des hommes ou de Dieu, qui interdise de dire à un Juif pratiquant d'aller se faire voir. Ce judaïsme en conflit permanent avec lui-même, c'est ce qui alimente sa dynamique.

– Tu es le bienvenu sur les fouilles, déclara Leslau d'un ton un peu gêné lorsqu'il arrêta sa Volkswagen pour le déposer devant l'hôtel.

Harry déclina l'invitation d'un geste de la main et essaya de ne pas en vouloir à l'archéologue en apercevant une lueur de soulagement dans son regard.

– *Shalom*, David. Je t'appelle.

Harry dîna seul dans le restaurant de l'hôtel. De retour dans sa chambre, allongé sur son lit, il se sentit seul comme jamais il ne l'avait été.

Sur un coup de tête, il appela Della.

Pas de réponse. C'était le milieu de la matinée à New York ; peut-être était-elle sortie faire des courses. Ou peut-être était-elle avec un autre homme, dans un appartement qu'il ne connaissait pas. Il s'attarda sur cette pensée, pour voir si elle le faisait souffrir. Il se serait senti mieux s'il avait éprouvé le plus petit pincement de jalousie.

Un peu plus tard, il prit l'annuaire de Jérusalem et trouva le numéro de Strauss, Tamar.

Elle parut surprise de l'entendre.

– Puis-je passer te voir ? dit-il.

– Je travaille, répliqua-t-elle un peu sèchement. Je retourne au musée demain.

— Tes vacances ne sont pourtant pas terminées.

— Je ne te suis plus d'aucune utilité. Pourquoi devrais-je gâcher mes jours de congé ?

— Pour faire un petit voyage avec moi.

— Oh !

Elle hésita.

— Je ne sais pas si j'en ai envie, dit-elle enfin.

— Ce qui veut dire que tu n'es pas certaine de ne pas en avoir envie. Laisse-moi venir te voir. On en parlera.

Elle céda, presque indifférente.

Au milieu de la nuit, il se réveilla. Leurs deux corps étaient harmonieusement lovés l'un contre l'autre. Il vérifia qu'il ne rêvait pas en glissant la main sous un des seins épanouis de Tamar.

Il se leva pour faire un tour dans la salle de bains. Quand il revint, elle avait changé de position et sa respiration faisait un léger bruit, elle ronflait presque.

Il était bien. Il ne lui fallut qu'un court instant pour se rendormir.

16

Une excursion en autocar

Harry avait à l'esprit une station balnéaire confortable, avec une belle plage de sable fin, mais Tamar se contenta d'enfourner quelques affaires dans un sac à dos et lui enjoignit de l'imiter. Elle lui recommanda d'emporter la même chose que pour leur séjour à Massada.

— Où allons-nous ? demanda-t-il.

— Et pourquoi est-ce que ce ne serait pas une surprise ?

— Plus de camping, pitié !

— Ce ne sera pas du camping. Enfin, pas exactement.

Ils s'arrêtèrent dans une épicerie et elle acheta un énorme sac d'oranges. Quelques minutes plus tard, un taxi collectif les emmenait à Tel-Aviv. Devant un hôtel minable, sur le front de mer, ils rejoignirent un groupe de gens qui attendaient sur le trottoir, trois quarts d'heure seulement après avoir quitté Jérusalem.

— Je te préviens, je déteste les voyages organisés, chuchota Harry à l'oreille de Tamar.

Elle se contenta de sourire. Il y avait là quelques personnes d'âge mûr, deux soldats israéliens en uniforme – sans doute en permission – et une dizaine d'étudiants américains. Il remarqua une profusion de gourdes de métal.

— Allons-nous au moins vers le nord, où il fait frais ?

Un homme qui se tenait à côté d'eux entendit la question

et la traduisit en hébreu à l'intention de son voisin, lequel s'esclaffa.

Un vieil autocar, jadis bleu, arriva du coin de la rue et s'arrêta bruyamment devant le groupe.

– Écoutez le moteur. Aussi diabolique qu'un dibbouk, murmura le type à côté d'Harry.

Les vitres du véhicule étaient opaques tant elles étaient vieilles et usées par le temps ; la carcasse était perchée sur des roues équipées de pneus ballons, les plus gros qu'Harry eût jamais vus.

– Combien de temps allons-nous devoir tenir là-dedans ?

– Allez, viens.

À l'intérieur, l'air était brûlant et vicié. Depuis sa plus tendre enfance, il n'avait jamais pu voyager en car sans être malade. Il baissa la vitre, non sans s'écorcher un doigt.

Un homme vint ramasser l'argent et se présenta comme étant Oved, leur guide. Il présenta aussi Avi, le chauffeur, qui claqua la portière comme s'il armait un piège à rat. La petite troupe poussa des cris convenus quand le car hoqueta et commença à rouler. Tamar sortit de son sac un livre sur l'art étrusque et s'abîma dans sa lecture. Harry avait la nette impression de s'être fait avoir. Au lieu de l'interlude confortable qu'il avait imaginé, il allait devoir accepter l'inconfort et subir une situation sur laquelle il n'avait aucune prise.

– Bon Dieu, où allons-nous ? demanda-t-il, furieux.

Tamar tourna une page.

– Dans le Sinaï, répondit-elle sans lever la tête.

Les heures défilèrent au gré des cahots du véhicule. Pendant qu'Harry s'était assoupi, Avi le chauffeur avait quitté la route pour une simple piste ; quand il se réveilla, les champs cultivés avaient cédé la place à une surface unie, plate, constituée de sable et de cailloux. Au loin, vers l'est, des montagnes noires se découpaient à l'horizon, qui lui rappelèrent un peu l'Ouest américain.

– Le Sinaï ? demanda-t-il à Tamar.

– Le Néguev.

Ils doublèrent un homme enveloppé d'une robe noire, monté sur un chameau. Il ne daigna même pas leur accorder un regard, malgré les piaillements des étudiants américains qui voulaient le photographier à travers les vitres à moitié opaques. Trente minutes plus tard, ils s'arrêtèrent dans une oasis où une famille de bédouins tenait une sorte de halte du désert. Le déjeuner consistait en un morceau de saucisse résistante comme une corde, très grasse et très épicée, et une bouteille de soda à l'orange, presque chaud, qui laissait un fort arrière-goût chimique. Le groupe d'étudiants protesta bruyamment. Harry mâcha et ingurgita le tout sans piper mot.

Un adolescent demanda à Oved s'il pouvait le conduire jusqu'au prochain village. Le plus naturellement du monde, Tamar entama la conversation avec lui en arabe.

– Il s'appelle Mounad Yussif, expliqua-t-elle à Harry. Il a quatorze ans. L'année prochaine, il sera marié et commencera à engendrer de nombreux enfants.

– Mais ce n'est encore qu'un gamin !

– Sa femme aura peut-être onze ou douze ans. Là où je suis née, il en allait ainsi même chez les Juifs.

– Tu te souviens du Yémen ?

– Pas précisément. Nous vivions à Sanaa. Une grande ville. La vie n'était pas rose pour la communauté. Parfois, des émeutes éclataient et nous nous terrions dans nos petits appartements, jusqu'à épuisement des vivres. Juste au coin de notre rue, il y avait un minaret. Chaque matin, le muezzin me réveillait. *Allah Akbar !*

En entendant ces mots, le garçon, assis à l'avant du car, sourit et demanda quelque chose.

– Il voudrait une cigarette.

Un soldat lui tendit un paquet. Le gamin sortit un pistolet nickelé de sa poche et le pointa. Il appuya sur la détente et une flamme jaillit du canon.

– Bon Dieu ! chuchota Harry.

Les soldats éclatèrent de rire. Le garçon recommença son

geste, à répétition, ravi de son effet. Mais déjà l'expédition parvenait au village.

– *Salaam aleikum !* s'écria-t-il avant de sauter du car.

Les rigueurs du voyage commençaient à se faire sentir. Les étudiants s'avachissaient dans leurs sièges et discutaient avec moins d'exubérance. Le car pénétra dans une suite de canyons, où les rochers projetaient des ombres de plus en plus longues. Lorsqu'ils émergèrent des canyons, à Eilat, la nuit absorbait la mer Rouge, mais ils pouvaient entendre le ressac, alors que le car suivait la route vers le port de plaisance. Ils passèrent devant un hôtel fastueux sans ralentir, puis Avi rangea son car devant un petit motel de bord de mer où des chambres les attendaient, comprises dans le prix du voyage.

Le repas du soir se limita à des escalopes panées et une soupe à l'orge perlé. Ils mangèrent sans aucun plaisir, trop affamés pour faire des observations sur la cuisine. Mais leurs chambres consistaient en de petites cellules humides, dont les draps étaient crasseux et tachés par les occupants précédents.

– On s'en va, décréta Harry.

– Où ça ?

– Allons prendre une chambre dans le palace devant lequel nous sommes passés. Nous reviendrons demain matin, avant que le car s'en aille.

– Pas question.

– Merde, pesta-t-il.

Il s'assit sur le lit et étudia son visage.

– Je veux bien voyager dans ce car horrible et manger des trucs infects. Mais pourquoi ne pas dormir dans un lit confortable si on peut ?

Elle lui tourna le dos et sortit, en refermant la porte derrière elle.

Son premier réflexe fut de partir sans elle. Mais il se ravisa et la suivit dehors, sans prendre ses affaires.

Assise sur le sable, elle entourait ses genoux de ses bras. Il

s'installa à côté d'elle. La marée était haute et ils contemplèrent au-delà des vagues les lumières brillantes du grand hôtel.

– Qu'est-ce qui te dérange, Tamar ?

– J'y ai passé ma lune de miel.

Un peu plus tard, il se rendit à la réception du motel et glissa
un bon pourboire au concierge pour qu'il lui donne une couverture propre et un pichet de vin blanc. Tamar était toujours
assise au même endroit quand il revint. Il étala la couverture
et emplit deux verres de vin. Ils burent pendant que la lune se
levait derrière les nuages, éclairant l'écume qui venait s'écra-
ser sur la plage.

– Tu veux que je m'occupe de toi ? demanda-t-elle doucement, dans son oreille.

Il secoua la tête.

– Et toi ?

Elle lui embrassa la main.

– Je veux juste que tu dormes avec moi.

Ils s'étendirent sur la couverture et s'enlacèrent.

– Je pourrais t'aimer, dit-il au cours de la nuit.

Les mots étaient venus tout seuls ; et ils le terrifièrent. Elle
ne dit rien. Peut-être s'était-elle abandonnée au sommeil.

Ce ne fut pas aussi terrible que de dormir à Massada, mais
le lendemain il était un peu courbaturé. Après un copieux petit
déjeuner à l'israélienne – olives, salades de crudités, poisson,
œufs, fruits frais et boissons chaudes –, ils remontèrent dans
le car. Deux heures plus tard, après avoir franchi la frontière
égyptienne, ils purent descendre à Charm-el-Sheikh pour se
dégourdir les jambes. Oved, le guide, distribua des tablettes
de sel et leur conseilla d'économiser l'eau de leurs gourdes.
Les jeunes Américains se mirent à chanter : il était question
de neige, d'hiver et de feux de camp. Ils passèrent ensuite aux
chants de Noël, clamant dans la chaleur du désert que le Sau-
veur était né.

Une vieille Israélienne, assise seule à l'avant du car, se
retourna pour regarder les jeunes.

– J'aimerais beaucoup voir de la neige, dit Tamar.

– Tu n'en as jamais vu ?

– Deux fois. Mais quand il neige à Jérusalem... On est un peu déçu et elle disparaît en un rien de temps. J'aimerais la voir en couche épaisse et... enfin, tu vois.

Harry se sentit soudain la proie d'un étrange mal du pays.

– Tu aimerais. Je sais que tu adorerais.

Il la regarda enfoncer son pouce dans la peau d'une orange.

– Je pensais qu'ils étaient juifs, ces jeunes Américains.

– Je crois qu'ils le sont.

Elle empilait soigneusement les pelures d'orange sur ses genoux.

– Mais pourquoi entonnent-ils des chants de Noël ?

– Ils sont intimidés par les lieux. Ça les décontracte d'évoquer d'heureux souvenirs.

– Tu veux dire qu'ils chantent ça aux États-Unis ? s'enquit-elle en lui tendant un quartier d'orange.

– Bien sûr... Hum, c'est bon...Tous les enfants apprennent des chants de Noël à l'école. L'Amérique est un pays chrétien. Puis-je avoir une autre orange ?

Cette fois-ci, elle le laissa la peler.

– C'est vrai que, souvent, j'ai vu des Juifs américains superstitieux qui touchaient du bois pour conjurer le sort, dit-elle, pensive.

– Et alors ?

– C'est un usage chrétien. Les premiers chrétiens touchaient du bois en hommage à la croix du Christ.

Il sépara la seconde orange moins élégamment qu'elle ne l'avait fait. Le jus coula et il n'avait rien pour essuyer ses mains toutes collantes.

– On ne choisit pas ses coutumes et sa langue. On en hérite.

Cela faisait plus d'une heure qu'ils longeaient une plage aussi magnifique qu'interminable. Le bus s'arrêta finalement devant une villa. Oved annonça qu'ils avaient deux heures pour se baigner. L'accès au rez-de-chaussée de la maison était interdit, mais dans la cave se trouvaient deux vestiaires et une salle de bains avec de l'eau courante dont les touristes pouvaient profiter. Harry fut sur la plage avant Tamar ; au contact de l'eau, la fatigue et l'énervement de la journée disparurent comme par magie. Il nagea tout droit vers le large, heureux de s'étirer les muscles, puis se retourna pour patauger dans l'eau et admirer la villa, carrée et blanche, avec son toit de tuile. Ce n'était pas la taille, ni l'architecture, qui la rendait impressionnante, mais le fait qu'elle était isolée ; son propriétaire disposait d'un vaste royaume de désert et d'océan.

Les membres du groupe formaient un contraste remarquable. Debout sur un patio de pierre dominant la mer, les deux soldats lui faisaient de grands signes. Les étudiants américains arboraient des silhouettes athlétiques dans leurs maillots de bain bariolés, et ils faisaient beaucoup de raffut. La vieille dame israélienne portait une large robe aux couleurs passées et un casque d'explorateur en toile. Elle était assise dans l'eau jusqu'au cou et oscillait dans les vagues en rêvassant, exactement comme les vieilles femmes qu'Harry voyait paresser autrefois à Coney Island.

Tamar, en maillot noir, était allongée dans les vagues. Il s'approcha d'elle et posa la tête sur sa belle cuisse bronzée. Le soleil tapait et l'eau tiède et limpide s'écoulait autour d'eux.

— Ce voyage commence presque à devenir agréable.

— Mais pas complètement ?

— Non, pas encore.

Oved, velu comme un ours, s'approcha d'eux, gâchant tout le plaisir d'Harry.

— Pas mal, non ?

— Certes. À qui appartient cet endroit ?

— Autrefois, au roi Farouk. Quand il s'est exilé, l'Égypte a récupéré ce coin de paradis, et ensuite nous l'avons réquisitionné lors de la guerre des Six Jours, avant de le restituer à nos nouveaux amis égyptiens, suite aux accords signés par Menahem Begin et Anouar El-Sadate.

Harry regarda la villa à travers des yeux mi-clos à cause des réverbérations ; quoi qu'il fasse, il tombait toujours sur l'ombre du roi. Il se demanda si Farouk avait apporté ici le Diamant de l'Inquisition. Soudain il s'avisa de la présence sur le toit de deux inconnus scrutant l'horizon avec des jumelles.

– Pourquoi les sentinelles ? Sommes-nous en danger ?

Oved sourit :

– Ils guettent les requins. Les eaux en sont infestées ici. Après tout, c'est la mer Rouge !

Peu convaincu par cette réponse, Harry abandonna néanmoins toute idée de replonger dans les flots. Les étudiants ramassaient des coquillages, dont quelques beaux échantillons, mais le prix fut remporté par la vieille dame qui, sans bouger de sa place, attrapa dans les vagues un magnifique corail de la taille d'un pamplemousse. Quant à Harry, le seul souvenir qu'il rapporta dans le car fut un coup de soleil. Tamar lui étala de la crème apaisante sur les épaules, avec une sensualité telle qu'il eut du mal à cacher son trouble. L'odeur du baume se mêlait à celle des pelures d'oranges. Le chauffeur bifurqua vers une petite route caillouteuse et le car commença à secouer. Hopeman avait chaud, il était fatigué, mais formidablement en éveil.

Oved leur annonça que la forteresse qui se dressait devant eux sur la route était le célèbre monastère Sainte-Catherine. Le véhicule s'immobilisa, mais les portières restèrent fermées.

– Pourquoi ne le visitons-nous pas ? s'impatienta Harry, agacé.

– Il n'y a qu'une seule entrée, qui reste fermée de midi à 13 heures, et de 15 h 30 à 18 h 30, pendant le repos et les prières des moines, précisa le guide. Une habitude qui date de plusieurs siècles.

Peu avant 19 heures, un bras apparut et ouvrit le portillon. Les voyageurs descendirent en file indienne. Oved les conduisit dans une cour et leur fit gravir un escalier pour leur montrer qu'il existait une autre voie d'accès : un monte-charge actionné par une corde qui pendait le long de la paroi de pierre.

Un moine en capuchon marron passa sans même les remarquer.

– Ont-ils fait vœu de silence ? demanda Tamar.

– Non, dit Oved, mais seuls quelques-uns parlent l'hébreu ou l'anglais. Ils sont habitués à la présence sporadique de touristes qu'ils n'apprécient pas vraiment.

Il leur expliqua que le monastère avait été construit par Justinien Ier au Ve siècle, au pied de la montagne que les Arabes appelaient le Jebel Moussa, sur le site où Dieu s'était révélé à Moïse sous la forme du Buisson ardent. La bibliothèque abritait environ dix mille volumes, dont de nombreux manuscrits anciens, y compris des fragments du Codex Sinaiticus.

– Qu'est-ce que c'est ? demanda quelqu'un.

Oved hésita un instant, aussi Harry répondit :

– C'est une version chrétienne de la Bible datant du IVe siècle. Contrairement à l'usage des Juifs, qui optaient pour des rouleaux de parchemin, les chrétiens plièrent des feuilles de papyrus, du vélin, et les relièrent, leur donnant l'aspect d'un livre.

Oved lui jeta un regard furieux et continua son récit.

– Le Codex Sinaiticus original fut trouvé à Sainte-Catherine en 1844 par le comte Tischendorff, qui fouillait le contenu d'une poubelle. L'Allemand obtint que le document soit offert au tsar et il échoua au musée impérial de Saint-Pétersbourg. Plus tard, le British Museum le racheta aux Soviétiques pour une bouchée de pain.

Satisfait d'avoir repris les rênes, Oved conduisit le groupe vers une sorte d'appentis ; seulement, en lieu et place des outils, c'étaient des crânes humains et des piles d'ossements triés et parfaitement alignés qui occupaient les étagères : des fémurs ici, des tibias là, des côtes, des vertèbres et les petits os des mains et des pieds sur d'autres étagères.

Une des filles du groupe d'étudiants sortit en courant, talonnée par quelques camarades.

– Le squelette complet, ici, est celui de saint Stéphane, expliqua Oved. Les autres ossements sont ceux des moines qui ont habité ce monastère depuis mille cinq cents ans.

Lorsqu'un moine de Sainte-Catherine meurt, il est enterré. Passé le délai de décomposition des chairs, ses restes sont récupérés et nettoyés, puis entreposés ici, avec ceux de ses prédécesseurs.

Tamar prit la main d'Harry et le mena hors de l'ossuaire. Dans la cour, Avi essayait de convaincre de jeunes Américains bien pâles d'avaler un dîner de biscuits et du reste de saucisses grasses qu'on leur avait servies la veille. Il leur expliqua qu'ils devraient coucher dans deux dortoirs, un pour les femmes, l'autre pour les hommes.

– Un règlement du monastère. De toute façon, nous n'allons dormir que quelques heures, afin d'atteindre le sommet de la montagne pour le lever du soleil.

Harry et Tamar prirent leur petite provision d'oranges et montèrent sur les toits. Là-haut, ils furent surpris par l'obscurité. La pleine lune qui les avait ravis à Massada n'était plus qu'un mince filet. La première fois, ils firent l'amour avec l'énergie du désespoir, encore hantés par les ossements des moines. La seconde fois, ce fut plus serein, chacun s'appliquant à donner du plaisir à l'autre. Mais Harry avait l'esprit agité, occupé par des choses auxquelles il ne voulait pas penser.

Un pied botté lui toucha les côtes.

– Allez ! Debout là-dedans ! dit Oved. Si vous voulez venir avec nous admirer le lever du soleil, c'est maintenant ou jamais.

Tamar se réveilla dès qu'Harry lui caressa le visage. Les yeux gorgés de sommeil, ils cherchèrent à tâtons leurs chaussures et descendirent les marches tant bien que mal.

Le groupe était déjà rassemblé dans la cour.

– Quelqu'un a-t-il une torche électrique ? demanda Oved.

Pas de réponse.

– Bon. Cela veut dire que nous n'en avons que deux. Je prends la tête avec l'une des deux et Avi fermera le cortège avec l'autre. Allons-y.

Ils suivirent le faisceau de la lampe comme des insectes hypnotisés. Le sol était couvert de gros cailloux coincés entre des grands rochers. Harry finit par se tordre la cheville.

– Bon Dieu ! N'allez pas si vite ! Il y a des gens qui tombent, derrière ! cria Harry à Oved.

– Nous arrivons presque aux escaliers. Là, ce sera plus facile, répondit le guide.

Des dalles de pierre avaient été taillées à même la montagne. Oved leur apprit que les moines avaient passé leur vie à ouvrir deux sentiers, l'un constitué de mille sept cents marches, pour la montée, l'autre du double, pour la descente. L'ascension était interminable.

Si Harry s'entraînait régulièrement à la course à pied, ce n'était pas le cas de Tamar. Aussi décidèrent-ils de prendre leur temps, lever de soleil ou pas.

Le guide n'était plus qu'un point animé contre la roche. Les étudiants les dépassèrent sans pitié, courant presque vers le sommet, mais les autres avaient l'air de fantômes. Au bout d'un moment, Harry se rendit compte que l'un d'eux avait une torche : Avi avait donc décidé de ne pas se soucier des retardataires.

Il faisait encore noir quand ils arrivèrent en haut des marches. La piste supérieure était plus large, et le ciel commençait à s'éclaircir ; dès qu'ils purent voir où ils allaient, ils forcèrent le pas. Malgré ses dénégations, Harry se rendit compte qu'il voulait bel et bien profiter de cette aurore exceptionnelle. Il prit la main de Tamar pour le dernier kilomètre et avança avec ardeur.

Le sommet de la montagne était un plateau dont la surface ne dépassait pas un quart d'hectare. Tout autour, une succession de vieux pics tordus, escarpés, isolés, balayés par le vent, et extraordinairement beaux. Il n'était pas difficile de croire, dans un élan mystique, qu'ils étaient imprégnés de la présence de Dieu.

– Merci de m'avoir forcé à venir, chuchota Harry à l'oreille de Tamar.

Elle l'embrassa.

Le vent soufflait quand ils s'approchèrent du groupe qui observait un silence respectueux : le soleil poignait.

Un peu plus tard, Harry se rendit compte qu'ils n'étaient pas nombreux.

— Où sont les autres ?

— Nous sommes les seuls rescapés, dit un étudiant.

Harry alla trouver Oved.

— Vous feriez mieux de redescendre, lui lança-t-il. Vous avez des clients éparpillés sur des kilomètres.

— Il y en a toujours qui abandonnent. Ils n'auront pas de mal à retrouver le monastère.

Harry le fusilla du regard. Avi s'interposa entre eux et dit en hébreu, à l'adresse du guide :

— Vas-y. Ce type peut nous causer des ennuis.

— Il vaudrait mieux, en effet, répliqua Harry, en hébreu lui aussi.

Les deux hommes prirent le chemin de la descente.

— J'y vais aussi, dit-il à Tamar, qui lui emboîta le pas.

Quelques centaines de mètres plus bas, ils tombèrent sur le guide et le chauffeur, qui aidaient un couple d'âge mûr à atteindre le sommet.

— Ils disent qu'ils sont les derniers. Apparemment, tous les autres sont retournés à Sainte-Catherine, indiqua Avi.

— Je descends un peu plus, juste pour vérifier, rétorqua Harry.

Il semblait effectivement n'y avoir personne. Mais Tamar lui toucha le bras.

— Là-bas, bien plus bas. Tu vois ?

Ils se dépêchèrent de descendre.

C'était la vieille Israélienne, assise sur un rocher. Tamar s'arrêta.

— Elle a encore son orgueil. Je crois que seul l'un de nous devrait l'aider.

Il acquiesça.

— Attends ici.

Quand il s'approcha de la vieille femme, elle était toute pâle.

– Tout va bien, madame ?

Elle le regarda, se remit péniblement sur ses pieds.

– Je me reposais juste un peu, avant de continuer jusqu'en haut.

– Puis-je vous escorter ?

Après quelques pas, elle s'appuya sur lui lourdement. Lorsqu'ils atteignirent le sommet, il soufflait comme une bête de trait et la vieille dame le repoussa. Elle rejoignit dignement le reste du groupe, sans le moindre remerciement.

De retour au monastère, Tamar alla s'allonger dans le dortoir. Quant à Harry, il n'avait pas sommeil.

Dans la cour, un moine ratissait. Il n'y avait pourtant pas de feuilles mortes, pas de cailloux, pas de détritus. Il dessinait des sillons sur le sol, comme les lignes sur le sable dans les jardins des temples japonais.

– Vous parlez anglais ?

– Un peu.

– Serait-il possible de visiter la bibliothèque ?

– Il se trouve que je suis le bibliothécaire, répondit le religieux dans un anglais parfait. Je suis le père Haralambos.

– Haralambos ? « Brille de joie ». Je m'appelle Harry Hopeman, mon père.

– Vous parlez grec ?

– *Poli oligon*, pas assez bien, hélas.

Le moine posa le râteau et le conduisit vers une des lourdes portes qui paraissaient toutes semblables. À l'intérieur, les murs blancs étaient tapissés de livres.

– Pourrais-je voir la copie du Codex Sinaiticus ?

Le père Haralambos sortit le document d'une armoire et le posa sur la table. Harry l'ouvrit avec mille précautions. Il ressemblait exactement au souvenir qu'il avait de l'original, qu'il avait pu voir à Londres, des lettres grecques onciales, tracées à la main sur du vélin à l'encre marron.

Il leva la tête ; le moine l'observait.

– Vous êtes ici depuis longtemps, mon père ?

— Oui, très longtemps.

Harry trouva que ses yeux brillants dégageaient de la puissance. Non, plutôt une profonde sérénité. Aurait-il lui-même atteint cet état de paix intérieure s'il avait poursuivi ses études à la *yeshiva* ?

— Le monde extérieur vous manque-t-il ? demanda-t-il à brûle-pourpoint.

Le moine sourit.

— Ce n'est pas une tentation pour moi. Je n'aime pas ce qui vient de l'extérieur.

— Par exemple ?

— Ce matin, sur le toit, nous avons trouvé des préservatifs. Qui peut se comporter de la sorte et les utiliser ici, dans un endroit pareil ?

— Des personnes qui pensent que l'amour n'est pas un péché, mon père.

Il se pencha sur le Codex.

— Je crois que les Romains se débauchaient de cette manière avant la chute de l'Empire, reprit le moine. De même chez mes Grecs et vos Hébreux : leur déclin suivit une période de dépravation. Vous voyez des similitudes ?

— J'essaie de ne pas en voir, répondit Harry.

Pendant qu'il attendait le car avec le reste du groupe, à l'extérieur des murs, la vieille dame lui donna sans un mot le corail qu'elle avait trouvé dans la mer Rouge. Il esquissa un mouvement de protestation, mais Tamar posa la main sur son bras.

— Tu ne peux pas refuser, lui dit-elle.

Épuisés, ils s'affalèrent sur leur siège pendant tout le chemin du retour. Quand ils atteignirent la côte, une brise soufflait par les vitres ouvertes, ajoutant des grains de sable à leur inconfort. L'après-midi touchait à sa fin quand Avi s'arrêta dans une station d'essence pour refaire le plein. Pendant que leurs compagnons de route se précipitaient aux toilettes, Harry passa un coup de téléphone.

Pas de lettre de Mehdi. Le clerc du bureau de l'American Express lui confirma qu'il n'avait pas reçu de courrier.

— Je n'ai jamais été aussi fatiguée, soupira Tamar dans le taxi qui les ramenait à Jérusalem, ravie d'avoir abandonné à Tel-Aviv l'infâme autocar bleu et ses gros pneus ballons.

— Moi non plus.

— C'est ma faute.

— Oui.

Ils partirent d'un grand éclat de rire.

— Ah, Harry... Tu me fais du bien.

Une fois à l'hôtel, il éprouva la même impression de luxe qu'en revenant de Massada. Ils prirent une douche interminable, se frottant mutuellement le corps. Elle fut horrifiée de constater qu'il la désirait encore. Il dut la rassurer. Le corps était partant, mais l'esprit trop fatigué. Elle porta sa robe de chambre pendant le dîner. Il fut flatté de voir que le maître d'hôtel ne pouvait pas s'empêcher de la dévorer des yeux. Ils étaient tellement épuisés qu'ils ne touchèrent même pas au dessert.

Avant l'aube, il se réveilla, et sans bouger, l'esprit alerte, se mit à réfléchir à toutes sortes de choses. Une odeur forte émanait de son sac. Le corail que la vieille femme lui avait offert hébergeait apparemment de nombreux petits hôtes. Il posa ce refuge pour faune marine sur le rebord extérieur, où seuls les oiseaux pourraient en être incommodés, et referma la fenêtre.

Elle était allongée, nue, les draps emmêlés entre ses jambes. L'idée lui vint brusquement de ce qu'il allait bien pouvoir faire du grenat, et il alla le chercher dans le tiroir de la commode, sous ses chemises. Il suffisait de le polir. De le monter simplement. Au bout d'une chaîne en or...

— Laisse-moi tranquille, dit-elle en hébreu.

Elle repoussa la pierre posée entre ses seins, qui tomba et roula sur la moquette.

Harry s'enfonça dans un fauteuil et regarda les premiers rayons de l'aube effleurer le corps de Tamar. Cette vision l'émut beaucoup plus que le lever du soleil sur le mont Sinaï.

Il enfila son pantalon de jogging et ses chaussures, puis il empaqueta son linge et l'adressa à Della. Tamar dormait toujours quand il quitta discrètement la chambre. Une fois son colis expédié, il sortit du bureau de poste, les yeux éblouis par le soleil, et s'adressa à un jeune homme qui vendait des bretzels sur le trottoir.

— Où puis-je trouver un joaillier ?

— Il y a une boutique, à la sortie de la Vieille Ville. Il fait des bijoux avec des pierres d'Eilat. Près de la porte de Jaffa.

— *Todah rabah.*

Harry s'éloigna en courant. Jogger à Jérusalem n'était pas jogger à Westchester, songea-t-il en se faufilant entre une foule compacte de prêtres, de vieux Juifs, d'enfants. Il évita de justesse un Arabe qui poussait une brouette de pierres. Il ralentissait à chaque traversée de rue ; même quand un feu lui donnait la priorité, il se méfiait des automobilistes dans cette ville.

Il faisait déjà chaud. Quand Harry trouva enfin la boutique, il était inondé de sueur. Le bijoutier était en train de disposer des étalages de bagues et de bracelets.

— Vous avez couru le marathon pour m'acheter quelque chose ? railla le bonhomme.

— Pouvez-vous me vendre un peu de poudre de siliciure de carbone, du carborundum ? demanda Harry en s'essuyant le front.

— Et pour quoi faire ?

— Je polis des pierres, c'est un hobby.

— Un hobby ? Apportez-moi la pierre, je vous la polirai pour pas cher.

— Mais je veux la polir moi-même.

— Je ne me sers pas de poudre, j'utilise du chiffon au carborundum.

– C'est encore mieux. Et il me faut de l'acide acétique.

– Écoutez, ce sera très cher. Je n'en ai pas beaucoup, et je ne peux l'acheter qu'à Tel-Aviv. Je vends des bijoux, pas des fournitures pour lapidaires.

– Il ne m'en faut pas beaucoup. Je vous paierai le prix que vous en demanderez.

L'homme haussa les épaules et apporta les articles. Il griffonna quelques chiffres sur un bout de papier, calcula le total et le montra à Harry.

– Très bien, opina ce dernier. Merci beaucoup.

Harry le régla en dollars.

– Première vente de la journée.

L'homme ouvrit le tiroir-caisse.

– Vous appelez ça une vente ? soupira-t-il.

Tamar dormait encore dans la chambre. Il appliqua quelques gouttes d'acide sur le grenat. Quand le produit eut fini d'agir, il commença à passer le chiffon au carborundum sur la pierre. Soudain il entendit un froissement de draps, puis la voix de la jeune femme.

– Que fais-tu ?

– Je la polis.

Elle se leva et enfila la robe de chambre de l'Américain. Puis elle prit ses vêtements et sa brosse à dents et entra dans la salle de bains. Il poursuivit sa tâche pendant que la douche coulait.

– Garde la robe de chambre, dit-il quand elle reparut. Elle te va beaucoup mieux qu'à moi.

Elle fronça les sourcils.

– Ne sois pas stupide.

Elle suspendit le peignoir sur un cintre qu'elle rangea dans l'armoire.

– Serait-ce vraiment une pierre biblique ? demanda-t-elle.

– Sans preuve, cela n'a pas d'importance.

– Mais si c'en était une, à quoi pouvait-elle servir ?

205

– Elle faisait peut-être partie du trésor du Temple, ou alors elle appartenait peut-être à l'un des rois. La seule pierre décrite dans la Bible qui corresponde à cette couleur est l'émeraude du pectoral du Grand Prêtre.

– Mais ce n'est pas une émeraude ! s'exclama-t-elle, perplexe.

Il sourit.

– Non, mais la classification des Anciens était généralement fausse. La pierre de la tribu de Lévi ressemblait sans doute beaucoup à celle-ci.

– Oh ! Je serais très contente que ce soit la pierre des Lévites. Ma famille descend de Lévi.

– La mienne aussi.

– Vraiment ?

Elle vint s'asseoir près de lui. Elle sentait le savon d'Harry.

– C'est incroyable. Regarde comme ma peau est mate comparée à la tienne !

– Oui.

– Nous ne parlons pas la même langue. Nos coutumes sont différentes. Pourtant, apparemment, il y a des milliers d'années, nos familles appartenaient à la même tribu.

Il se leva et laissa l'eau couler sur la pierre dans le lavabo. L'acide avait contribué à désagréger une partie de la gangue externe un peu rugueuse.

– Je vais te confectionner une broche, dit-il en tenant la pierre à la lumière.

– Harry, je ne veux pas de ta robe de chambre. Ni d'une broche.

– Je tiens à t'offrir quelque chose.

– Mais moi, je ne veux rien de toi.

Il lui caressa les cheveux.

– Pourtant, tu m'acceptes bien, de temps en temps.

Elle rougit.

– Ça, c'est différent.

Ses longs doigts bruns lui enserraient le bras.

– Cela ne tient pas à toi. Je ne veux plus m'abandonner. Je ne veux pas risquer d'être malheureuse.

Il était temps pour lui de battre en retraite. Il commençait à voir où elle venait en venir ; peu à peu il se mettait au diapason des craintes qu'elle pouvait nourrir.

– Je ne peux même pas t'offrir le petit déjeuner ?

Elle eut l'air soulagée.

– Si, tu peux m'offrir le petit déjeuner.

– Il est encore très tôt. Je suis désolé de t'avoir réveillée.

– Je ne dormais plus.

17

La voiture grise

Quand Harry se rendit au bureau de l'American Express, il était déjà tard. Une femme verrouillait la porte vitrée.

— Non ! Vous n'êtes pas en train de fermer ?

— Nous ne pouvons pas rester ouverts éternellement.

— J'attends une lettre...

— Et alors ? aboya-t-elle. Revenez demain.

— Je vous en prie, mon nom est Hopeman, vous ne pouvez pas regarder rapidement ? C'est extrêmement important.

Elle soupira en acquiesçant :

— Je me souviens de ce nom. La lettre est là.

La femme ouvrit la porte. Un instant plus tard, elle revint avec l'enveloppe. Elle refusa le pourboire qu'il lui tendait.

— Laissez-moi juste rentrer vite, pour faire le dîner, d'accord ?

L'écriture était toujours la même, fine et chantournée. Il décacheta l'enveloppe sur le trottoir. On lui indiquait que le lendemain, à 20 heures précises, une voiture grise viendrait le prendre près du moulin de Montefiore, dans le quartier de Yemin Moshe. Il appela Tamar aussitôt.

— J'ai reçu la lettre, dit-il simplement.

— Bien.

— Oui. Tu restes avec moi, ce soir ?

— J'en serais ravie.

– Pourquoi ne t'installes-tu pas à l'hôtel jusqu'à mon départ ?

Elle garda le silence.

– Il faudra que je rentre dès que cette affaire sera réglée, Tamar, reprit-il. Je n'ai que quelques jours à passer en Israël.

– Entendu. Viens me chercher dans une demi-heure.

Le soir même, allongé sur le lit, il la regardait se vernir les ongles des pieds avec beaucoup de concentration. Tamar était une femme très soignée, comme il avait pu le constater au cours de leurs pérégrinations. Il lui parla des traces de balles qu'il avait vues sur une façade de maison, et des paroles qu'un jeune rabbin avait proférées, sur le fait qu'on doit se détacher des morts. Elle releva brusquement la tête.

– Et alors ?

– Rien, c'est tout.

– Tu es en train de me dire que je n'arrive pas à me détacher de Yoël ? Je lui ai dit au revoir il y a très longtemps. Et ce n'est pas ton affaire.

Il lui jeta un regard éloquent.

– Mais, bon Dieu, on vient juste de faire l'amour ! dit-elle.

– Tu ne te permets pas de ressentir autre chose. Nous étions trois dans ce lit.

Elle lança le flacon de vernis dans sa direction. Le projectile l'atteignit à la pommette et termina sa course dans le mur. Elle se jeta sur lui toutes griffes dehors et il dut l'entourer de ses bras pour la contenir, et lui clouer les mains sur le lit.

Des larmes de rage coulèrent le long de ses joues :

– Lâche-moi, espèce de salaud !

Mais il avait peur qu'elle lui arrache les yeux, ou qu'elle s'en aille. Sa joue commença à l'élancer.

– Je ne veux tout simplement pas de toi ! Tu ne comprends pas ?

– Là n'est pas la question. Donne-toi une chance de ressentir quelque chose. Ensuite, tu me diras de disparaître et tu ne me reverras jamais plus.

– Tu es complètement fou. Tu ne me connais pas du tout. Pourquoi fais-tu ça ?

– Je crois que, depuis qu'il est mort, il y a eu beaucoup d'hommes. Probablement trop pour une femme comme toi.

Elle le regarda, incrédule.

– Je veux que tu me dises quelque chose très clairement. Dis-moi avec conviction : « Harry ne me causera jamais du chagrin. »

– Je te hais ! s'écria-t-elle.

Ses paupières étaient fermées, mais humides. Il les embrassa. Et alors qu'elle tournait la tête, il fut pris de doutes. Il était incompréhensible qu'elle ne partage pas ce qui était en train de le bouleverser. Il ne bougea pas, il ne la toucha plus, en dehors des mains. Il n'essaya pas de lui dire des choses tendres, ni de lui faire l'amour, ni même de parler. Il se concentra sur ce qu'il ressentait, lui, et qu'il aurait tellement voulu lui faire partager. Pourtant, c'eût été presque une tentative de viol, songea-t-il en s'allongeant à côté d'elle.

Dès qu'il l'eut relâchée, elle s'habilla à la hâte et le planta là sans dire un mot. Il resta éveillé toute la nuit. C'était une façon stupide de préparer une négociation importante.

Il sortit et courut jusqu'à épuisement. Les rues de Jérusalem n'étaient pas faites pour le jogging, et il commençait à avoir mal aux tibias. Quand il rentra à l'hôtel, il se plongea dans un bain chaud et commanda des œufs à la coque et des toasts. Avant de se mettre au lit, il régla son réveil pour 16 heures.

L'effort physique avait été payant : il s'endormit comme une masse. À son réveil, il dut se raser avec beaucoup de précautions, évitant au mieux l'horrible bosse rougeâtre sur sa joue.

À 17 h 30, on frappa à sa porte. Tamar.

– Entre, dit-il.

Elle s'assit sur une chaise et sortit un livre de son sac.

– Je suis content que tu sois revenue.

– J'avais promis de t'accompagner.

210

– Tu n'es pas obligée.

– Ce n'est pas à toi que je l'ai promis.

Il acquiesça. Ils se mirent à lire, chacun dans son coin.

– As-tu dîné ?

– Je n'ai pas faim.

Lui non plus. Pourtant il s'entendit suggérer :

– Je crois qu'il serait préférable que nous allions nous sustenter.

– Je préfère éviter, merci.

Il descendit seul dans la salle à manger et se força à mastiquer un sandwich au poulet. Puis il remonta et reprit sa lecture. Ils restèrent assis côte à côte, sans échanger un mot.

L'hôtel se trouvait à quelques enjambées du quartier baptisé Yemin Moshe en l'honneur de Moses Montefiore, philanthrope anglais qui avait en grande partie financé la construction de faubourgs autour de la Vieille Ville. Le moulin éponyme aurait cependant été mieux à sa place quelque part aux Pays-Bas. Pendant la dure période de combats précédant l'indépendance, il avait servi de cachette aux tireurs embusqués. Finalement, les Anglais en avaient fait sauter la partie supérieure, manœuvre que les Juifs avaient surnommée, pour mieux s'en moquer, l'opération Don Quichotte. Trois rues se croisaient autour du monument, ce qui laissa le couple perplexe.

– Le message ne donnait pas d'indications précises, dit Harry, inquiet.

Ils optèrent pour Derekh Hebron. Le soir tombait, et, bientôt, il fut difficile de distinguer clairement la circulation.

Une Peugeot s'approcha.

– Je crois qu'elle est bleue, s'écria Tamar.

En fait, elle était grise, mais elle poursuivit sa course. D'autres véhicules firent de même.

Peu après 20 heures, une voiture surgit de l'obscurité comme un fantôme, ses pare-chocs chromés rutilant sous le halo des lampadaires épars, et s'arrêta devant eux. Harry identifia aussitôt le modèle, sans trop y croire. Des deux hommes assis à l'avant, le plus petit, celui à la moustache, s'extirpa de l'habitacle.

– Mister Hopeman ?

– Oui.

L'homme regarda Tamar d'un air contrarié.

– On nous a dit que vous seriez seul.

– Elle est avec moi.

– Très bien.

Il ouvrit la portière arrière. Harry avait l'impression que la carrosserie était plutôt gris perle. Tamar et lui s'installèrent dans les sièges confortables recouverts de daim.

La portière se ferma avec un bruit rassurant. Ils furent emportés par la puissante mécanique silencieuse dont Harry avait tant entendu parler. Ils avaient à leur disposition un petit réfrigérateur garni de bouteilles d'eau gazeuse. Peut-être Mehdi était-il un musulman pratiquant qui ne buvait pas d'alcool ? Il trouva aussi des fruits et du fromage, et regretta de s'être forcé à avaler ce sandwich à l'hôtel.

Il attrapa l'interphone. À travers la vitre qui séparait les sièges avant de l'arrière de la voiture, il vit que l'homme assis à côté du conducteur se redressait, l'air attentif.

– Mister ?

Ils n'avaient pas l'air arabes.

– Quel est votre nom ? demanda Harry.

– Mon nom ? Tresca.

– Tresca. Est-ce un nom grec ?

L'homme soutint son regard.

– C'est peut-être un nom juif, répondit-il.

Son acolyte éclata de rire.

– Dites-moi, Tresca, je ne me trompe, cette voiture est bien une Duesenberg SJ ?

Il sourit de toutes ses dents.

– Exact, mister.

– Quelle magnifique voiture ! s'extasia Tamar.

Il grommela. Cette voiture le titillait. L'heureux propriétaire avait réussi là où lui, Harry Hopeman, avait échoué. Voilà qui modifiait sensiblement son opinion sur Mehdi.

Quelques kilomètres après Ein Guedi, la route cessa de faire des méandres et se raidit comme une flèche, au milieu d'un désert plongé dans les ténèbres. Sans jamais ralentir, ils traversèrent quelques villages séparés par des kilomètres de terres à l'abandon – des façades basses, des éclairs de lumière jaune, quelques personnes, toutes arabes, qui levaient à peine les yeux.

Ils doublèrent à deux reprises des camions de l'armée israélienne, et une Jeep. Les deux hommes à l'avant ne manifestèrent aucun trouble. Harry était certain qu'ils avaient des papiers parfaitement en règle.

Aux abords d'un village, le chauffeur freina avec brutalité, mais il savait tenir le volant de l'imposante machine sans risquer d'embardée et la décélération fut supportable. Tresca ouvrit la boîte à gants et Harry distingua le canon d'un gros pistolet dont l'homme s'empara.

Un camion était arrêté sur le côté de la route, laquelle se trouvait bloquée par un groupe d'hommes poussant des hurlements. Tresca ouvrit la porte et sortit. Quand il revint, il rangea l'arme à sa place.

– Le camion a écrasé une chèvre. Le routier et le berger débattent le prix du dédommagement.

Le chauffeur klaxonna. La foule s'écarta devant eux. La superbe automobile doubla la carcasse sanglante de la chèvre et, à travers la vitre, Harry vit le village disparaître. Personne ne les suivait.

Il faisait de plus en plus chaud dans la voiture. Ses vêtements lui collaient à la peau. Tamar dormait dans l'autre coin de la banquette. En étudiant son visage, il vit que la nuit précédente avait laissé des cernes sous ses yeux.

Quand les lumières d'Eilat apparurent au loin, le chauffeur ralentit. Il tourna à gauche sur une route caillouteuse. La Duesenberg contourna tant bien que mal une dune, puis freina.

Tresca fouilla une nouvelle fois dans la boîte à gants et le cœur d'Harry se mit à battre, mais il ne prit qu'un tournevis et une plaque d'immatriculation arabe qu'il substitua à la plaque israélienne. Quelques minutes plus tard, il était de retour. Il s'essuya le visage avec un mouchoir. Il rangea la plaque démontée dans la boîte à gants.

— Bienvenue en Jordanie ! dit-il.

Le salon de la demeure de Mehdi était climatisé, mais très peu meublé, selon les critères occidentaux. Quelques bouquets de joncs, des plateaux de cuivre, des tentures sur des murs de plâtre. Un bol de fruits était posé sur une table basse, à côté d'une cafetière qui chauffait sur un brasier de charbon.

En dépit de l'heure tardive, Mehdi les attendait. Apparemment, la présence de Tamar ne l'intimida pas. Rayonnant, il servit de petites tasses de café noir, très serré.

— Vous allez vous reposer, n'est-ce pas, avant d'examiner la pierre ? dit Mehdi après les avoir resservis pour la troisième fois.

Harry brûlait de la voir sans délai.

— J'ai besoin de la lumière du jour, objecta-t-il pourtant.

— Je sais, répondit Mehdi en frappant dans ses mains.

Tresca les conduisit par l'arrière de la maison vers une aile qui n'était pas climatisée. La chambre de Tamar jouxtait celle d'Harry.

Elle lui dit bonsoir et disparut derrière la porte.

La salle de bains était de l'autre côté du hall. Il n'y avait pas d'eau chaude, mais l'eau froide était tiède. Il prit une douche un peu trop longue, étant donné la pénurie d'eau dans cette région. En s'essuyant, il aperçut par la fenêtre ouverte un navire voguant sur la mer Rouge.

Le matelas était vieux, creusé en son centre. Harry resta allongé dans le noir, nu et en sueur, ses pensées tournées vers le diamant jaune. Le sommeil était sur le point de le gagner quand il crut entendre une porte s'ouvrir.

Quelqu'un traversa la pièce et vint s'allonger près de lui.

— Je suis si content, Tamar ! chuchota-t-il, tout guilleret, tandis qu'une main douce lui caressait la jambe.

Leurs nez se touchèrent. Il sentit un parfum épicé et ses mains touchèrent des épaules étroites, des seins minuscules.

Il chercha l'interrupteur.

Elle n'avait pas plus de douze ans. L'hospitalité vue par Mehdi, évidemment.

Il sauta du lit et ouvrit la porte. La fillette était là, inerte, le regardant avec ses beaux yeux bruns.

— Sors, souffla-t-il.

Ses yeux se plissèrent, son visage se décomposa, elle fondit en larmes, comme l'enfant qu'elle était. Il comprit qu'elle avait peur ; il s'approcha d'elle et l'accompagna jusqu'à la porte de sa chambre en la tenant par la main. Espérant qu'elle ne pâtirait pas de son refus, il referma le battant et s'écroula sur le lit.

Il demeura ainsi quelques instants et se releva pour aller frapper doucement à la porte qui le séparait de la chambre de Tamar.

Elle vint l'entrouvrir.

— Qu'y a-t-il ?

— Tout va bien ?

— Bien sûr. C'est une maison arabe. Notre hôte risquerait sa vie pour ses invités.

La porte se referma pendant qu'il retournait à son lit. Puis elle s'ouvrit de nouveau.

— Merci de t'inquiéter de moi.

Il lui répondit que c'était normal.

Le lendemain matin, il fut réveillé par des gémissements rythmés. C'était la radio à plein volume. La chaleur était intolérable et les youyous de la soprano interminables. Il eut soudain l'envie d'aller trouver Mehdi et de voir le diamant sans plus tarder. Tresca, en veste blanche de coton, était occupé à dresser la table dans la salle à manger.

— Je désire faire un tour sur la plage. Est-ce possible ?

— Certainement, mister.

L'homme posa un plateau plein de verres et suivit Harry dehors.

Un bateau de pêche blanc oscillait au loin sur la mer. Il n'y avait aucun autre signe de vie. Harry marcha jusqu'au sable compact de la plage et se mit à courir. Derrière lui, Tresca le suivait tant bien que mal, avec sa veste blanche de service.

— On fait demi-tour, maintenant, décréta Tresca au bout de huit cents mètres de course.

Harry fit semblant de boxer. Il songea un moment à lui infliger un faux direct amical, à engager un petit combat d'entraînement. Mais Tresca ne semblait même pas essoufflé. Harry eut le sentiment que, s'il le voulait, cet homme pouvait lui faire très mal. Il fit demi-tour docilement et reprit sa course en direction de la maison.

Une demi-heure plus tard, un bon petit déjeuner l'attendait, conçu pour rafraîchir : légumes en tranches et yoghourt, houmous, pain, fromage et thé.

— Mange, au nom de Dieu ! lui dit Mehdi.

— *Bismillah*, répondit Tamar.

Sa volubilité inhabituelle trahissait son état de tension extrême. Harry l'observa, pendant que Tresca, rafraîchi, dans une veste blanche impeccable, allait chercher du café.

— Un domestique de qualité, dit-elle à Mehdi.

— Oh ? Oui, bien sûr.

— Il n'a pas l'air égyptien, poursuivit-elle d'un ton anodin.

— Albanais. J'ai des ancêtres albanais. Farouk aussi en avait, vous savez.

— Quand sont-ils devenus égyptiens ? demanda Tamar.

— Au début du XIXᵉ siècle. Les Mamelouks se sont révoltés contre l'Empire ottoman en Égypte, et les Turcs ont envoyé des troupes d'élite albanaises pour leur faire face, dirigées par un jeune officier du nom de Méhémet Ali. Il mata la rébellion avant de se retourner contre les Ottomans et de se proclamer « maître de l'Égypte ».

– Vous descendez de l'un de ces hommes ? demanda Tamar.

– Mon arrière-grand-père était l'un de ses fantassins. Avant de s'arrêter, ils prirent Nubia Senaar et Kordofan, construisirent Khartoum, s'emparèrent de la Syrie et, quand Méhémet Ali Pacha fut devenu un vieil homme, il vainquit les Turcs qui avaient été ses maîtres. Le beau-fils et successeur d'Ali s'appelait Ibrahim, dont le fils était Ismail, dont le fils était Ahmed Fouad, qui était le père de Farouk.

Tamar avait l'air de vouloir poser une autre question.

– Je crois que j'aimerais profiter de la lumière, dit Harry d'une voix qu'il voulait naturelle.

Mehdi approuva et se leva avec un petit salut qu'il appuya d'un :

– Veuillez m'excuser.

Tamar et Harry terminèrent nerveusement leur café sans dire un mot jusqu'à son retour. Il apportait une petite boîte en bois d'olivier. À l'intérieur, se trouvait une chaussette d'homme en coton de couleur marron. Quand il la prit par les orteils et la secoua, le diamant roula sur la table. Harry n'en avait jamais vu d'aussi gros. Même dans la lumière diffuse de la salle à manger, il brillait, arrêté dans sa course par un beurrier. Harry le ramassa d'une main qui tremblait un tout petit peu.

– J'aurais besoin d'une table près d'une fenêtre, du côté nord de la maison.

Mehdi acquiesça.

– Ce ne pourra être que dans ma chambre, dit-il en s'excusant.

– Cela ne vous dérange pas ?

– Bien sûr que non. Désirez-vous autre chose ?

– Peut-être pourriez-vous faire éteindre la radio, suggéra Harry.

Il aurait dû demander qu'on fasse le lit. La lumière du nord emplissait la pièce par une fenêtre. On pouvait voir traîner la

217

chemise de nuit écarlate d'une femme, gisant encore entre les draps défaits.

Harry exigea qu'on le laisse seul. Ensuite il s'écroula dans un fauteuil et s'abîma dans la contemplation de la pierre.

Il était fasciné. L'historien en lui avait pris le pas sur le diamantaire, et il était imprégné par les siècles et les événements que la pierre avait traversés.

Au bout d'un moment, il s'approcha de la fenêtre et vit Tresca assis dehors, à l'ombre, en train de peler des concombres. L'autre domestique, celui qui répondait au nom de Bardyl, se tenait derrière un mur bas, sur le toit de l'aile de la maison. Lorsque Harry ouvrit la fenêtre, Tresca continua sa tâche, l'œil en éveil, mais la main de Bardyl avait disparu derrière le mur.

Il était satisfait. La présence de gardiens le rassérénait.

Harry extirpa de son sac un bloc de papier très blanc, une peau de chamois et une petite enveloppe marron qui contenait un diamant jaune d'un demi-carat, d'une couleur parfaite. Il nettoya les deux pierres avec la peau de chamois et les plaça sur une feuille blanche. Ainsi la lumière se réfléchissait dans le papier blanc et traversait les deux diamants.

Le ton du plus petit des deux était parfait. Harry s'empara d'une bouteille d'iodure de méthyle, qu'il avait dilué dans du benzène à New York. Il versa un peu de solution dans une coupelle en verre et laissa tomber le petit diamant dedans. La pierre disparut littéralement. L'indice de réfraction du mélange était exactement le même que celui du diamant jaune, si bien qu'au lieu d'infléchir les rayons de lumière, il les laissait passer tout droit à travers le liquide comme le solide, devenant ainsi invisible.

Quand il posa le Diamant de l'Inquisition dans la coupelle, celui-ci ne disparut pas aussi complètement que la petite pierre. On pouvait distinguer des petites bulles à l'intérieur, une petite tache laiteuse. Malgré ses légères altérations, il était évident que la pierre ne présentait pas de défaut.

J'aurais dû te le dire, avait murmuré son père avant de mourir.

– Bon Dieu, papa, je n'y comprends rien !

Il sortit les deux diamants de la solution et les sécha, puis il déploya ses instruments et se prépara à prendre les mesures. Le Diamant de l'Inquisition roulait dans sa paume, riche, lourd et brillant de tous ses feux, grâce aux réfractions de la lumière.

Il toucha la briolette.

Un de ses ancêtres avait créé cette merveille !

À la base de la pierre, il décela de fins sillons, taillés avec précision. C'était la marque d'un autre de ses ancêtres, se dit-il, celui qui avait monté le diamant sur la mitre de Grégoire.

18

La Fonderie

Quand Isaac Hadas Vitello se rendait au palais des Doges, il donnait son nom entier, et chaque fois il s'entendait annoncer comme le joaillier juif du village de Trévise. Les senteurs du palais, un mélange de pierre humide et d'effluves corporels masqués imparfaitement par des parfums trop forts, lui soulevaient le cœur.

Le doge écoutait avec un sourire chaleureux et un regard d'acier.

– Vous abusez de notre bonté, dit-il comme s'il reprenait un enfant stupide. Grâce à notre sollicitude, vous n'êtes pas obligé de porter le chapeau jaune. Vous et votre famille avez la permission de vivre dans une maison agréable, comme de vrais chrétiens, au lieu d'être confinés au Ghetto. Mais tout cela ne vous suffit pas. Vous venez encore m'ennuyer avec les Juifs morts.

– Votre Grâce, protesta Isaac, les processions funéraires sont attaquées entre le Ghetto et notre cimetière, au Lido. Nous ne pouvons même pas enterrer nos morts sous la protection de l'obscurité, puisque selon la loi en vigueur, les trois portes du Ghetto sont fermées au crépuscule et ne sont pas rouvertes avant que le campanile de San Marco ne sonne matines. Nous avons besoin de la protection de vos soldats.

– Ce n'est rien. Prévenez-moi lorsque l'un des vôtres meurt, répondit le doge.

220

– Nous ne voudrions pas vous déranger aussi souvent, dit Isaac.

Tous deux savaient qu'un tel arrangement se traduirait par le versement d'importants pots-de-vin chaque fois qu'il y aurait un décès au sein du Ghetto.

– Le mieux serait que vous donniez l'ordre qu'un garde soit détaché lors de chaque enterrement.

– Oui, fit le doge en posant son regard sur lui. J'ai entendu dire que celui qui porte un anneau d'hyacinthe ne peut pas être touché par la peste ou la fièvre. Le saviez-vous, joaillier ?

Issac retint un soupir de soulagement.

– Je l'ai entendu dire. Je sais où trouver une belle hyacinthe. Je vous la monterai sur un anneau.

– Si vous voulez, répondit le doge, l'air indifférent. Mais ce n'est pas vraiment la peine de vous inquiéter des processions funéraires au Lido. La Condotta expire de toute façon à la fin de l'année, ajouta-t-il.

– Comment, Votre Grâce ?

La Condotta, ou « conduite », était le contrat qui autorisait les Juifs à habiter Venise. Depuis plusieurs siècles, elle était renouvelée périodiquement, généralement après un mouvement de réticence de la part des autorités et le paiement de lourds pots-de-vin.

– Il ne devrait pas y avoir de difficulté pour la Condotta ?

– L'Église a béatifié Simon de Trente.

Isaac le regarda, hébété.

– Il y aurait eu des miracles sur sa tombe. Des muets, des aveugles, des paralytiques ont été guéris, il y a même eu des cas de résurrection.

Plus d'un siècle auparavant, un prêtre fanatiquement hostile aux Juifs avait prononcé le sermon de carême à Trente, sur la frontière au nord de Venise. Le prêtre avait enflammé les paysans, affirmant que les Juifs de la ville pratiquaient des meurtres rituels et il les avait prévenus de surveiller leurs enfants à l'approche de la Pâque juive.

Cette année-là, le Jeudi saint, un enfant chrétien de deux ans dénommé Simon avait disparu. On avait fouillé les maisons sans succès jusqu'au lundi de Pâques, lorsqu'un Juif terrifié avait découvert son petit corps flottant dans la rivière. Des hommes, des femmes, des enfants furent torturés jusqu'à ce que l'un d'eux avoue finalement que l'on avait assassiné le petit garçon afin de recueillir son sang pour la Pâque juive. Les chefs de la communauté juive furent traînés jusqu'aux fonts baptismaux de l'église locale, baptisés de force et ensuite massacrés. Plus de cinq ans après l'incident, à Portobuffole, un village proche de la maison d'Isaac, trois Juifs furent accusés de meurtre rituel et condamnés au bûcher.

– Vous devez comprendre le Sénat, dit le doge d'un ton sentencieux. Même sans cette béatification, il y a beaucoup de gens pieux pour lesquels la seule vue d'un Juif est un affront.

Marchant le long de la Fondamenta della Pescaria, le vieux marché aux poissons contigu au Rio Canareggio, Isaac contempla les toits de guingois du quartier muré, se lamentant à la pensée que ses frères n'auraient peut-être même pas le droit de continuer à vivre comme des prisonniers. Le Ghetto était un espace insalubre, minuscule, délimité par des canaux tout autour. Autrefois, le Ghetto Vecchio était une zone marécageuse où l'on déposait les scories d'une fonderie, dont le nom était resté. Quand les Juifs s'étaient vus assignés à résidence par les autorités, ils avaient construit des bâtisses branlantes qu'ils louaient à prix d'or. Devenu trop exigu, le quartier s'était étendu vers une autre zone, le Ghetto Nuovo. Depuis, il n'y avait aucun autre moyen d'étendre les logements, si ce n'est en hauteur. Les maisons d'origine furent surélevées, étage par étage ; des constructions précaires, véritables pièges à incendies qui tremblaient et oscillaient dès que soufflait le vent. Les ruelles étroites et sinueuses donnaient sur une allée bordée d'une demi-douzaine de puits, seule source d'eau potable pour une population de près de douze cents familles.

Isaac emprunta le petit pont à l'entrée du Ghetto et fit un signe au gardien chrétien chargé de vérifier qu'aucun habitant ne sortait la nuit et qu'ils portaient tous le chapeau jaune, signe d'infamie.

Il se dirigea vers la synagogue et s'assit dans l'antichambre pendant que le bedeau se dépêchait d'aller réunir les responsables de la communauté. À leur arrivée, certains le dévisagèrent avec ressentiment : Isaac et Judah ben David, le médecin du doge, étaient les deux seuls Juifs de Venise autorisés à vivre en dehors du Ghetto. Mais Isaac Vitello avait la conscience tranquille. Malgré ses privilèges, il avait toujours agi dans leur intérêt. Il s'inclina pour les saluer puis parcourut l'assemblée du regard.

– Beaucoup d'ennuis en perspective, dit-il.

La monture trottait d'un pas allègre, comme si elle avait senti le soulagement d'Isaac au moment de prendre la route de Trévise. Ses terres étaient loin de la ville, qu'il contournait par habitude. C'était un terrain calcaire, pauvre, typique de la plaine rocheuse de l'Adriatique, qui partait des Alpes vénitiennes, visibles au loin dans leur manteau de pourpre. La pluie traversait directement le sol aride et s'écoulait vers la mer. Durant l'été, Isaac et sa famille devaient constamment irriguer leurs champs. Il louait les terres au doge, qui s'était assuré que rien ne pouvait pousser ici.

Élie était dans le vignoble, occupé à labourer. Ils travaillaient la terre pendant tout l'hiver, assez doux en général. Dès le printemps, les vignes formaient des pousses vertes qui jaillissaient de la fine couche de terre, riche de coquilles de mollusques, d'ossements d'animaux, de morceaux de métaux romains, de carapaces d'innombrables générations d'insectes. Et quand arrivait l'automne, elles donnaient par le plus grand des mystères de lourdes grappes de raisin, presque noir, avec un fin velouté bleu poudré, gorgées d'un jus musqué et sucré – le seul sang dont ils usaient pour célébrer la Pâque, pensa-t-il tristement.

Élie fit un grand signe en apercevant son père et arrêta les bœufs. Il ne souriait pas souvent, et Isaac était désolé de devoir encore assombrir son expression en lui racontant ce qui s'était passé ce jour-là.

— Ça m'est égal. Je veux partir là où nous pouvons acheter des terres, rétorqua Élie, à la surprise de son père.

— Il n'y a nulle part où aller. Nous sommes mieux ici que n'importe où. Ici, je suis le joaillier du doge.

— Tu as de l'argent ?

— Pour quoi faire ?

— Il doit bien y avoir un État... Un pays.

— Non. Et même s'il y en avait un ? Que deviendraient les autres, ceux du Ghetto ? La plupart ne possèdent pas grand-chose, souvent rien du tout.

Mais le jeune homme était tenace.

— Nous pourrions aller en Orient.

— J'y suis allé. La vie y est un enfer, maintenant, avec les Turcs.

— Beaucoup plus à l'est.

Isaac fronça les sourcils. Élie rêvait depuis toujours de la route des épices.

— Les premières expéditions à Cathay datent d'il y a trois cents ans, pas de quelques années, répondit-il. Et les voyageurs venant de nos contrées qui s'aventurent là-bas sont mis à mort, qu'ils soient chrétiens ou juifs. Tu devras faire avec ce que nous avons.

Il changea de sujet.

— Avons-nous une hyacinthe ?

Élie tourna la tête.

— Je ne sais pas.

— Il t'incombe pourtant de le savoir. Le travail de la terre est un plaisir, une satisfaction. Mais notre métier, ce sont les pierres. Il me faut une hyacinthe pour le doge. Va voir si nous en avons une et reviens me le dire tout de suite.

En rentrant chez lui à cheval, précédant les bœufs, il regretta le ton dur qu'il avait employé. Il aurait souhaité encore pouvoir serrer son garçon contre lui, lui dire qu'il l'aimait. Les choses n'avaient jamais été faciles pour Élie. Peu après sa naissance, Isaac avait quitté Venise pour son premier long périple. Il avait voyagé jusqu'au levant – Constantinople, Damas, Le Caire, Jérusalem – et il était revenu avec les plus belles pierres qui soient, des joyaux qui lui avaient permis de s'échapper de la semi-prison que constituaient les Fonderies. Mais ce commerce l'avait éloigné de chez lui pendant quatre années. Quand il revint, sa très jeune épouse était devenue une étrangère, et pendant des semaines son fils avait hurlé chaque fois qu'il s'approchait de lui. Après cela, il avait effectué deux autres voyages, mais il n'avait jamais plus quitté son foyer plus de dix-huit mois d'affilée. Trois autres fils et deux filles avaient suivi, Fioretta, Falcone, Meshullam, Leone, et la petite Haya-Rachel, tous très rapprochés et qui formaient un clan soudé. De tous ses enfants, seul Élie, l'aîné, n'avait pas de compagnie. Élie n'avait que ses deux bœufs, cette terre aride et ses rêves insensés.

Mais étaient-ils si insensés que cela ?

Au milieu de la nuit, Isaac dut bien admettre une chose : qu'il fût d'accord ou non avec les souhaits de son fils, les Juifs avaient reçu l'ordre de partir.

Il se leva doucement, pour ne pas réveiller sa femme endormie. C'était une nuit sans lune, mais malgré l'heure tardive, il n'aurait pas risqué qu'on voie le Juif de Trévise creuser la terre près de l'enclos des animaux. Le petit sac en vessie de chèvre se trouvait toujours à l'endroit exact où il l'avait enterré. À l'intérieur, se trouvait la grosse pierre jaune qu'il avait achetée au cours de son troisième périple. Elle représentait l'épargne accumulée par des générations de marchands de diamants, la famille Vitello. À l'aune des richesses amassées par les plus fortunés des Vénitiens, ce pécule pouvait sembler modeste, mais il dépassait largement tout ce que ses ancêtres auraient pu imaginer. Il avait acheté la pierre en dessous de sa valeur réelle et avait dû utiliser toute sa réserve de capitaux. L'avantage était que si d'aventure il devait prendre la fuite, il n'avait qu'à empocher le diamant et à se mettre en route. Évidemment, il pouvait aussi être ruiné par un seul vol, et c'est pourquoi, de temps en temps, il vérifiait la présence du petit sac.

Si jamais ils devaient quitter Venise, cela garantissait-il pour autant une vie en sécurité ?

Lorsque les Juifs avaient été expulsés d'Espagne, certains étaient partis sur les côtes d'Afrique, où les Arabes avaient violé leurs femmes et, les soupçonnant d'avoir avalé leur argent, avaient ouvert les cadavres des hommes. Certains s'étaient réfugiés au Portugal, où ils avaient dû acheter le droit à la survie en donnant tout ce qu'ils possédaient, tandis que leurs fils et leurs filles étaient traînés sous leurs yeux devant les fonts baptismaux. Des milliers d'autres furent vendus comme esclaves, des milliers se suicidèrent. Dans le port de Gênes, des flottes entières, transportant des familles affamées, n'avaient pas pu entrer dans la ville. Riches ou pauvres, les Juifs étaient morts de faim dans leurs bateaux, au milieu du port. Leurs cadavres décomposés avaient engendré une épidémie de peste qui avait anéanti vingt mille Génois.

Isaac frissonna. Il replaça le diamant dans son sac et le remit en terre, n'oubliant pas d'effacer toute trace de son passage.

Devant la menace imminente d'expulsion, beaucoup de ses coreligionnaires se réfugièrent dans la prière. D'autres jeûnèrent, comme pour forcer la miséricorde de Dieu. Isaac savait d'expérience qu'il ne servait à rien d'écouter les pleureurs qui passaient leur temps à invoquer la fatalité. Il préféra s'entretenir avec quelques hommes à la trempe solide, qui savaient ce qu'était le danger.

– Vous croyez qu'ils le feront, cette fois-ci ? demanda le rabbin Rafael Nahmia.

Isaac acquiesça.

– Moi aussi, dit Judah ben David, le médecin du doge.

– Ils nous ont déjà menacés, ajouta le rabbin.

– Mais ils ne l'ont jamais fait, lui répliqua Isaac.

Les banques restaient leur plus grand espoir.

Depuis l'époque romaine, les Juifs vivaient assez librement

dans les Cités-États. Contrairement à leurs frères dans les pays voisins, ils pouvaient exercer la profession de fermiers, ouvriers, marchands, artisans. Mais quand émergèrent les grandes villes marchandes et manufacturières d'Italie, les chrétiens se mirent à craindre la concurrence de ces entrepreneurs pleins d'énergie, et les guildes corporatives se constituèrent en organisations semi-religieuses. Lentement mais sûrement, les Juifs furent exclus de l'économie et forcés de prendre des emplois dévalorisants. Quelques-uns se tournèrent vers la médecine et le commerce des diamants ; ils profitaient d'une situation sociale enviable.

Parallèlement, bien que l'usure fût interdite et considérée comme un péché, les marchands, les princes et les puissants ecclésiastiques y avaient recours à une échelle considérable. Les taux d'intérêt grimpaient, parfois jusqu'à 60 %. Toute l'échelle de la société en était venue à dépendre d'emprunts. Les paysans empruntaient quand les récoltes étaient mauvaises, les citadins quand ils étaient malades, ou lors des mariages. Alors que l'Église condamnait le prêt d'argent en tant qu'occupation profitable, elle n'était pas disposée à le faire elle-même sans intérêt. Elle savait pourtant que les emprunts étaient essentiels à la survie des pauvres.

La plupart des Juifs de l'époque, bannis des circuits commerciaux, menaient des existences précaires, comme revendeurs de biens d'occasion et chiffonniers. L'Église proposa à quelques-unes des familles juives, qui avaient autrefois prospéré dans le grand négoce, de se lancer dans la banque, arrangement dans lequel les prélats voyaient beaucoup d'avantages. D'une part, les usuriers chrétiens ne brûleraient plus en enfer. Et les banquiers juifs resteraient sous leur contrôle, pour la bonne raison que leurs libertés civiles étaient réduites. La Cité touchait une taxe annuelle prélevée auprès de ceux qui avaient le privilège d'opérer, et l'Église empochait des sommes substantielles chaque fois qu'il fallait renouveler la Condotta.

Le nouveau taux d'intérêt fut fixé à 10 % avec gages et à 12 % sans gages, taux jugé raisonnable pour l'économie vénitienne. Quelques années plus tard, aussi bien les débiteurs que l'Église, ayant oublié les effarants 60 % d'antan, se liguaient contre les usuriers juifs, criant leur haine et leur mépris. Bientôt, la pression fut telle que les taux redescendirent à 5 %, et ce privilège jadis offert aux vieilles familles devint une charge intenable, mais nécessaire : les trois banques de Venise étaient l'unique raison pour laquelle les Juifs étaient tolérés dans la Cité.

— Les pensez-vous capables de se passer des banques ? demanda le rabbin.

— Ils nous haïssent plus qu'ils n'apprécient nos prêts, répondit Isaac.

Dans la pièce contiguë, le son des prières devenait de plus en plus assourdissant.

— Ce qu'il nous faudrait pour contrebalancer ce qui s'est passé sur la tombe de Simon de Trente, c'est un miracle, conclut amèrement le rabbin.

Le lendemain, Isaac fut convoqué au palais des Doges.

— Nous vous demandons un service, Vitello, dit le doge.

— Votre Grâce ?

— Dans les collections du Vatican se trouve un diamant jaune, une pierre hors du commun. On la surnomme l'Œil d'Alexandre, en hommage au pape Alexandre VI, le père des Borgia.

Isaac hocha la tête.

— Un diamant d'exception. J'en ai entendu parler, bien sûr. Il fut taillé par mon ancêtre.

— Le Vatican désire une mitre pour le pape Grégoire, sur laquelle sera monté l'Œil d'Alexandre. Le talent de mon joaillier est réputé jusqu'à Rome, ajouta fièrement le doge. On m'a demandé de vous confier ce travail.

— Un grand honneur, Votre Grâce. J'en suis d'autant plus désolé.

Le doge le fixa du regard.

– Et pourquoi désolé ?

– Nous autres Juifs avons reçu l'ordre de quitter Venise.

– Mais vous, bien sûr, vous pouvez rester et exécuter cette commande.

– La chose n'est pas possible.

– Vous resterez. C'est un ordre.

– Demeurer ici alors que les nôtres sont chassés serait un supplice plus terrible que la mort pour moi et pour ma famille.

Il regarda le doge droit dans les yeux.

– Les autres formes de mort ne nous font plus peur.

Le doge lui tourna le dos et marcha vers la fenêtre, pour contempler la lagune.

En silence, Isaac attendit qu'il lui donne congé. Au-delà de la tête du doge coiffée de sa calotte, une multitude de points lumineux dansaient sur l'eau. Combien de carats sur cette surface étincelante ? Dieu était le maître artisan des facettes. Même le meilleur tailleur de diamants ne pouvait que fournir une piètre imitation d'un tel déploiement de feux.

Le doge se retourna enfin.

– Peut-être vais-je pouvoir aider vos Juifs. Il y a quelques membres du Sénat qui regretteraient la fermeture des banques. Je peux influencer les autres.

– Votre Grâce, notre gratitude...

– Comprenez-moi bien, Vitello. Votre gratitude m'indiffère. J'exige une pièce d'orfèvrerie qui me gagnera la reconnaissance du Vatican, pour avoir fourni les artisans qu'il faut.

Et, d'un geste dédaigneux de la main, il le congédia.

Isaac se précipita vers le Ghetto. Il alla droit à la synagogue et chercha le rabbin Nahmia.

– Vous l'avez, votre miracle, annonça-t-il, triomphant.

Pour trouver un orfèvre, Isaac alla jusqu'à Naples. Salamone da Lodi était un artisan extrêmement talentueux qui avait été apprenti dans l'atelier de Benvenuto Cellini dans les dernières années de la vie du maître. Cellini l'avait choisi par gratitude envers son ancien maître, Graziado, qui était juif. Le Napolitain était un homme grossier, un alcoolique débraillé qui fréquentait beaucoup les prostituées. Mais son don effaçait tout le reste. Ensemble, Isaac et Salamone conçurent une coiffe inspirée par celle que portait le Grand Prêtre dans le Temple de Jérusalem. Ils ne savaient pas trop la quantité d'or dont ils auraient besoin, mais tous les moyens furent mis à leur disposition sans discussion. Afin de ne pas grever les coûts, da Lodi fit fondre l'or et l'étira en des fils qu'il tissa pour constituer une couronne avant que les bandes finement entrelacées ne refroidissent. Le résultat était une mitre tellement riche et délicate qu'elle combla les espérances d'Isaac. Les voies du Tout-Puissant étaient décidément impénétrables : par quel mystère se pouvait-il qu'une telle merveille fût le fruit des terreurs intimes d'Isaac, des appétits du doge et de la vulgarité de Salamone da Lodi ?

La mitre enthousiasma le doge, qui la confia à ses hommes d'armes et ordonna à Isaac de monter le diamant au palais même.

– Je ne travaille que dans mon atelier, Votre Grâce, dit fermement Isaac.

– Alors vous devrez déménager votre atelier et votre famille dans le Ghetto. Je ne peux pas garantir votre sécurité à Trévise, répondit le doge.

Isaac pensait qu'il exagérait, mais admettait cependant qu'il y avait de la violence dans l'air. Avec la venue de Pâques, la population redoublait de bigoterie. Les prêtres des paroisses ne manquaient pas dans leurs sermons d'évoquer les intentions meurtrières de ceux qui avaient tué Jésus. Partout, on rencontrait des gens qui portaient des médailles et des scapulaires rappelant saint Simon, l'enfant martyr de Trente, à croire que sa mort datait de la veille alors qu'un siècle s'était écoulé depuis le drame. Les Juifs s'attiraient des regards pleins de haine quand ils s'aventuraient au-delà du Ghetto. La rumeur de la rue demandait que tous les Juifs de Venise soient forcés d'assister à des sermons de conversion, comme les Juifs des autres grandes cités.

Le doge fit afficher une proclamation :

Des mesures ont été prises pour garantir que les non-chrétiens ne gâcheront pas les grandes solennités du calendrier catholique. Les portes du Ghetto seront fermées, verrouillées et gardées depuis le lever du soleil du Jeudi saint jusqu'à l'après-midi du Samedi saint. Pendant cette période, toutes les fenêtres du Ghetto qui donnent sur l'extérieur seront scellées, et aucun Juif n'aura le droit d'être vu à l'extérieur pendant le moment de la Passion, sous peine des plus sévères sanctions prévues par la loi.

Une escouade devait stationner dans les bâtiments annexes de la ferme de Trévise. Isaac détestait avoir des gardes installés si près de chez lui. Une semaine avant leur arrivée, il sortit le petit sac en vessie de chèvre qu'il avait enterré près de l'enclos des bêtes. Il ne voulait pas qu'un soldat, sous prétexte de pêcher dans l'un des ruisseaux, ne trouve le diamant en creusant pour chercher des asticots.

Le lendemain du jour où la mitre et l'Œil d'Alexandre lui furent livrés, il appela Élie dans son atelier et ferma la porte à clé. Il sortit les deux diamants, les posa côte à côte sur son établi et sourit en voyant les yeux de son fils.

– Deux ? s'étonna Élie.

– Celui-ci est le mien. Il t'appartiendra un jour. Ainsi qu'à tes frères et à tes sœurs.

– Quelle étendue de terre on pourrait acheter avec cette pierre !

Élie toucha le précieux caillou qui serait son héritage.

– Ils ont presque la même taille.

– Et pourtant, l'un des deux est beaucoup plus précieux. Lequel ?

Isaac avait enseigné à son fils aussi bien la science des pierres que le Talmud. Élie s'assit sur le sol, près de la chaise de son père, et s'empara d'une loupe.

– Le leur, dit-il, un peu déçu. Hormis cette tache sombre à la culasse, il serait parfait. Le plus beau que tu m'aies jamais montré.

– Tu as bien appris. Tu dois apprendre davantage encore. J'ai beaucoup de savoir à te transmettre.

Élie ne dit rien.

– À partir de maintenant, tu travailleras moins la terre et tu consacreras plus de temps à l'étude des pierres, décréta Isaac.

Le jeune garçon posa la tête sur les genoux de son père, lequel s'en montra tout étonné.

– Mais moi, c'est la terre qui m'intéresse, dit-il d'un ton désespéré.

Isaac toucha la chevelure ébouriffée.

– Tu devrais te peigner, murmura-t-il en lui caressant la tête. Il y a d'innombrables personnes qui peuvent travailler la terre. Mais très peu de gens ont une connaissance des pierres précieuses. Le savoir est notre seul pouvoir. Ta seule protection.

Il souleva le visage d'Élie et lui montra le diamant du Vatican.

– Il a été taillé par un membre de notre famille, Julius Vidal, un homme de grand talent.

– Où vit-il ?

– Il est mort depuis longtemps. Trois générations avant ma naissance.

Il lui raconta comment Vidal avait dû fuir Gand, quand la terreur de l'Inquisition s'était étendue jusqu'au nord de l'Europe. Comment il s'était réfugié à Venise.

– Il a enseigné l'art de la taille des diamants au grand-père de mon grand-père.

– Qui sont ses descendants directs ?

Isaac secoua la tête.

– Personne. Il y eut une épidémie dans la Cité. Pour on ne sait quelle raison, seul le Ghetto fut épargné. Jusqu'au jour où des gens jetèrent par-dessus les murs des tas de vêtements grouillants de vermine. C'est ainsi que des centaines de personnes moururent dans le Ghetto, dont Vidal, sa femme et leurs enfants.

– Les chiens !

Il passa les bras autour de son fils et le serra contre lui. Les épaules du jeune garçon seraient bientôt plus larges que les siennes. Les larmes d'Élie l'émurent au plus profond.

– Pourquoi ne nous laissent-ils pas tranquilles ? chuchota son fils.

– Ils se disent que c'est parce que Jésus est mort.

– Mais je ne l'ai pas tué !

– Je sais. Moi non plus, je ne l'ai pas tué.

Cette année-là, la Pâque juive avait lieu un mois avant les Pâques chrétiennes. La veille des jours saints, la ferme était impeccablement propre, les plats et les couverts réservés à la fête avaient remplacé ceux utilisés le reste de l'année. Du pain azyme acheté à la boulangerie du Ghetto était entreposé dans la cuisine, recouvert par du linge propre, attendant le coucher du soleil et le début du Seder. Un puissant arôme de volaille émanait du four et un agneau rôtissait à la broche, enrobé d'herbes et d'épices. Toute la journée, des Juifs étaient venus avec des tonneaux et des bouteilles pour emporter l'excellent vin produit par la vigne des Vitello.

Cette veille de fête correspondait au mercredi des Cendres. Les soldats de la garde s'étaient relayés pour aller communier à l'église du village. Isaac et Élie travaillaient sur la table à dessin. Les premières mouches de la saison accueillaient la tiédeur du printemps par des bourdonnements incessants. Isaac faisait les premières esquisses, planifiait chaque détail. Monter le diamant sur la mitre n'allait pas être difficile, mais il travaillait avec méthode, prenant soin de ne rien oublier.

Élie s'ennuyait et regardait par la fenêtre les collines vert tendre.

– Si les vignes ne sont pas élaguées maintenant, il sera trop tard.

– Vas-y, répondit Isaac, agacé.

Le jeune homme ne se fit pas prier et se précipita pour prendre son couteau à lame courbée, qu'il gardait toujours affûté, puis il fila vers la vigne.

Après quelques instants, Isaac posa sa plume. La journée était trop belle pour qu'il pût rester à l'intérieur. Le soleil était chaud et une petite brise amenait l'odeur de la mer. Il monta sur une petite butte, derrière la maison, depuis laquelle il aimait contempler son domaine. Dans la cour de la ferme, ses enfants les plus jeunes aidaient leur mère à vendre le vin. Les gardes paressaient dans le coin. Isaac sourit de voir que sa femme les surveillait de près ; Fioretta, sa fille la plus âgée, était en train de devenir une jeune fille.

Il y avait des nuages blancs, et partout où il posait les yeux, la vie semblait s'éveiller. En dépit de l'humidité du sol, il s'assit sur l'herbe et observa son fils qui taillait la vigne au loin.

Deux garçonnets se détachèrent au sommet d'une colline. Ils couraient directement vers les vignes. Un homme d'âge mûr les suivait de près. Mais pourquoi les pourchassait-il ? Et pourquoi avait-il une faux à la main, alors qu'on était loin de la saison des foins ?

Isaac discernait clairement les deux enfants, jusqu'aux marques de cendres qu'ils portaient sur le front. Ils se précipitèrent vers Élie et tentèrent de le frapper. Élie les contint facilement, et parut attendre l'arrivée du vieil homme.

Du haut des collines, dévalaient à présent des villageois de tous âges.

– Non ! hurla Isaac.

Dans la cour, Fioretta laissa choir une bouteille de vin. Les soldats dégainèrent leurs armes.

Isaac bondit.

Le vieillard atteignit Élie. La lame de la faux lança des éclairs dans la lumière, plus étincelants que le soleil sur la lagune. Élie n'eut même pas le temps de s'emparer de son couteau. Quand la faux brilla de nouveau, le reflet avait la couleur du rubis, la plus terrible pour du métal.

Élie fut enterré le troisième jour de la Pâque juive, dans le cimetière du Lido. Quelques jours plus tard, le doge se déplaçait jusqu'à la ferme.

– Je vous avais pourtant prévenu, Vitello.

Isaac le toisa en silence.

– Mais ce qui est le plus ennuyeux, bien sûr, c'est l'homme qui vous a blessé à l'épaule, que les gardes ont repoussé. Il est mort, vous savez.

Isaac hocha la tête. Le doge haussa les épaules.

– Un vieux manant.

Il n'avait pas l'air à son aise ; il était habitué aux marques de cendres sur le front des chrétiens une fois l'an ; mais ces cendres sur la tête de Juifs habillés de toile lui semblaient une preuve de barbarie.

– Est-ce que la livraison de ma commande sera retardée ?

– De trente jours, Votre Grâce.

– Ce doit être si long ?

– Oui, Votre Grâce.

– Alors je ne vous accorderai aucun délai supplémentaire.

Dès que le doge eut quitté la maison, Isaac s'assit sur le sol et se mit à prier.

Son épaule était douloureuse mais il pouvait se servir de son bras. Le matin du trentième jour, il enleva ses habits déchirés. Il ferma à clé la porte de son atelier et plaça la mitre sur la table. Puis il s'assit un long moment, la main posée sur l'autre chaise, désormais vide, et regarda la colline par la fenêtre.

Finalement, il prit la pierre et la sertit sur la mitre de Grégoire.

Deux jours plus tard, sa famille et lui furent expulsés de la maison. Ils ne purent rien emporter de tous les biens qu'ils avaient accumulés pendant toutes ces années à Trévise. Précédés par un cheval chargé de leurs maigres effets, ils passèrent devant la vigne où les paysans du doge s'affairaient déjà.

Il avait acheté le chapeau qui lui avait paru le plus beau. Peut-être fut-il le jouet de son imagination, mais il lui sembla que, à l'instant où ils franchirent les portes de la Cité, lui, sa femme et Fioretta, Falcone, Meshullam, Leone et la petite Haya-Rachel, tous se volatilisèrent ; et le gardien du pont du Ghetto ne vit que le jaune éclatant du chapeau.

IV

La trouvaille

19

La guematria

— Deux millions trois ?

La voix de Saul Netscher semblait abattue malgré le timbre métallique dû à la mauvaise qualité de la communication.

— Notre ami ne vendrait probablement pas, même si nous pouvions payer. Je crois qu'il veut autre chose. Peut-être obtenir une amnistie en Égypte. Peut-être même un poste au sein du gouvernement.

— Tu en es sûr ?

— C'est ce que j'espérerais si j'étais à sa place.

— Mais tu n'y es pas. Essaie encore, Harry. Offre-lui tout ce qui peut sembler raisonnable. Il voudra peut-être devenir maire de New York.

Harry sourit.

— Je ne le crois pas. C'est un homme très intelligent, répondit-il. Est-ce que mon fils est là ?

À dix mille kilomètres de distance, Netscher soupira.

— Ne quitte pas.

— Allô, papa ?

— Jeff, comment vas-tu, mon garçon ?

— Le boulot, c'est mieux que la colo.

— Comment Saul te traite-t-il ?

— Bien.

Puis la voix de son fils se fit soudain circonspecte.

— Tu avais raison, papa.

— Quand j'ai dit qu'il te ferait travailler comme un bœuf ?

— Oui.

Ils rirent tous deux.

— Tu as l'air content. Mais n'oublie pas que le diamant industriel et les pierres précieuses, ce sont des métiers différents.

— Quand rentres-tu ?

Il hésita.

— Ce ne sera pas long.

Tamar le regardait.

— N'oublie pas de saluer maman de ma part.

— D'accord, papa. Salut.

Quand il raccrocha, Tamar et lui se mesurèrent du regard. Il était près de 11 heures du matin à New York, mais ici, il n'était pas encore 16 heures. On les avait « raccompagnés » à Jérusalem, et laissés dans l'expectative, fatigués et déprimés.

— Quand tu lui as parlé, ton expression a changé. Et ta voix est devenue plus chaleureuse.

Il accueillit cette remarque d'un grognement.

— Crois-tu que tu pourrais retrouver la maison de Mehdi ? demanda Tamar.

— Pourquoi ?

— Sans raison.

— Même si tes amis pouvaient s'en emparer, je ne pourrais rien faire. Je ne suis pas un receleur.

— Ne t'inquiète pas. On ne va pas organiser une opération commando pour s'emparer d'un diamant. J'ai simplement pensé que je n'arriverais pas à retrouver cette maison si je le voulais.

— Moi non plus.

Pas par la route. Mais peut-être par la plage ? Quand on l'avait autorisé à sortir pour faire un jogging, il avait compris que Mehdi quitterait la villa immédiatement après eux.

— Pendant que je t'attendais dans la maison, j'ai parlé à la petite Arabe.

240

– Ah ?

– Elle m'a dit que tu l'avais renvoyée.

– Quel âge a-t-elle ?

– Quinze ans.

– Elle avait l'air plus jeune.

Tamar s'approcha de lui.

– Tu es quelqu'un de bien.

– Parce que je ne baise pas avec des mineures ?

– Parce que tu es un type bien.

– C'est agréable à entendre.

– Tu vas rentrer chez toi.

– Dans quelques jours. Quand j'aurai la certitude qu'il n'y a aucun espoir d'acheter ce diamant.

Elle lui entoura le visage de ses mains.

– Je vais cesser de travailler pour Zeev Kagan. Ne nous faisons pas de mal, Harry Hopeman. Ainsi, quand tu partiras, deux amis très chers se diront au revoir.

Il la regarda, pensif.

– Oui.

Elle l'embrassa. Et il se mit à déshabiller son amie très chère avant de la porter jusqu'au lit.

Le lendemain matin, elle l'accompagna dans son footing matinal, vêtue du short qu'elle portait à Massada et d'un vieux sweat-shirt aux manches déchirées qui arborait une inscription en hébreu assez appropriée : « Propriété du département de l'Éducation physique ». Elle ne voulut pas lui dire qui le lui avait donné. Elle avait un bon souffle et riait beaucoup, découvrant des dents magnifiques qui éclairaient son visage bronzé. Il dut se concentrer pour ne pas la dévorer sans cesse du regard. Elle resplendissait de santé, et quand elle courait, tout son corps était en mouvement ; ses cheveux se relevaient en vagues et rebondissaient, ses seins se soulevaient et retombaient en rythme, ses longues jambes brassaient l'air. Elle se faufilait avec lui dans la circulation des voitures, entre les piétons, passant devant des gamins qui les huaient, des vieux Juifs choqués, des Arabes interloqués, des boutiquiers perplexes et irascibles, et toute une population de bureaucrates frustrés qui n'auraient jamais la chance de connaître une créature aussi magnifique que Tamar Strauss.

Finalement, ils coururent jusqu'à un petit jardin et s'écroulèrent à l'ombre d'un cactus. Tamar essuya la sueur qui lui coulait sur le visage.

– Hier soir, j'ai dit que tout devait rester agréable entre nous, plus de disputes. Mais il faut aussi que je précise quelque chose.

Harry s'étendit et ferma les paupières.

– Hum ?

– Je ne suis pas une putain.

Il ouvrit brusquement les yeux.

– Qui a dit que tu en étais une ?

– Toi, le soir où tu m'as mise en colère.

– Ah non ! Tu fais erreur.

Elle posa son menton sur ses mains.

– Sur un point, tu avais raison. Depuis que j'ai perdu mon mari, j'ai toujours eu peur de me laisser aller à avoir des sentiments pour quelqu'un. Je crois que je dois l'admettre. Et peut-être essayer de changer d'attitude.

– J'en suis ravi.

– Mais je suis veuve, j'ai vingt-six ans. Tu t'attends à ce que je me comporte comme une vierge effarouchée ?

– Dieu m'en garde, répliqua-t-il.

– Je suis sérieuse. Les Américains mènent une vie dissolue, mais en fait ils veulent que leurs femmes se comportent comme des saintes.

Il leva la main pour l'interrompre.

– Tout ce que j'ai dit...

– Tu as dit que j'avais probablement eu trop d'aventures. « Pour quelqu'un comme moi », je crois que c'est exactement ce que tu as dit.

– On devient des automates du sexe, on ne sait plus vivre la passion, encore moins l'amour. C'est juste de l'agitation mécanique.

242

— Je crois que là, tu as raison, dit-elle calmement. Mais, ajouta-t-elle en le fixant de ses yeux de biche, comment peux-tu savoir s'il y a eu plus d'hommes dans ma vie que tu n'as eu de femmes dans la tienne ?

Comme il ne répondait pas, elle lui lança un :

— Ça demande réflexion, non ?

Après quoi elle se leva vivement et l'abandonna sur place pour aller chercher des affaires dans son appartement.

Des messages attendaient Harry à la réception de l'hôtel. David Leslau avait téléphoné deux fois, en disant qu'il allait rappeler. Il avait reçu aussi un coup de fil de Mgr Peter Harrington.

Il rappela ce dernier immédiatement, mais quand il réussit enfin à joindre le musée du Vatican, ce fut pour apprendre que monsignore s'était absenté.

Il sortit le grenat et passa près de deux heures à le polir. La pierre rouge luisait comme une énorme goutte de sang. Quand le téléphone sonna, il était en train de se demander s'il le donnerait tel quel à Tamar avant son départ, ou bien s'il le lui enverrait de New York monté en broche.

C'était Leslau.

— Alors, quelles nouvelles, David ?

— Pas formidable.

— As-tu trouvé la *guenizah* ?

— Rien du tout. Veux-tu dîner avec ma fiancée et moi, ce soir ?

— Avec plaisir. Je viendrai accompagné.

La fiancée de Leslau, Rakhel, était juive orthodoxe. Le rendez-vous avait été donné dans un restaurant casher. Bientôt, ils discutaient tous les quatre comme de vieux amis.

Leslau écouta d'un air goguenard le récit de la transaction.

— Les fouilles sont au point mort, elles aussi. Nous n'avons pas trouvé l'ombre d'un indice.

– On ne cherche peut-être pas au bon endroit, avança Rakhel.

Leslau lui prit la main.

– C'est le bon endroit, mon amour. Je peux presque le sentir. Mais les objets ont été cachées il y a très longtemps. Et tellement bien cachés que nous n'arrivons pas à les trouver.

– Peut-être que quelque chose nous a échappé dans le rouleau. Une clé qui nous permettrait de tout comprendre. Il y a tellement de chiffres – des mesures, des quantités d'objets. Auraient-ils pu utiliser la guematria ?

– Qu'est-ce que c'est exactement, de la numérologie ? interrogea Tamar.

– Pas du tout. Dans cette antique méthode de cryptographie juive, chaque lettre hébraïque a une valeur numérique. Aleph égale un, beth égale deux, gimmel égale trois, et ainsi de suite, l'informa Harry. La guematria est un système qui vient généralement en appui d'un point d'exégèse et renforce le raisonnement talmudique. On s'amusait à des petits exercices assez simples à la *yeshiva*. Par exemple, prenons ton nom, Tamar. Tav égale 400, mem égale 40 et resch 200. La valeur numérique totale de ses lettres est donc 640. Nous pourrions consulter le 640ᵉ verset du Pentateuque pour voir s'il a un message spécial à t'apporter.

Ils rirent à voir son expression.

– Pour te donner un meilleur exemple, le Livre de la Genèse comprend 1 534 versets. À la *yeshiva*, nous mémorisions ce chiffre en apprenant cette phrase, *ach ladhashem*, parce que les lettres de cette phrase forment un total numérique de 1 534. Ou encore prenons le mot hébreu qui désigne la femme enceinte, *herayon*. Sa valeur numérique est 270. Il faut neuf mois pour mettre au monde un enfant, exact ? Et il y a trente jours dans un mois solaire. Donc, trente fois neuf égale *herayon* : la durée de la gestation.

– Il n'y a pas de guematria dans le rouleau de cuivre. La guematria ne commence à être utilisée qu'à l'époque des cabalistes, des centaines d'années après qu'on eut caché les trésors du Temple, grommela Leslau.

— Vous ne croyez pas que vous allez chercher trop loin ? La réponse ne serait-elle pas beaucoup plus simple ? dit Tamar.

— Ces hommes étaient très intelligents et très retors, commenta Harry. Regardez comment ils ont conçu les deux caches à Achor, avec la *guenizah* contenant le diamant jaune enterré presque en surface, mais les objets religieux enfouis très profondément. Peut-être qu'ici ils ont tout inversé. Le passage du rouleau dit que la *guenizah* se trouve près de la base de la plus petite des deux collines. Mais elle est peut-être située près de la plus grande.

— Nous avons essayé de creuser là-bas aussi. Il n'y a rien. Parfois, je sors de ma tente, et je me plante au milieu du désert pour invoquer ces hommes qui ont caché les objets. Quel malin plaisir prenez-vous à nous jouer des tours ? Vous ne vouliez pas qu'on les retrouve un jour ?

Personne ne sourit.

— Est-ce qu'on fête tes fiançailles ou est-ce un enterrement ? plaisanta Harry.

Leslau se détendit.

— Mes fiançailles. Pas de doute là-dessus.

Et il embrassa Rakhel sur la joue.

Harry se leva.

— Bon, alors allons faire la fête.

Le téléphone sonnait quand il introduisit la clé dans la serrure, mais la sonnerie s'arrêta avant qu'il ait le temps de répondre.

Tamar et Harry se déchaussèrent avec soulagement.

— Ah ! soupira la jeune femme.

Au cabaret, ils avaient beaucoup dansé et bu pas mal de vin. La mode était à un retour du folklore yiddish et ils avaient chanté des mélodies pendant des heures, des chansons qu'Harry avait entendues dans son enfance.

— Quelle soirée !

— On peut le dire ! Ils sont sympathiques, tous les deux.

– Ils ont de la chance de s'être rencontrés.

– Oui.

Il la regarda se brosser les cheveux devant le miroir.

– J'ai envie de toi.

Elle étouffa un bâillement.

– D'accord, dit-elle gaiement.

Il s'approcha et se tint debout, derrière elle, la fixant dans la glace.

– Pour toujours.

– Harry. C'est le vin !

– Non.

– Je ne veux pas que l'un de nous soit mal à l'aise demain matin.

– Est-ce que tu as déjà voulu quelque chose à un point tel que tu ne puisses pas imaginer l'idée de vivre sans ?

– Oui, répondit-elle.

Il lui caressa le cou.

– Tu n'as pas autant besoin de moi.

Elle secoua la tête.

– Mais...

Elle lui prit la main et ajouta :

– J'ai réfléchi et je sais que ma joie de vivre va en prendre un coup quand tu seras parti. Tu m'as redonné... vie.

– Alors pourquoi devrais-je te laisser ?

– Comment est-ce que ça pourrait marcher ? Toi et moi ? *Ya Allah !* Nous venons de planètes différentes.

Le téléphone sonna.

C'était Peter Harrington.

– Harry ?

Il n'avait pas envie d'interrompre cette conversation pour discuter avec Peter Harrington. Mais elle lui souffla un baiser et partit prendre sa douche.

– Bonsoir, Peter.

– Si tu es encore là, c'est que tu m'as coiffé au poteau, non ?

– Non, pas du tout. Ça veut juste dire que tu n'as pas perdu autant de temps que moi.

– Dommage, Harry... Je suis vraiment un hypocrite. Entends-tu au son de ma voix que j'essaie de dissimuler mon plaisir ?

Harry sourit.

– Ne te sens pas coupable. Même un monsignore peut parfois être humain. Tu n'es plus dans la course non plus ?

– Je n'y ai jamais été.

– Peter, j'ai l'impression que moi non plus, je n'ai pas pu y entrer.

– En plus, c'est de la marchandise volée.

– C'était aussi un bien volé à l'époque de l'Inquisition, lui rappela Harry d'un ton sec.

Il était fatigué de discuter. Peter aussi, apparemment.

– Si tu ne peux pas l'acheter, pourquoi me sentirais-je incompétent ? Viens à Rome, Harry. Je t'emmènerai faire la tournée des grands-ducs.

– J'essaierai de venir bientôt. Suis-je toujours sur la liste noire du cardinal Pesenti ?

– Il s'est calmé. Mais il suit de près ce qui se passe.

– Dis à Son Éminence que la situation est bloquée. Quand j'en saurai plus, je te tiendrai au courant.

Peter hésita.

– Dieu te bénisse, Harry.

C'était sa façon à lui de lui donner une poignée de main chaleureuse ; Harry l'accepta de bonne grâce.

– Ciao, mon vieux copain le prêtre.

Il reposa le combiné. Il prit la bible de l'hôtel et se mit à la feuilleter, griffonnant le nombre de versets dans chaque chapitre de la Genèse.

Le 640ᵉ verset se trouvait dans le chapitre 24. Il fut déçu : « Je m'inclinai et je me prosternai devant l'Éternel ; je bénis l'Éternel, le Dieu de mon maître Abraham, qui m'a conduit sur le droit chemin pour prendre la fille du frère de mon maître pour son fils. »

Quel rapport avec Tamar ? Une bonne preuve des vertus de la guematria.

Le verset 650 aurait été plus approprié : « Ils appelèrent

Rébecca et lui dirent : Veux-tu aller avec cet homme ? Elle répondit : J'irai. »

Le verset 650 n'était pas le verset 640, et il reposa la bible, se sentant trahi.

Tamar sortit de la salle de bains, une serviette enroulée autour d'elle. Elle était mouillée et glissante, sa bouche avait le goût de l'eau froide et du dentifrice américain.

– Tu crois que ça pourrait marcher ?

Ses yeux noirs de Yéménite étincelaient. Il se devait d'être aussi honnête qu'elle.

– Je ne sais pas.

Il attrapa la serviette et se mit à la frotter.

– Je suis certaine d'une chose, murmura-t-elle au bout de quelques secondes. Harry ne fera jamais rien qui puisse me causer de la peine.

20

Rosh Haayin

Il éprouvait la même impression qu'à cette époque reculée où, enfant, il se réveillait en proie à une sensation merveilleuse sans savoir pourquoi, jusqu'au moment où il se rappelait que l'école était finie depuis la veille.

Ils étaient détendus. En surface, rien ne semblait avoir changé par rapport aux autres matins.

En lisant le *Jerusalem Post* pendant qu'il buvait son café matinal, il aperçut un article qui citait un ministre du nom de Kagan, critiquant la corruption dans le Parti travailliste.

– Cet homme politique porte le même nom que ton ami Zeev.

Tamar jeta un œil sur le journal.

– C'est son père.

– Un membre du gouvernement? Premier ministrable, selon toi?

– Aucune chance. Il s'est fait beaucoup trop d'ennemis politiques. C'est l'un des anciens chefs de l'Irgun.

Elle beurra son toast avant d'ajouter :

– Mais Zeev pourrait un jour être Premier ministre, je pense.

Harry sourit.

– Zeev n'est qu'un modeste officier dans l'armée.

– Il est déjà sur le premier barreau de l'échelle. Son

prédécesseur est devenu ministre de la Police. Une fois au sein du gouvernement, c'est une question de personnalité. Et son père a aussi beaucoup d'amis, pas seulement des ennemis. Ce n'est pas exclu, dit-elle.

Ni l'un ni l'autre n'évoquèrent leur discussion de la veille.

Ils se rendirent à Beit Jimal, par la vieille route de Tel-Aviv, dans une Ford anglaise de location. Tamar connaissait un monastère salésien où l'on pouvait acheter du vin de qualité. En marchant à travers les vignes, où des moines travaillaient en plein soleil, Harry se demandait ce que recelait son âme sensuelle et juive pour l'inciter à apprécier autant les charmes austères de la vie monastique.

Un jeune moine américain leur fit goûter deux sortes de crus, un rouge et un blanc sec. Décontracté et plein d'humour, il venait d'une petite ville du nord-est des États-Unis. Avec Harry, il discuta de la politique américaine. Les religieux fabriquaient aussi du fromage, une sorte de munster. Harry acheta quatre bouteilles de vin et un morceau de fromage si énorme que Tamar poussa un grognement.

– Qu'est-ce qu'un jeune démocrate comme vous fait ici ?

– J'étais en quête de quelque chose.

– Et vous l'avez trouvé ?

– Je crois, répondit le frère.

– Veinard. Vous vous plaisez, ici ?

– Oui, sauf l'hiver. Tout le monde a mal à la gorge, le nez rouge.

Il les raccompagna à leur voiture en riant.

– Où allons-nous ? Si nous allions jusqu'aux collines de Galilée ? demanda Harry une fois qu'ils eurent repris la route.

– Harry, je ne crois pas que ça tiendrait, répliqua-t-elle vivement.

Il comprit à demi-mot. Elle faisait allusion à leur discussion de la veille. Le cœur d'Harry se serra un peu. Il susurra :

– Hier soir, tu m'avais pourtant laissé un espoir ?

– Je crois que je vais t'emmener à Rosh Haayin.

– Qu'est-ce c'est ?

– L'endroit où vit ma famille.

– On pourra leur offrir du vin et du fromage, lança Harry.

– Non, mes parents mangent casher. Si tu veux, on peut s'arrêter pour déjeuner à Petah Tikva et leur acheter quelque chose.

– Je peux prendre une bonne bouteille pour ton père. Quels sont ses goûts en la matière ?

– L'arak. Mais mon père est alcoolique.

Quand ils arrivèrent à Rosh Haayin, elle lui indiqua le chemin dans un dédale de rues non pavées, bordées de maisons délabrées.

– Pendant la Seconde Guerre mondiale, c'était un camp militaire britannique. Puis c'est devenu une *maabarah*, un camp de transit pour les émigrés yéménites. Quelques années avant notre arrivée, le gouvernement a transformé le camp de transit en camp définitif.

Harry ralentit la voiture. Une fillette âgée de quatre ans environ était assise au milieu de la rue, tamisant la poussière avec ses doigts.

– Arrête-toi ici, lui dit Tamar.

Elle sortit de la voiture.

– Habiba, comment vas-tu, ma poupée ? dit-elle en hébreu. Tu as été sage, ma petite nièce chérie ?

L'enfant avait le nez qui coulait. Tamar prit un mouchoir en papier dans son sac et essuya le nez de sa nièce.

– Moi aussi, je m'asseyais ici. J'imagine que je devais être comme elle.

– Alors, Habiba, tu seras une sacrée petite dame.

L'enfant souriait, d'autant plus intimidée qu'elle ne comprenait pas l'anglais. Une mouche vint se poser sur sa joue.

Tamar prit l'enfant par la main et se dirigea jusqu'à une maison de pierre. Une femme corpulente y étendait du linge dans un jardin où poussaient de la menthe poivrée et des herbes aromatiques. À leur vue, elle laissa tomber le vêtement mouillé qu'elle était sur le point de suspendre et les accueillit à bras ouverts.

Tamar la présenta à Harry comme étant *ya umma*, le terme arabe pour « la mère ». Il fut charmé par l'expression et par la dame. Elle les fit entrer et leur offrit des gâteaux de millet au miel et du café doux. Elle parlait à Tamar dans un hébreu rapide tout en tenant la remuante Habiba entre ses genoux et en lui nettoyant le visage avec une serviette mouillée. Elle ne regardait pas Harry, mais ce dernier sentit, à ses coups d'œil acérés, qu'elle l'inspectait.

— Vous avez une magnifique petite-fille.

Elle le remercia timidement.

— C'est l'enfant de ma plus jeune, Yaffa. Je m'occupe d'elle pendant que Yaffa travaille à Petah Tikva.

Se tournant vers sa fille, elle s'enquit :

— Vous restez pour le repas du soir pour voir ton père ?

Tamar acquiesça.

— Et nous allons faire une petite promenade avec Habiba, pour que tu puisses finir ce que tu as à faire.

Sa mère exultait.

— Que tes lèvres reçoivent un baiser.

Elle emmena Harry jusqu'au Yarkon, qui coulait non loin de là.

Ils s'assirent au bord du fleuve et regardèrent Habiba qui jetait des cailloux dans l'eau verte. Harry, qui venait d'un pays où le moindre cours d'eau atteint des dimensions gigantesques, n'était guère impressionné par le Yarkon.

— C'est le deuxième plus grand fleuve en Israël, lui déclara Tamar avec sérieux. Aujourd'hui il est très pollué par les égouts, du côté de Tel-Aviv. Ils pompent tellement d'eau en amont que le pauvre n'a plus assez d'énergie pour entraîner les déchets vers la mer. Quand j'étais petite, j'aimais bien m'asseoir ici et regarder jouer mes frères et sœurs. Je m'imaginais où il allait, les gens qui buvaient son eau, les champs qu'il irriguait.

– Tu as eu une enfance heureuse ?

– Oui. Je ne savais pas que les femmes menaient un mode de vie différent, ailleurs.

– Ta mère semble contente.

– C'est juste une façade. Elle a subi une hystérectomie à la naissance de ma sœur. Elle a seulement pu avoir trois enfants, et dans son milieu, on la plaint.

Comme la petite Habiba s'approchait dangereusement du bord de l'eau pour lancer ses cailloux, sa tante lui enjoignit d'être prudente.

– Quand nous sommes arrivés ici, nous n'étions pas six mille. Il n'y a pratiquement pas eu d'immigration yéménite depuis. Chaque année, beaucoup de gens, hommes et femmes, quittent cet endroit, comme moi je l'ai fait. Et pourtant la population, aujourd'hui, atteint presque les treize mille personnes, tu vois, car dans chaque famille il y a beaucoup d'enfants.

– Ta sœur vit ici ?

Elle fit oui de la tête.

– Elle et son mari Shalom vivent à une rue de chez mes parents. Ils travaillent tous les deux dans la même usine de textile.

– Et ton frère ?

– Ibrahim habite Dimona. Il est chauffeur de camion pour les mines de phosphate d'Oron.

Elle hésita.

– Connais-tu les mouvements contestataires israéliens ?

Il lui dit qu'il en avait entendu parler.

– Ibrahim est un militant. Il est probablement le moins heureux de nous tous.

– Et ton père ?

– *Ya abba ?*

Elle sourit et lui appliqua sa paume toute chaude sur la joue.
— Tu verras.

Le père n'était pas très grand, et d'une maigreur remarquable, la peau aussi noire que Tamar.

— Je suis Yussef Hazani. Bienvenue dans ma maison, au
nom de Dieu, dit-il en examinant Harry de ses yeux noirs
perçants.

Il accepta la main tendue d'Harry comme si elle avait trempé
dans un exotique poison occidental. Il demanda quelque chose
à Tamar en arabe. Le seul mot qu'Harry comprit fut *nasrani*,
qui voulait dire chrétien.

— Non, il est juif, des États-Unis, répondit-elle d'un ton
irrité, en hébreu.

Son père se tourna alors vers Harry

— Alors, vous aussi, vous êtes juif ?

— Oui.

— Dans ce cas, pourquoi ne vivez-vous pas ici ?

— Parce que je vis là-bas.

Ya abba haussa les épaules de dégoût et passa dans la pièce
voisine. Tamar et Harry s'assirent et attendirent pendant qu'il
se livrait à de bruyantes ablutions.

L'arrivée de Yaffa et de Shalom allégea l'atmosphère. Le
cri de joie de Yaffa rappela à Harry l'accueil chaleureux de
la mère. Yaffa était enceinte de quatre ou cinq mois et elle
était très épanouie ; les femmes de la famille Hazani étaient
apparemment toutes somptueuses. Elle avait les ongles peints
de deux tons, rouge et argent, et son mari souriait nerveusement.

Hazani refit son apparition et il bénit le pain, ouvrant ainsi
le début du repas, qui semblait délicieux. Harry se demanda
s'ils ne servaient pas le poulet du Shabbat avec quelques jours
d'avance, cuit dans une sauce succulente qu'il trouva néanmoins trop épicée. Il y avait de la pita fraîche et une salade
de tomates bien mûres, de laitue et d'un de ses péchés

254

mignons, des avocats. Lorsqu'il montra que la salade était à son goût, Hazani fit un signe de tête.

— Du kibboutz Einat, là où je travaille. Je prends ce que nous pouvons manger. Tout ce qu'il nous reste à faire pousser dans notre jardin, ici, à Rosh Haayin, ce sont des herbes aromatiques.

— Que faites-vous au kibboutz Einat ?

— Ce qui doit être fait.

— Les autres hommes de là-bas disent que *ya abba* est le meilleur travailleur agricole de tout Israël, déclara Yaffa.

— Je ne savais pas que les kibboutz employaient du personnel extérieur.

— Avant, non, en effet. Mais aujourd'hui, il n'y a pas assez de jeunes qui veulent y travailler, alors ils doivent payer des gens comme moi.

Il leva le poing.

— Quel honneur de cultiver le sol d'Israël !

Harry opina :

— Ce doit être une grande satisfaction.

Hazani sourit avec un certain mépris.

— Ici, nous sommes tous juifs. Les Arabes voudraient nous tuer, mais s'ils viennent, les Juifs se battront au côté des autres Juifs. Au Yémen, quand ils manifestaient dans les rues et tuaient des Juifs, nous restions cloîtrés dans nos appartements sans rien à manger, tremblant derrière nos portes fermées à clé. Cela, nous ne n'oublierons pas.

— Mon père a des souvenirs du même ordre, fit remarquer Harry.

— De quel pays ? s'enquit Hazani.

— D'Allemagne.

— Yooh. Un autre *yeke*.

Il jeta à sa fille aînée un regard froid. Puis il se tourna de nouveau vers Harry.

— Votre père a-t-il pris l'avion pour venir en Amérique ?

— Non, un paquebot... un bateau.

– Ah. Nous aussi nous avons pris un bateau de Hodeida à Aden. Tu te souviens, femme ?

Ya umma fit un signe de tête, souriante.

– Nous avons quitté Sanaa avec une caravane de chameaux qui transportait du café à Hodeida. Ma femme et moi, nous avons marché, portant notre fils Ibrahim, qui n'était alors qu'un bébé. Yaffa n'était même pas encore née. Nous avons assis Tamar sur le dos d'un chameau, et elle a passé le voyage assise sur un sac de café dont les grains faisaient des marques sur ses petites fesses rondes.

Tous les membres de la famille souriaient de plaisir en écoutant cette histoire si souvent narrée.

– Nous avons eu des problèmes. La première fois qu'ils se sont arrêtés pour faire la prière, tous tournés vers La Mecque, ils ont remarqué que nous ne nous conformions pas aux rites. Il y a eu beaucoup de chuchotements et j'étais presque sûr qu'ils allaient nous tuer et nous voler. Dès que nous sommes arrivés dans une ville, j'ai acheté un gros paquet de *kat* et les chameliers se sont rués sur l'herbe, qu'ils ont mâchée jusqu'à l'abrutissement. Puis un camion est passé et j'ai payé le chauffeur un riyal pour qu'il nous conduise à Hodeida.

– Vos ennuis étaient terminés ?

Hazani sourit.

– Non, mais au moins, nous n'étions plus seuls. On aurait dit que tous les Juifs du Yémen étaient à Hodeida. L'Agence juive avait dit que si nous pouvions atteindre Aden par nos propres moyens, ils nous feraient gagner *ha-aretz*. Alors quelques familles ont réuni leur argent et nous avons loué un bateau avec son équipage, pour longer à la voile les côtes de la mer Rouge.

Ya abba but une gorgée de son café avant de reprendre :

– Les gens de l'Agence juive nous ont emmenés en camion jusqu'à un grand terrain dégagé. Là se trouvait un énorme monstre d'argent qui avait la forme d'un oiseau ! Qui avait déjà vu une chose pareille ? Ils ont ouvert un trou sur son flanc et nous ont demandé de monter. Ils disaient que le monstre nous emmènerait jusqu'à la Terre. Nous emporter par les airs ! Nous sommes presque morts de peur.

– Mais vous êtes montés ? demanda Harry.

– Malheur à mes yeux ! Vous êtes fou ? J'étais le plus craintif de tous, là-bas. Les gens de l'Agence juive nous suppliaient de monter. Ils disaient que l'Égypte n'autoriserait pas de *Yehudim* sur le canal de Suez. Si nous n'acceptions pas de laisser faire la machine, nous n'atteindrions jamais Yisrael... Avec nous se trouvait un rabbin renommé. Il s'appelait Shmuel et il fut ensuite rabbin ici pendant des années. Il est mort, maintenant, Dieu ait son âme. Nous nous sommes tournés vers lui et lui avons demandé que faire. Il s'est lissé la barbe. (Hazani joignit le geste à la parole.) « Moi j'atteindrai Eretz Yisrael, de la manière que mon grand-père, paix à son âme, m'a souvent décrite. J'arriverai en compagnie de tous les *Yehudim* du monde, dansant derrière un âne blanc monté par le Messie... » Vous imaginez la scène. Nous étions là, plantés sous le soleil brûlant, comme des abrutis. Puis un homme dit – c'était un type insignifiant, un marchand de chèvres, je ne sais pas ce qui lui a pris : « Que ce soit bien compris, je ne vais pas rester privé d'Eretz Yisrael par des histoires de grands-pères ou de grands-mères. Moi, je monte dans cet engin volant, par la Torah ! Car n'est-il pas écrit que le Tout-Puissant a dit à Moïse : "Tu as vu ce que j'ai fait aux Égyptiens, et comment je vous ai portés sur des ailes d'aigles et amené à moi ?" » Et ce marchand de chèvres a emmené sa femme et ses enfants en larmes, et ils sont montés à bord. « Ainsi c'est écrit », a chuchoté notre rabbin. Et il est monté aussi.

Les visages autour de la table respiraient le bonheur.

Harry regarda Tamar.

– Quelle façon merveilleuse de venir en Israël !

Hazani se pencha sur la table :

– Laissez-moi vous dire une chose, l'Américain. Quelle que soit la manière, c'est toujours merveilleux d'arriver en Israël.

Pendant que les femmes débarrassaient la table, le père alluma un narguilé. Il tendit la pipe à eau à Harry, lequel secoua la tête, inquiet à l'idée qu'un refus le fasse passer pour un grossier personnage. À son grand soulagement, Shalom refusa aussi la pipe.

— Que faites-vous dans la vie ? demanda son hôte.

— Je vends des bijoux.

— Ah, un vendeur dans une boutique ?

— Parfois, répondit Harry, amusé.

— Au Yémen, je fabriquais des bijoux. C'est ce que ma famille a toujours fait.

— Pourquoi ne continuez-vous pas ?

Hazani fit la grimace.

— Quand je suis arrivé ici, l'Agence juive m'a trouvé un travail. Un endroit, à Tel-Aviv, où ils fabriquent des breloques en filigrane. La plupart des ouvriers, là-bas, sont des femmes. Elles actionnent des petites machines qui fabriquent en un rien de temps des imitations de bijoux yéménites. J'ai expliqué au patron que je pouvais en créer des vrais à la main. Il m'a demandé pourquoi il devrait me payer pour les fabriquer lentement, alors que les touristes américains achetaient les broches faites à la va-vite au meilleur prix. « Parce que les miennes sont beaucoup plus belles », lui ai-je dit. Mais il a ri.

Hazani haussa les épaules avant d'ajouter :

— Je n'aimais pas ces machines et c'était loin par le car. J'ai été content de trouver ce travail au kibboutz, près d'ici. Ils viennent me prendre avec leur camion et me ramènent à la maison.

— Pouvez-vous me montrer quelques-unes de vos créations ?

— Oui, je sais où elles sont, dit Shalom en se levant.

Il quitta la pièce et revint avec deux bijoux imaginés par son beau-père, une épingle en cuivre et une boucle d'oreille en or.

Harry les examina.

– Superbe !

– Les gens ne voient pas la différence.

– Il y en a encore qui peuvent la voir. Certains sont prêts à payer pour le travail à la main. Je peux peut-être vous aider à les trouver.

Derrière son père, Tamar secouait vigoureusement la tête.

– Je vous ferai savoir si je peux faire quelque chose, poursuivit Harry, qui ne comprenait pas le manège de la jeune femme.

Hazani lui jeta un regard cynique.

– Je peux l'aider à vendre ses bijoux. Pourquoi m'en empêcher ? demanda-t-il plus tard à Tamar, dans la voiture.

– Laisse-le tranquille, s'il te plaît. Il a trouvé un équilibre. Il est en bonne santé, il travaille au grand air. S'il gagnait plus d'argent, il le boirait.

– S'il exerçait un métier qu'il aime, il serait plus heureux.

– Il n'y a pas que son travail qui le rende malheureux. Il y a moi, par exemple.

Harry lui caressa la jambe.

– Comment peux-tu le rendre malheureux ?

– « La Torah pour les femmes, c'est une folie ! » Il n'arrêtait pas de le crier ; il m'a interdit de quitter Rosh Haayin. Dans le temps, la question aurait été réglée. La parole du père devait être respectée. Je l'ai défié, et je suis partie à l'université. Pendant deux ans, il ne m'a pas adressé la parole.

– Oui, mais aujourd'hui ? Bon Dieu ! Une conservatrice de musée. Il doit être très fier de sa fille.

Elle sourit.

– Lors de ma seconde année de fac, il a eu de brefs espoirs. Le neveu d'un de ses vieux amis voulait m'épouser. Benyamin Sharabi. Il était propriétaire d'un taxi, c'était une bonne affaire. Il venait me voir sur le campus, avec des cadeaux, des fruits de cactus, quelques oranges, un rouleau de millet avec du lait caillé. Toujours des choses à manger. Mais je l'ai éconduit. Il a épousé la fille d'un rabbin et j'ai cru que mon père allait en mourir. Il a détesté Yoël dès qu'il l'a rencontré parce qu'il n'était pas yéménite.

– C'est son problème, s'il a des préjugés. En plus, il a deux autres enfants.

– Nous l'avons tous trahi. Il a vu Yaffa sous le dais nuptial avec un sourire satisfait, alors qu'elle portait déjà Habiba dans son ventre. En d'autres temps, cela aurait été sa perte, c'était inimaginable. Maintenant, tout cela est presque oublié. Quant à son seul fils, Ibrahim court les manifestations, le jour du Shabbat, au lieu d'aller à la synagogue...

Elle secoua la tête en ajoutant :

– Il ne comprend pas ce qui lui est arrivé.

Harry gara la voiture et arrêta le moteur. Ils se trouvaient dans les faubourgs industriels de Tel-Aviv, devant une usine défraîchie.

– Pourquoi m'as-tu présenté ta famille ?

– Je voulais que tu voies qui je suis en dehors d'une conservatrice de musée.

– Je savais déjà qui tu étais.

Il regarda l'usine à travers le pare-brise de la voiture. C'était vraisemblablement une fabrique de plastiques. Il avait mal choisi son endroit pour faire une halte ; c'était aussi romantique qu'une zone industrielle du New Jersey.

– Mais ta femme ? avança Tamar.

– Mon ex-femme. Ça ne lui plaira pas. Mais ce ne sera pas une surprise, dit-il d'un ton neutre.

– Je suis prête à me remarier.

– Je sais.

– Oui. J'en suis d'ailleurs effrayée. Je veux que tu me promettes que nous sommes libres de changer d'avis. Si tel est le cas, l'autre doit accepter cette décision sans faire d'histoires. Je ne supporte pas les scènes.

– Bon Dieu, Tamar... C'est d'accord, je promets.

– Encore une chose. Mon mari n'aura jamais à douter de moi. Tu comprends. Jamais.

– Ni ma femme.

Elle sourit.

– Que tes lèvres reçoivent un baiser, murmura-t-elle, comme l'avait fait *ya umma*.

– Voilà une excellente idée.

21

Le Golan

Cette nuit-là, allongé à côté d'elle, il écouta sa respiration légère et pensa à son fils.

Il lui faudrait trouver une nouvelle maison, il ne pourrait pas la faire vivre dans la grande bâtisse XVIIIe de Westchester. C'était la maison de Della, même si elle n'habitait plus là. C'était elle qui l'avait meublée, l'argenterie portait sa marque. Elle avait même recruté le personnel.

Une maison plus petite conviendrait mieux.

Ou bien ils pourraient voyager.

Il se retourna, incapable de dormir. Le regard au plafond obscurci par la nuit, il se voyait avec elle descendant le fleuve Jaune sur une jonque, arpentant la Grande Muraille, apprenant les bases d'une culture ancestrale qui leur était étrangère à tous deux.

— Aimerais-tu aller en Chine ? demanda-t-il à Tamar le lendemain matin.

— Évidemment.

Le regard de la jeune femme était sombre et lourd. Elle non plus n'avait pas bien dormi.

— Je suis sérieux. Je t'emmènerai là-bas si aujourd'hui tu m'emmènes dans un endroit bien frais.

Ils prirent la direction du nord. Mais partout, la chaleur les avait précédés. Le Golan était beau, mais roussi. L'air se rafraîchissait à mesure qu'ils progressaient vers les collines. Au milieu du Golan, ils s'arrêtèrent au bord d'un champ vallonné pour consommer le pique-nique qu'elle avait préparé. On n'entendait que le pépiement des oiseaux. Impossible de croire que cette région ait connu autre chose que la paix. Ils n'avaient pas terminé leurs sandwiches qu'un coup de feu retentit.

Tamar n'esquissa pas un geste pour rassembler leurs affaires. Ils terminèrent leur repas.

Soudain, un homme surgit à l'autre bout du champ. Il tenait un vieux fusil de chasse. Sur sa chemise en toile écrue, il portait deux bandoulières croisées, auxquelles pendaient des perdrix. Il avait aussi quelques oiseaux plus petits à sa ceinture. Harry reconnut des grives et des alouettes.

– Un Druze, dit simplement Tamar.

Elle l'interpella en arabe, lui demandant s'il voulait de l'eau. Le chasseur refusa poliment et disparut.

Un deuxième coup de feu ne tarda pas à résonner.

– Je n'aime pas qu'on tue les oiseaux, soupira Tamar.

– Moi non plus.

– Tu connais les cailles ?

– Oui, répliqua-t-il en souriant. Nous en avons aussi, chez nous en Amérique.

– Chaque année, en août, des grandes volées de cailles minuscules se rendent vers le Sinaï, en provenance d'Europe. Et cela depuis la nuit des temps. Elles sont même décrites dans la Bible. Lorsqu'elles atteignent finalement la côte, elles sont épuisées. Les oiseaux ont dépensé une telle énergie à survivre au-dessus de la mer qu'ils n'ont plus la force de fuir les braconniers.

– Un jour, il ne restera plus d'oiseaux à capturer.

– C'est ce qui s'est déjà produit pour quelques espèces. Dans le Sinaï, il y avait beaucoup de bouquetins – tu sais, ces jolies chèvres des montagnes. Maintenant, il n'en reste presque plus, ni de gazelles, ni d'antilopes. Ils ont été décimés par la chasse. Mais dans le Néguev, où ils sont une espèce protégée par la loi, les troupeaux d'animaux se reproduisent.

– Comment sais-tu autant de choses sur le gibier ?

263

– Zeev est un chasseur, dit-elle.

Tamar le regarda calmement.

Pauvre Harry, il n'avait pas de chance, il avait toujours été attiré par les femmes honnêtes.

Le mont Hermon fit son apparition au loin, pointe d'une éclatante blancheur s'élançant vers le ciel. Plus près, cependant, le massif se révéla constitué d'une série de pics, dont un seul en fait était encore couvert de neige.

– Allons vers celui-là, celui qui est encore blanc.

– On ne peut pas. Il est en Syrie, dit-elle.

Au pied de la montagne s'étalaient des champs cultivés et des vergers ainsi que plusieurs villages druzes et alaouites. Tamar lui indiqua le chemin, au-delà de ces villages, vers un *moshav*, un village agricole coopératif, du nom de Neve Ativ.

– L'hiver, on y fait du ski, l'informa-t-elle.

En août, les lieux étaient déserts ; ils se retrouvèrent tout seuls dans le restaurant. Ils burent du café en contemplant le flanc caillouteux de la montagne. Il faisait chaud, mais une brise fraîche pénétrait par les fenêtres ouvertes.

– Restons ici cette nuit, suggéra Harry.

– D'accord.

L'homme qui leur avait servi le café était assis à une table en train de réparer des attaches de skis. Harry lui loua une chambre et emporta la clé.

– Nous monterons plus tard, dit-il en prenant Tamar par le bras, d'abord, allons marcher un peu.

– Où ça ? interrogea-t-elle une fois dehors.

– Vers les sommets. Je veux voir de la neige.

– L'été est trop avancé.

– Les Israéliens ne connaissent rien à la neige. Si tu cherches de la neige, tu la trouves, forcément.

Ils grimpèrent la pente derrière la remontée mécanique. Le flanc de la montagne avait été débarrassé des cailloux pour les pistes de ski, et la marche était facile. Mais, au-dessus du domaine skiable, le relief devint plus irrégulier.

Plus ils montaient, plus le vent soufflait. Un paysage sans arbre. Ici et là, de minuscules poches de terre nourrissaient une plante, ou une fleur ; le reste n'était que roche nue, squelette de la montagne, nettoyé de sa chair. Ils finirent par atteindre un chemin praticable, presque une route.

Ils avançaient tranquillement quand deux soldats en Jeep surgirent tout d'un coup devant eux.

— *Léan atem holchim ?* Où allez-vous ? questionna l'homme à côté du chauffeur.

— Jusqu'au sommet, répondit Harry.

— C'est interdit, monsieur. Zone militaire. Interdite aux civils.

— Y a-t-il de la neige là-haut ?

— Seulement dans les dolines, là où le soleil ne peut pas la faire fondre.

Harry acquiesça. Il se souvenait vaguement de ses cours de géologie. Une doline était une petite vallée fermée, de forme circulaire.

— Peut-on trouver une de ces dolines dans un secteur autorisé ?

— De l'autre côté, dans cette direction.

— *Todah.*

Le soldat fit un clin d'œil à l'adresse de son camarade. Ils restèrent assis dans leur Jeep à regarder ce cinglé de Yankee s'éloigner avec la belle Yéménite.

— Qu'est-ce qu'ils cachent, là-haut ? demanda Harry.

— Du matériel de surveillance électronique, je crois.

Ils trouvèrent une de ces petites vallées encaissées. Mais même là, la neige avait fondu, laissant une unique fleur de pavot s'épanouir au fond de la cuvette. Harry descendit la cueillir pour Tamar. La jeune femme la regarda à peine.

— Je ne quitterai pas Israël, murmura-t-elle.

Sans un mot, ils amorcèrent leur descente vers Neve Ativ. Harry rompit le silence :

— Je pense que tu aimerais beaucoup l'Amérique.

— Sais-tu comment on appelle les Israéliens qui partent ?

Les *Yoredim*. Ce mot désigne ceux qui effectuent une régression spirituelle. Voilà ce que ce serait pour moi.

— Mais nous n'aurions pas à vivre à New York. Nous pourrions voyager pendant quelque temps et réfléchir à notre avenir. Nous pourrions aller en Chine, comme je t'en ai parlé ce matin.

— Tu en as parlé ? dit-elle en le regardant d'un air médusé.

Il lui parla du musée du Palais, à Pékin, de la collection de pierres impériales.

— Tu pourrais étudier l'art chinois et publier des articles à ce sujet.

Elle secoua la tête.

— Tu ne me connais pas, je ne veux pas écrire. Nous sommes comme deux adolescents amoureux pour la première fois. Nous ne nous sommes même pas posé la question de savoir si nous pourrions vivre ensemble.

Il saisit la balle au bond.

— Tu es vraiment amoureuse de moi ?

Elle ne répondit pas. Le vent s'était remis à souffler et fouettait leurs vêtements. Il lui passa le bras autour de la taille.

— Je t'aime vraiment, dit-elle en tremblant. Je t'aime, Harry.

Il perçut un terrifiant bonheur dans sa voix, et une sorte de surprise.

Comme ils ne pouvaient pas escalader la montagne, ils descendirent en voiture jusqu'au village de Majdal Shams, où ils firent une halte. Le propriétaire de la ferme, un Druze, avait une physionomie de patriarche : yeux bleus, nez acéré, visage sculpté, la chevelure blanche épaisse, fez rouge en guise de couvre-chef, et une impressionnante moustache en croc.

Le verger offrait deux espèces de pommes, une rouge, l'autre jaune. Une vigne et des pistachiers complétaient l'exploitation. Sur le mur de la grange à pommes était cloué un cercle métallique sur lequel une pomme d'une beauté étonnante avait été peinte, très longue et étroite, jaune clair, avec une touche cramoisie.

– *Turkiyyi*, énonça le fermier.

Il les conduisit au fond du verger où trois pommiers turcs, lourds de fruits, donnaient des pommes longues, à la forme particulière, hélas encore vertes. Harry acheta un plein panier des rouges et des jaunes, appelées respectivement *hmer* et *sfer*, ainsi qu'une bonne quantité de raisin blanc, la seule espèce que cultivait le Druze.

Ils emportèrent le panier à Neve Ativ. Leur chambre dans la petite station de ski était propre mais très simple. Les murs et le sol sentaient encore le bois neuf. Il disposa la pomme turque verte et le grenat lévite l'un à côté de l'autre sur le rebord de la fenêtre.

– Pourrais-tu vivre ici ? lui demanda-t-elle.

– Je ne sais pas.

Elle souleva son pied étroit. Il plaça le sien dessous.

– Mais que fais-tu ?

– Je te soutiens.

– Je peux le faire moi-même.

Elle déplaça son pied, mais il le suivit avec le sien.

– Ça me fait plaisir de te soutenir.

Ses orteils lui caressaient doucement la plante du pied.

– Nous pourrions vivre six mois ici, six mois chez moi.

– Il faut beaucoup d'argent. Tu en as plus que nécessaire ?

– Oui. C'est un problème pour toi ?

– Pas vraiment. J'adorerais dépenser de l'argent. Mais...

– Quoi ?

– Tu achètes toujours trop de tout. Trop de vin, trop de fromage, trop de raisin, trop de pommes.

– Pas trop de pommes !

Il se leva et apporta le panier sur le lit. Il écarta les jambes de Tamar et commença à disposer les pommes tout autour d'elles, suivant les contours de son corps de *hmer* et de *sfer*.

Il posa les raisins blancs sur son pubis.

– Ils ont la forme de tes seins et de tes jolies fesses. Dommage que nous n'ayons pas de poires, ce sont les fruits les plus érotiques.

Son rire se perdit dans les baisers. Elle devint ardente et il écarta délicatement les fruits dont il l'avait parée.

Ils étaient très sérieux à présent. Elle le touchait avec tendresse, comme si elle cherchait les blessures. Elle tendit les muscles de ses mollets ; les pointes de ses seins ressemblaient au mont Hermon, ses yeux étaient presque fermés.

— *Akhshav*, souffla-t-elle.

Mais l'injonction hébraïque – « maintenant » – n'eut pas d'impact sur lui et il continua ses caresses.

Elle le mordit, fort.

— Que mon bien-aimé entre dans le jardin.

Pas mal : un jeu sexuel biblique.

— Je grimperai l'arbre à palme, dit-il, les yeux fixés sur ceux de Tamar.

Ils s'étreignirent, d'abord immobiles. Puis, à chaque mouvement, une ou deux pommes tombèrent du lit. Au rythme de leur amour. Roulant sur le sol pour former une composition libre.

Plus tard, ils se nourrirent mutuellement de raisin et de pommes. La pièce dégageait leur odeur, autant que les fruits et le bois de pin encore neuf.

— Je ne peux pas quitter ce pays, dit-elle.

— Sans toi, le pays s'écroulera ?

— D'une certaine façon.

— Tu dois m'expliquer. Je perds mon sens de l'humour.

— La lutte pourrait épuiser le pays, le laisser sans défense.

— D'après ce que j'en ai vu, Israël n'est pas mal défendu, dit-il sèchement.

— Les logements insalubres et les vêtements en loques peuvent réussir là où les balles échouent. Il y a plus de gens qui s'enfuient que de gens qui immigrent.

Il commençait à faire sombre. Harry se pencha pour allumer la lampe et elle se leva pour baisser les stores des fenêtres. Elle enfila sa robe de chambre et revint vers lui. Il était tout en sueur après avoir fait l'amour, mais maintenant, il faisait froid. Il ouvrit la robe de Tamar et se serra contre elle, mais la robe n'était pas assez large pour les couvrir tous les deux.

Il sentit un léger battement, encore jamais remarqué, dans les veines de son cou.

— Viens vivre avec moi, dit-elle. Ici. Ne dis ni oui ni non. Réfléchis d'abord. Ta vie sera très difficile en Israël. Si tu t'installes ici, certaines personnes en Amérique te traiteront d'oppresseur.

— Je m'en fiche complètement.

— C'est dur à supporter. Le monde entier savait que les premiers colons étaient des héros, ce qui les encourageait. Cela leur donnait du cran pour se battre, même les vieux et les enfants. Le père de Zeev est arrivé ici à douze ans, orphelin, et même à cet âge, il s'est battu.

— Pourquoi parles-tu toujours de Zeev ?

— Je ne parle pas toujours de lui.

— Fais-moi plaisir. Je ne veux pas parler de Zeev Kagan. Ni de ses distractions, ni de ses espoirs, ni de ses ambitions politiques, ni de son père.

— Va te faire voir. Ou rentre à New York.

Elle ferma les yeux. Ils restèrent tous deux allongés, silencieux.

— Je vais prendre une douche, finit-il par dire.

Il n'y avait pas d'eau chaude. Il resta sous la pluie glacée et se mit à frissonner, alors que l'eau emportait les derniers effets de sa récente immersion sensuelle.

Quand il sortit de la salle de bains, elle était à quatre pattes, en train de ramasser les pommes.

— Laisse-les là où elles sont.

— Mais c'est de la nourriture !

Il l'aida à les ramasser.

— Nous ne les gâcherons pas.

Il lui fallut un peu de temps pour s'apercevoir qu'elle pleurait.

— Tamar...

Au cours de la nuit, il se réveilla et resta immobile, saisi d'un sentiment d'amour d'une intensité qui le stupéfia. Oui, il était amoureux d'elle, mais il y avait aussi autre chose...

Israël.

Pourquoi pas ?

Il était encore jeune. Il pouvait participer à cette grande aventure.

Il avait l'impression de pouvoir lire sa vie future comme un plan fixé au plafond. Il gagnerait sa vie à la bourse des diamants de Ramat Gan. Peut-être pourrait-il acheter un terrain près d'ici, au pied du mont Hermon, et faire pousser des pommes turques.

Le battement de son cou se faisait sentir sous sa lèvre et elle remua.

– Dors, chuchota-t-il en hébreu.

22

Le puits de Ghàjar

Le lendemain matin, ils se réveillèrent au son du canon qui tonnait au loin. Ils quittèrent Neve Ativ et descendirent la montagne vers Ghàjar, où ils prirent un petit déjeuner à la terrasse d'un café. Tous les habitants du village semblaient rassemblés dans la rue, les yeux rivés sur le puits.

Le patron du café leur expliqua qu'un homme était en train d'enlever la vase accumulée au fond du puits, afin que celui-ci soit en mesure de retenir le plus d'eau possible au moment des crues du printemps suivant. Quand ils en furent au café, les seaux qui avaient été hissés hors du puits ne contenaient plus que de l'eau boueuse, et les spectateurs, ravis, approuvaient tous d'un signe de tête.

– Ce sont des Alaouites, un peuple très chaleureux, dit Tamar.

– Des musulmans ?

– Une ramification.

– Que regardes-tu avec autant d'attention ? demanda-t-il.

– Tu me prendrais pour une idiote, répliqua-t-elle dans un haussement d'épaules.

– Apprends à me faire confiance.

Elle sourit.

– Très bien. Observe cet enfant.

Pendant que le seau continuait à faire la navette, un petit

271

garçon s'amusait à fabriquer des pâtés de terre en essayant de prévoir à quel endroit allait se déverser le contenu du seau, et de temps en temps, à sa grande joie, un déluge miniature balayait l'un de ses monticules.

— Imagine qu'il y a très longtemps, la plus petite des deux collines au bas desquelles David Leslau effectue ses fouilles ait été balayée ?

— Il y a toujours deux collines aujourd'hui, pas une, lui rappela Harry.

— Le pays est couvert de tells. Des tertres artificiels qui s'élèvent au fur et à mesure que des générations successives bâtissent sur les ruines des habitants précédents. Les fouilles de David sont juste à l'est de la source, là où il aurait été naturel que s'installent des habitations. Imagine que la colline mentionnée sur le rouleau ait été ravinée. Et que David soit en train de creuser près d'un tell qui s'est constitué juste à côté. Qu'en penses-tu ? Tu trouves que je suis idiote ?

Ses yeux brillaient d'excitation.

— Je ne crois pas du tout que tu sois idiote. Mais...

Elle soupira et se versa une deuxième tasse de café pendant que les gens autour du puits remontaient l'homme qui avait travaillé dans le fond, un jeune garçon couvert de boue qui semblait tout heureux de réémerger dans ce monde de lumière.

— Tu vas m'emmener à Ein Guedi, dit-elle, s'il te plaît. Je voudrais parler à David Leslau.

— Non.

— Si tu m'emmènes, je te revaudrai ça plus tard. Je te rendrai très heureux. Tout ce que tu voudras. Pastèques, grenades. Deux sortes de citrons, ajouta-t-elle avec malice.

— L'humour israélien est hilarant.

— Harry !

— Je ne peux pas. Mon zèle d'amateur a déjà coûté à David pas mal de temps et beaucoup d'argent. De toute façon, tu me rendras très heureux, parce que moi, je te rendrai très heureuse.

Il lui prit la main, mais elle la retira.

— Les Alaouites n'aiment pas qu'on touche les femmes en public.

– Dommage.

– Tu vas m'emmener à Ein Guedi.

Elle était là, assise, belle et resplendissante dans le soleil du matin, riant doucement.

– Tu vas m'emmener parce que tu m'aimes.

Il ne restait pas grand-chose du chantier des fouilles. La tente de Leslau était encore dressée, mais les autres déjà démontées. L'archéologue leur expliqua qu'il avait renvoyé deux hommes à Jérusalem avec le camion qui contenait la plupart du matériel. Les deux assistants qui lui restaient, ainsi qu'un étudiant anglais qui lui servait de factotum et deux ouvriers arabes, s'occupaient de reboucher à la pelle les tranchées qu'ils avaient creusées dans la terre rocailleuse, au pied de la plus petite des collines.

– On remet les choses comme on les a trouvées. Normal, non ? dit Leslau.

– David ? avança Tamar.

Il l'écouta, tirant sur sa pipe. Elle lui expliqua la raison de leur présence incongrue.

– Ce n'est pas une montagne, je te l'accorde, opina-t-il en fixant la petite colline d'un œil songeur. Mais qu'est-ce qui nous dit que c'est un tell ?

– Ce ne serait pas bien difficile à prouver, n'est-ce pas, David ? insista Tamar.

– Non, en effet, c'est tout ce qu'il y a de plus simple. Mais je dois t'avouer qu'à force de déceptions, nous sommes un brin découragés. Toutes nos hypothèses se sont révélées fausses.

Après une pause, il laissa échapper un soupir de résignation :

– Bon, eh bien, allons-y ! Nous ne sommes pas à une folie près.

Ils le suivirent sur le terrain encore en chantier. Harry traînait un peu, en sueur, furieux de s'être laissé embarquer par Tamar dans cette absurde aventure.

— Désolé, David, murmura-t-il.

— Je te comprends, dit Leslau.

— Ça ne servira à rien.

— Quoi ?

— Tout ça ne sert à rien.

— Ah, fit Leslau, l'air absent.

Il se pencha pour ramasser des cailloux. Après les avoir examinés, il les laissait retomber avec dégoût. Au bout d'un moment, il se tourna vers Tamar avec une expression bizarre.

— Allons-y, grommela Harry.

— Harry ? coupa l'archéologue.

— Quoi ?

— *Schweig.*

Ils le suivirent encore une centaine de mètres.

— Tu sais sur quoi nous marchons ? lança Leslau.

— Non, confessa Harry.

— Un wadi. Le lit d'un torrent asséché...

Il les ramena là où il avait ramassé les cailloux.

— Tu vois ? dit-il à Harry.

Harry fronça les sourcils, mais à ses yeux l'endroit ne semblait se démarquer en rien du reste du désert. Il secoua la tête.

— Un wadi se trouvait ici, il y a très longtemps.

Leslau ramassa un caillou et le leur montra.

— Tout ce que je vois, c'est un morceau de calcaire... au milieu d'un désert calcaire, ironisa Harry.

— En fait, le calcaire, dans ces collines, s'est formé il y a environ cent trente millions d'années, à l'ère du crétacé. Il est très dur, très résistant. Même un néophyte peut constater que cette pierre calcaire est beaucoup moins dure, en comparaison. Celle-ci a probablement été formée il y a cinquante-cinq millions d'années. Les eaux d'hiver, s'écoulant au fil des siècles et des siècles sur une colline constituée de ce type de calcaire, ont pu l'éroder facilement. Et on en retrouve ici, là où l'eau l'a déposée. C'est tout à fait évident.

Harry avait de la sueur qui lui coulait dans les yeux.

— Es-tu en train de me dire qu'elle avait raison ? s'enquit Harry.

L'archéologue regarda Tamar.

– Non.

– Mais alors, qu'est-ce que tu me chantes, bon sang ?

– Il y a longtemps, se trouvait effectivement ici une autre colline. Ce qui pourrait signifier qu'à l'origine il y aurait eu trois collines ici, et non pas deux. Nous n'étions donc pas au bon endroit dès le départ. Mais... Cette petite colline, là-bas, pourrait fort bien être en réalité un tell.

Il prit les deux mains de Tamar dans les siennes en ajoutant :

– Et si c'en est un, alors tu es un génie. Un génie ! Et je suis peut-être plus près du but que je ne l'ai jamais été.

Ils attendirent sous la tente. Au début, après le soleil éblouissant, l'intérieur leur parut semblable à une caverne fraîche aux reflets verdâtres.

– Tu me pardonnes d'avoir douté de toi ? dit Harry.

Tamar l'embrassa.

– Comment as-tu pu, reprit-il, simplement en regardant un petit garçon jouer dans la boue ?

– Déformation professionnelle. Je procède par déduction. Les choses me viennent, comme ça... Enfin, nous ne sommes pas encore certains que j'avais raison ?

– En effet.

Leslau étudia avec soin la surface de la plus petite des collines. Il ordonna à l'étudiant et aux deux ouvriers d'arrêter de reboucher les tranchées et les envoya creuser trois sites différents sur le versant nord, chacun près d'une petite cuvette. Ce type de dénivellation, expliqua-t-il, pouvait indiquer que quelque part dans le sol la terre s'était tassée non loin d'une structure ou d'un objet solide.

– Est-ce que cela prendra beaucoup de temps ? questionna Tamar.

David Leslau haussa les épaules.

– Peut-être des heures, ou des jours. Dans un tell, chaque couche se constitue par-dessus des ruines. Les maisons peuvent s'écrouler, mais leurs matériaux restent là. La pluie et le vent charrient des détritus et de la poussière, la végétation y pourrit. Lorsque les hommes réoccupent le site, ils recouvrent la terre d'une deuxième couche, et ainsi de suite. Ces couches peuvent varier en épaisseur. Si cette petite colline est effectivement un tell et que les traces d'occupation les plus récentes sont couvertes par une fine couche, nous aurons peut-être la chance de trouver rapidement. Si la strate est très épaisse là où nous creusons... cela pourrait prendre longtemps.

Harry et Tamar décidèrent de s'attarder jusqu'à la fin de la journée pour observer les travaux.

Tamar se mit à lire tandis qu'Harry continuait de polir le grenat, qui était pourtant déjà d'un rouge superbe. L'Américain et David échangeaient de temps à autre quelques mots, quoique ni l'un ni l'autre n'eût vraiment envie de faire la conversation. Ils étaient assis sur leurs chaises pliantes autour d'un sac à eau en toile, suspendu au poteau de la tente, comme trois pionniers taciturnes autour d'un gros poêle. Parfois, l'un des ouvriers pénétrait sous la tente pour boire et reprendre des forces. L'étudiant anglais et l'un des deux Arabes étaient jeunes, mais selon Leslau celui qui travaillait le mieux, c'était le vieil Arabe.

Quand ce dernier entra pour se reposer, Harry lui dit de rester un peu en lui déclarant :

— Je vais vous remplacer.

— Non ! s'opposa Leslau d'un ton ferme. Ils sont habitués à ce type d'effort, ce qui n'est pas ton cas.

Harry n'était pas sûr non plus qu'il avait bien fait, mais il était déjà passé devant eux et grimpait la colline. L'Arabe sortit de sous la tente et s'assit à l'ombre en souriant.

Au début, tout alla bien, mais Harry ne tarda pas à s'apercevoir que cela n'était pas si simple. Cela faisait des années qu'il ne s'était pas servi d'une pioche et d'une pelle. Tout était une question de rythme, se rappela-t-il. Lever la pioche, la laisser retomber, et ainsi de suite. Il avait les paumes trop douces, mais heureusement un souffle digne d'un coureur de fond. Sauf que le jogging n'exigeait pas le même type d'effort. Et puis il y avait le soleil, un soleil de plomb. Il leva bientôt les yeux sur un paysage délavé, passé, et plus terne que dans son souvenir.

Finalement, Leslau vint le chercher.

— Arrête tes bêtises.

L'archéologue le suivit sous la tente et le regarda s'écrouler sur le vieux tapis de prière, où Harry resta étendu, plus mort que vif, avec l'impression d'avoir été trempé dans du gros sel, les paumes de ses deux mains couvertes d'ampoules.

Tamar l'observait, elle aussi, moins inquiète que curieuse, ce qui ne manqua pas de le troubler.

Leslau avait renvoyé la plupart des vivres, mais il lui restait quelques boîtes de poulet et ils partagèrent les pommes, que la chaleur avait déjà rendues farineuses.

Un vacarme subit sur la colline suscita une lueur d'espoir, mais ce n'était que l'étudiant qui se disputait avec les Arabes. Ceux-ci ne voulaient pas reprendre le travail après leur repas avant d'avoir bu le café. Le vieil homme préparait le breuvage sur un réchaud de camping, dans une vieille cafetière toute bosselée, magnifique, avec un long bec verseur, dont le plaquage de nickel usagé laissait apercevoir le cuivre.

Harry demanda si l'homme voulait la vendre, et Tamar dit quelque chose en arabe.

— Que lui as-tu raconté ?

— Je lui ai dit qu'elle valait beaucoup d'argent. Et je lui ai conseillé de ne pas se faire avoir.

L'homme demanda à Harry s'il pouvait payer de quoi lui acheter une nouvelle maison.

— Je veux juste acheter la cafetière, répliqua l'Américain. Je ne veux pas épouser sa sœur.

Manifestement, l'homme comprit, car Tamar répliqua du tac au tac en arabe.

— Comme sa sœur, la cafetière appartient à son père. Il dit qu'il ne vendra ni l'une ni l'autre, traduisit Tamar.

Le café était délicieux. Peu après la reprise du travail, Harry se rendit compte que l'après-midi était déjà très avancé.

– Il faut que je rentre à Jérusalem, déclara-t-il.

Il regarda Leslau d'un air un peu gêné. Les bonnes relations qui se tissaient entre eux s'étaient brusquement tendues quand il était monté sur la colline contre l'avis de l'archéologue.

David sortit une bouteille de whisky de sous son lit de camp et la lui tendit.

– Un petit dernier, pour la route ? proposa-t-il.

Tamar secoua la tête.

– Pourquoi pas ? émit Harry.

– Tu es certain d'avoir récupéré, après tout ce soleil ? Sinon, il n'y a pas pire pour te coller la migraine, déclara Tamar.

– Je me sens très bien.

Ils burent dans des gobelets en plastique. L'alcool produisit sur lui un effet dévastateur. Il comprit tout d'un coup pourquoi les gens du cru buvaient si peu d'alcool de grain.

Leslau lui versa une seconde rasade.

– Il faut que je sorte, soupira Harry, pris d'une subite envie de se soulager.

– Je t'accompagne, déclara l'archéologue.

Dehors, leurs ombres s'allongeaient démesurément sur la terre sèche. C'était la fin du jour.

– Il a fallu que tu prennes la place de ce pauvre ouvrier ? commenta Leslau, à qui l'alcool avait délié la langue. Tu ne pouvais même pas lui laisser son honneur ! Il a fallu que tu prouves que tu pouvais en faire autant. C'est une maladie, ou quoi ?

– Pas une maladie, répondit Harry. C'est simplement que, parfois, je ne peux pas m'empêcher de me comporter comme un imbécile, admit volontiers Harry.

Ils se mesurèrent du regard.

Leslau lui adressa un large sourire.

– Je crois qu'il y a encore de l'espoir, pour toi.

Quand ils rejoignirent la tente, de nouveau en bonne entente, il régna une nouvelle effervescence sur la colline. Les deux autres piocheurs étaient penchés sur le trou qu'avait creusé le jeune Arabe.

– Qu'y a-t-il ? s'écria Leslau tandis qu'il se précipitait avec Harry et Tamar en haut de la colline.

Personne ne lui répondit. Les deux Arabes étaient descendus dans le trou et piochaient avec enthousiasme, en faisant voler la poussière.

La tranchée ne mesurait que deux mètres de profondeur, mais Harry ne voyait pas grand-chose dans le fond obstrué par le corps du jeune homme. Son compagnon travaillait délicatement avec son outil, et bientôt ils distinguèrent des pierres taillées qui ressemblaient à des pavés aux formes régulières, presque carrées ; d'abord une première rangée, puis une deuxième, et, en dessous, le haut d'une troisième rangée de pierres, placées par des mains d'homme voilà très, très longtemps, dans un alignement parfait.

Il s'agissait d'un mur.

Harry, Tamar et David s'éloignèrent dans le désert.

– Tu t'imagines ! s'exclama Leslau, surexcité. Nous allons peut-être trouver le trésor, après tout ! Je revois la scène comme si j'y étais. Une armée étrangère approche rapidement, Baruch et ses amis prennent les pièces les plus précieuses du Temple – des richesses comme le diamant jaune que tu essaies de récupérer, Harry, et les plus sacrés des objets saints – puis les enfouissent sous la terre après avoir noté les emplacements des cachettes sur un rouleau de cuivre.

– Et deux mille cinq cents ans plus tard, tu as trouvé le rouleau ! dit Tamar.

– Crois-tu que beaucoup de *guenizoth* aient été pillées, David, comme celle de la vallée d'Achor, où le diamant a été trouvé ? s'enquit Harry.

– La plupart des objets sont toujours sous la terre, répondit Leslau. Je le sais, je le sens, au plus profond de moi. Mais je suis certain que certaines cachettes sont dans les territoires occupés. Si un État palestinien est créé, je ne pourrai jamais plus espérer faire des fouilles pour retrouver notre héritage. C'est pourquoi je dois creuser comme un fou maintenant, puisque désormais, grâce à Tamar, nous avons une carte qui va nous mener à une *guenizah*.

Il indiqua les rocs de la colline de calcaire éparpillés dans le désert et poursuivit :

— Quand nous aurons déterminé où se trouvait le pied de la colline, en fonction de la direction que suivait l'eau, nous établirons une vraie grille archéologique exploitable. Quelque part dans les parages, à vingt-trois coudées et quelques, se trouve la première des choses que je recherche.

Il fit du regard un tour d'horizon des collines empourprées par la lumière du soir et il leva le poing :

— Écoutez, vieux malins ! cria-t-il à l'adresse des conjurés du passé. Je finirai bien par les trouver !

— David ? fit Tamar à mi-voix.

Leslau lui adressa un clin d'œil, puis tourna les talons en direction de la tente. Quand Harry lui demanda un peu plus tard s'ils pouvaient obtenir l'autorisation de voir l'original du rouleau de cuivre, l'archéologue s'étonna :

— Ce n'est plus nécessaire. Laisse-nous une chance de mener ce chantier.

Harry secoua la tête :

— Il ne s'agit pas de ton travail. Il s'agit du diamant. Je veux étudier le passage qui décrit la *guenizah* où était caché cette pierre, tu comprends. Une partie des inscriptions est illisible sur la photographie que j'ai en ma possession.

Leslau haussa les épaules.

— John, ordonna-t-il à son factotum britannique, tu retournes à Jérusalem avec ces personnes et tu t'occupes de leur faire obtenir ce qu'elles veulent. Et tu dis à nos services que je veux le camion ici demain matin.

23

Tibériade

Le rouleau de cuivre avait été magnifiquement nettoyé et bruni. Les inscriptions n'étaient pas aussi propres que quand elles avaient été fraîchement gravées, mais Tamar et Harry pouvaient facilement les déchiffrer. Ils étaient penchés sur le rouleau dans le cagibi qui servait de bureau à Leslau. Elle lut le premier passage à voix haute.

Voici les paroles de Baruch, fils de Nérias, prêtre de la ville d'Anatoth, sur le territoire de la tribu de Benjamin, à qui Jérémie, fils de Hilkiahou le prêtre, donna l'ordre de cacher les trésors mis de côté par l'Éternel, au temps de Sédécias, fils de Josias, roi de Juda, pendant la neuvième année de son règne.

Ils trouvèrent le passage concernant la *guenizah* de la vallée d'Achor. La courte description du diamant, illisible sur la photo, devenait soudain déchiffrable.

Les mots qui décrivaient le diamant étaient *Haya nega*.

— *Haya nega*. Une erreur de Dieu, dit-elle.

— Quelque chose d'imparfait, je sais.

Il avait de la peine à respirer, tant il se refusait à se rendre à l'évidence.

— Peut-il y avoir un doute ?

— Non, Harry, affirma-t-elle. C'est la description d'un diamant qui comporte un gros défaut.

— Mon Dieu, gémit-il, tout ça ne sert à rien ! Le diamant que Mehdi cherche à vendre ne présente pas de défaut majeur. Ce qui veut dire que la pierre de Mehdi n'est pas celle qui est décrite dans le rouleau – le diamant qui provenait du Temple de Jérusalem et qui fut caché.

Il trouva un mot qui l'attendait à l'hôtel. Avant même d'avoir ouvert l'enveloppe, il reconnut l'écriture fine et chantournée – fruit des leçons d'un précepteur européen ou d'une gouvernante anglaise ?

Cher monsieur Hopeman,

Puis-je vous demander à vous revoir une fois de plus ?

Croyez que je suis bien désolé à la pensée de vous avoir obligé à effectuer le déplacement, souvent dans le plus grand inconfort. Je vous assure que ces circonstances étaient nécessaires. Dans les futures transactions que j'espère conduire avec vous, je vous promets de me déplacer chaque fois que ce sera possible.

Je vous serais reconnaissant de bien vouloir vous rendre à la gare routière d'Eilat, mercredi, à 14 heures.

Avec mes meilleurs sentiments,

Votre obligé,

Yosef Mehdi.

— Tu ne vas pas y aller ? lança Tamar.

— Je crois qu'il vaut mieux que j'y aille.

— Si la pierre de Mehdi n'est pas le Diamant de l'Inquisition, ce n'est pas la gemme que l'on t'a demandé d'acheter. Alors pourquoi te donner toute cette peine ?

— C'est un diamant jaune exceptionnel. Et je suis courtier en diamants. C'est mon métier, tu comprends ?

Elle acquiesça en l'embrassant. Hélas, il lui aurait fallu plus qu'un baiser pour lui remonter le moral.

– De toute façon, à mon avis, je ne pourrai pas acheter cette pierre, même si ce n'est pas la bonne. Mehdi a un autre acheteur.

– Dans ce cas, pourquoi veut-il te voir ?

– Ce dernier rendez-vous n'est pas destiné à me faire miroiter son diamant jaune. C'est pour lui permettre de rester en bons termes avec moi, en vue de « futures transactions », comme il dit.

Harry relut la lettre.

– Je vais donc attendre cinq jours de plus, soupira-t-il.

– Restons à Jérusalem.

Il était taraudé par un sentiment d'échec, chose qu'il n'avait jamais su accepter avec grâce. Passer un vendredi après-midi à Jérusalem lui remonta cependant le moral. Les rues étaient prises dans un tourbillon de courses de dernière minute en prévision du jour du Shabbat. Les bureaux et les magasins fermaient tôt pour permettre aux employés de rentrer chez eux avant le coucher du soleil, et les gens s'engouffraient dans les rues, chargés de bouteilles de vin et de fleurs pour la table. Le spectacle de la ville qui passait brusquement d'une activité frénétique à la tranquillité la plus totale était impressionnant. Peu après, les autobus ne fonctionnaient plus et les routes se vidèrent d'un seul coup de toute circulation.

Le lendemain matin, les bureaux restaient fermés, mais la Jérusalem juive se promenait dans les rues ; les amoureux déambulaient ou lézardaient aux terrasses des cafés à la mode ; dans les familles, les enfants se relayaient pour pousser le landau du petit dernier ; les personnes plus âgées se déplaçaient à leur rythme, au soleil. Harry et Tamar marchèrent jusqu'à la Vieille Ville, où les échoppes arabes étaient ouvertes comme d'habitude pour une clientèle en majorité juive, de même que les boutiquiers juifs vendaient aux Arabes lorsque les magasins de la Vieille Ville étaient fermées le vendredi, jour de repos dans l'islam.

Puis ils se rendirent dans le Rova Hayehudi, le vieux quartier juif. Les maisons et les synagogues détruites par les Jordaniens avaient été restaurées ou reconstituées avec soin.

Subjugué, Harry resta longtemps silencieux.

— Et si nous achetions l'une de ces belles maisons en pierre ? dit-il finalement, se parlant à lui-même plus qu'à Tamar.

— Pour y habiter ? Il nous faudrait une grande famille ou une maison beaucoup plus petite.

— Mais non, pas comme maison d'habitation.

Il s'arrêta au milieu de la rue et étudia les bâtiments du quartier restauré.

— Il faudrait que ce soit un immeuble superbe. Soit une bâtisse ancienne qui aurait survécu, soit une excellente reproduction, comme celles-ci. À l'intérieur, tout serait simple et très oriental. Quelques touches luxueuses, juste pour en souligner le dépouillement. Même pas une plaque sur la porte, et le monde entier devrait trouver son chemin pour se rendre chez Alfred Hopeman & Son, Jérusalem... Je ne sais pas. Ce serait vraiment très original. Peut-être trop.

Dimanche, ils firent l'amour, mangèrent trop de dattes et imaginèrent la plus belle joaillerie au monde. Mais le lundi matin, elle était grincheuse.

— Je vais avoir mes règles. Je rentre chez moi, dit-elle dans l'après-midi.

— Non, reste avec moi, lui dit-il en lui caressant les cheveux et en l'embrassant sur la tête. Je vais m'occuper de toi, tu vas voir, tu te sentiras mieux. Allons jusqu'à Tibériade et restons jusqu'à demain soir. On mangera du poisson, ce sera formidable. Tu pourras te baigner dans le lac. Ce n'est pas très profond...

— Je sais nager, coupa-t-elle en riant.

— Alors, ce sera encore mieux.

— Tu sais ce qui me plaît le plus dans notre histoire ?

– Dis-moi...
– Elle est tellement reposante !

Il existait des hôtels modernes le long du lac de Tibériade, mais ils préférèrent descendre dans un luxueux établissement plus ancien. Il faisait déjà sombre à leur arrivée et, de la fenêtre de leur chambre, Harry nota, à la lumière des lampadaires sur la digue, qu'il s'était produit une éclosion d'insectes. Tout le long du rivage, les eaux du lac étaient marquées par des ridelles aux endroits où les poissons se livraient à d'aquatiques agapes.

Ce soir-là, comme Tamar ne se sentait pas bien, Harry n'osa pas s'approcher d'elle.

– Mais si, viens, lui dit-elle.

Il s'endormit, la main sur le ventre de la jeune femme. La fenêtre ouverte laissait entrer une brise humide. Le lendemain matin, ils virent les quais en pierre, longues masses grises bordant les rives lacustres ; et un gros bateau de pêche lâchant d'épaisses bouffées de fumée comme dans une illustration de livre pour enfants.

Le soleil rendit à Tamar sa joie de vivre. Ils nagèrent à partir des quais, qui d'après les explications du concierge de l'hôtel avaient été construits par les Romains. C'était une belle journée, pas trop chaude, avec un ciel bleu légèrement strié de blanc.

Ils ne virent que quelques clients de l'hôtel, la plupart israéliens. Un vieil homme à la bedaine imposante nageait nonchalamment. Tamar l'identifia comme étant un général célèbre. Dans l'après-midi, un couple fit son apparition avec deux magnifiques lévriers barzoïs. La maîtresse était plutôt petite et très mince, musclée, bâtie comme une danseuse.

– Ils sont riches. Toi, tu dois passer beaucoup de temps avec des gens riches, dit Tamar.

– Ce n'est pas une punition. Ils sont parfois intéressants.

– Les gens pauvres sont plus intéressants, rétorqua-t-elle. C'est pourquoi Israël est un pays aussi passionnant.

Elle sourit.

Ce soir-là, Tamar et Harry étaient assis à la même table que le général, les propriétaires des barzoïs et un couple qui possédait une agence de voyage. Stimulés par leur profession, ils avaient passé la journée à faire du tourisme ; ils assommèrent Harry avec tout ce qu'ils avaient appris à propos de la tombe de rabbi Meir, martyr de la foi.

Le patron de l'agence de voyage semblait dans son élément, dans ce luxueux hôtel de Tibériade, alors qu'on imaginait mieux les maîtres des barzoïs dans un palace de Monte-Carlo. La femme était une réfugiée russe, une ancienne étoile des ballets Kirov. Elle avait émigré dans l'angoisse d'un choc culturel et avait trouvé l'opulence en épousant un industriel de l'électronique. La conversation passa à la télévision. Les Israéliens semblaient tous amateurs de séries américaines, avec sous-titres en hébreu.

— Comment pouvez-vous comprendre ces histoires typiquement américaines ? s'étonna Harry, amusé.

— Nous les comprenons très bien. Ce sont les mêmes histoires partout. Les préjugés d'un père un peu borné mais gentil qui s'inquiète pour sa fille amoureuse d'un garçon d'origine étrangère. Nous avons les mêmes personnages, ici, dit l'industriel.

— Finalement, nos arrière-petits-enfants seront un mélange de Juifs venus des quatre coins du monde, ajouta la femme russe.

— Ils ne seront pas comme les autres Juifs, énonça Harry à la stupéfaction de ses compagnons. Vous êtes déjà des Israéliens, vous êtes très différents des autres Juifs.

Un long silence s'abattit sur la table, que le général finit par rompre :

— Nous appartenons au même peuple, nous avons les mêmes émotions enfouies dans les replis de notre âme. Croyez-vous que, parce que nous sommes obligés de nous battre pour survivre, nous avons oublié ce que c'est que de ne pas contrôler sa destinée ?

— Non, répondit Harry. Je pense simplement que c'est un danger contre lequel il faut se prémunir.

– Si vous êtes si passionné par le caractère des Israéliens, pourquoi ne venez-vous pas vivre ici ? lança l'industriel d'un ton acide.

– J'y songe justement, répondit Harry.

Un murmure d'approbation parcourut le petit groupe.

– Dites-moi, monsieur Hopeman, avez-vous des enfants ? s'enquit le général.

– Un fils.

– Quel âge a-t-il ? s'enquit la femme du voyagiste.

– Treize ans.

– Les nôtres sont à peine plus âgés. Si vous vous installez près de Haïfa, appelez-nous. Nous vous recommanderons de bonnes écoles.

– C'est très gentil à vous.

Mais après une pause, Harry se sentit toutefois obligé d'ajouter :

– Il restera aux États-Unis. Si je viens ici, c'est une décision qui ne concerne que moi. Il décidera par lui-même... plus tard.

Tamar avait l'air fatiguée. Elle s'excusa. Il la suivit bientôt. Elle était déjà couchée.

– Tu as besoin de quelque chose ?

– Mais non.

– Tu veux que je reste ici, cette nuit ? demanda-t-il, sachant trop bien qu'il allait devoir retourner le lendemain à Eilat.

– Non. S'il te plaît, ramène-moi à Jérusalem.

Pendant tout le trajet du retour, elle tint sa tête appuyée sur le dossier du siège. Jetant un regard de son côté, Harry vit qu'elle était en train de l'observer.

– Je suis vraiment désolée que ce ne soit pas le Diamant de l'Inquisition, Harry.

Il lui prit la main et la serra.

– Tu crois qu'il existe encore ? ajouta-t-elle.

– Je n'en ai pas la moindre idée.

Elle lui demanda de la raccompagner à son appartement.

– Nous avons beaucoup de choses à nous dire.

– Du moment que ce n'est pas ce soir, répliqua-t-elle.
– Je t'appelle dès que je suis de retour, promit-il.
Sur le pas de la porte, il l'embrassa doucement.
– Repose-toi, Tamar.
– *Shalom*, mon merveilleux Harry.

24

La Duesenberg SJ

Il pria la réception de l'hôtel de le réveiller à 6 heures du matin. Mais, quand la sonnerie du téléphone retentit, il resta allongé sur le lit sans bouger, comme assommé. Il n'eut l'impression de reprendre vie qu'après un long passage sous la douche. Le voyage allait durer cinq heures. Mieux valait ne pas conduire. Après le petit déjeuner, il sortit et héla un taxi dans la rue.

– Eilat.

Le chauffeur écarquilla les yeux.

– Puis-je appeler ma femme ?

– Vous avez deux minutes.

Le chauffeur revint, tout heureux. Harry l'attendait, déjà affalé à l'arrière.

– Je vous donne plus que le prix de votre course si vous ne parlez pas et n'allumez pas la radio. Je voudrais dormir.

L'homme fit démarrer le moteur.

– Aïe-la-lou-lou, mon bon monsieur.

À 13 h 52, dans la gare routière d'Eilat, Harry reconnut sans hésiter l'homme à tout faire de Mehdi.

– Tresca ! Par ici !

L'Albanais lui adressa un sourire chaleureux, comme à un vieil ami.

— Bonsoir, mister.

Harry le suivit, impatient de monter dans la Duesenberg. Quelle ne fut pas sa déception quand on le fit monter dans une Chrysler !

— Un problème avec l'autre voiture ? s'enquit-il, curieux.

— Non, mister. Nous ne l'utilisons pas quand je dois me garer en ville. Nous en prenons grand soin.

Le voyage dura plus d'une heure, puis Tresca quitta la grande route, mais cette fois il n'y eut pas besoin de changer les plaques d'immatriculation. Ils s'enfoncèrent dans l'arrière-pays israélien, rebondissant sur la route caillouteuse, et arrivèrent finalement devant une villa un peu délabrée, qui se fondait avec les collines avoisinantes. La Duesenberg était garée à l'ombre, côté nord de la maison.

— Mon ami ! s'exclama Mehdi en l'accueillant à la porte.

— Comment avez-vous trouvé cet endroit ? demanda Harry, lui serrant la main.

— Je n'ai rien trouvé. C'est Bardyl qui s'occupe de trouver mes pied-à-terre.

— On se sent vraiment isolé ici.

— À juste titre, opina Mehdi. Il n'y a rien à des kilomètres à la ronde, à part, oh, juste une petite usine de cuivre, à neuf kilomètres au sud.

Bardyl leur servit du citron pressé à la menthe. Harry en but trois verres coup sur coup pendant que Mehdi se confondait en politesses.

— Vous allez vendre ce diamant jaune à quelqu'un d'autre, c'est cela ? interrogea Harry à brûle-pourpoint.

Mehdi le regarda quelques secondes attentivement avant de répondre :

— Êtes-vous prêt à payer le prix, mon ami ?

— Non. Il est trop élevé.

— Certainement pas assez pour un diamant d'une telle valeur historique.

— Je ne connais pas l'histoire de cette pierre. Mais je suis certain que ce n'est pas le Diamant de l'Inquisition.

La surprise qui se peignit à cet instant sur les traits de Mehdi n'était pas feinte.

– C'est indigne de votre réputation de dire une chose pareille, monsieur Hopeman.

– La vérité n'est jamais indigne, répliqua Harry.

– Mais c'est la pierre de la Ka'ba !

– Non.

– Quelle preuve avez-vous ?

– Le diamant de la Ka'ba n'est pas pur. Il comporte un défaut. Le vôtre est parfait.

– Comment savez-vous cela ? Cette imperfection ?

– Je ne peux pas vous le dire.

Mehdi émit un grognement.

– Il s'agit d'un important projet archéologique en cours actuellement, ajouta Harry. Il m'est impossible de vous en dire plus sans trahir un secret.

Mehdi secoua la tête.

– Je suis désolé, mon ami. Si vous m'en donnez les preuves... Mais les gens à qui je vais vendre la pierre savent que c'est le diamant de la Ka'ba. Et moi aussi je le tiens pour sûr.

– Vous le vendrez en vous servant d'un subterfuge.

– Votre opinion vous appartient, riposta Mehdi sèchement. Vos doutes m'inquiètent, naturellement. Mais ils n'empêcheront pas la vente de la pierre. Car, heureusement, ce n'est pas à vous que je vais la céder.

– Vous n'avez jamais eu l'intention de me la vendre. Vous m'avez contacté pour un autre motif.

– En effet.

– Les pierres que Farouk vous a données ?

– J'aimerais que vous me disiez quand je pourrai en disposer, que vous m'établissiez un calendrier pour les écouler. Et je suis prêt à vous rémunérer pour vos conseils.

– Pourtant, quand j'essaie de vous donner un avis gratuitement, s'agissant du diamant de la Ka'ba, vous ne me croyez pas.

Mehdi resta silencieux. Harry se radoucit :

– Je ne monnaie pas mes services. Avez-vous l'intention de me vendre le reste de vos gemmes ?

– C'est mon souhait le plus cher.

– Bon, oui, ça m'intéresse. Puis-je les voir ?

– Pas tout de suite. Mais j'ai des certificats pour chacune, ajouta Mehdi, pointant du doigt des papiers sur la table.

La collection était plus importante qu'il ne l'avait imaginé. Mehdi se révélait être un homme d'affaires d'une très grande prudence. Les certificats et évaluations avaient été effectués par des experts du monde entier, et la plupart des signatures correspondaient à des grands noms. Il prit son temps, lisant attentivement le descriptif de chaque pierre, notant les dates des évaluations et les appréciant par rapport aux fluctuations des cours du marché.

Mehdi avait inclus des copies des évaluations des quatre bijoux qu'il avait déjà vendus et le prix qu'il en avait obtenu.

Harry lui apprit que, dans deux des transactions, il n'avait pas fait une bonne affaire.

Mehdi opina :

– Je sais. C'est pourquoi je vous demande votre avis.

– Un calendrier pour la vente de ces pièces une par une est très difficile à établir. Cela dépend de vos besoins d'argent. Pour beaucoup de gens, la vente d'une seule de ces pierres suffirait à les faire vivre dans le confort jusqu'à la fin de leur vie.

– J'ai toujours vécu comme un roi. Pourquoi m'arrêterais-je maintenant ? Parce que le roi est mort et que je suis toujours en vie ? Plus grave : des imprévus rendent parfois ma survie extrêmement onéreuse.

Ainsi, comme un agent d'assurance mettant en place un système d'annuités, Harry définit un calendrier d'achats sur trois ans.

– Bien entendu, vous auriez grand avantage à les vendre toutes immédiatement. Vous pouvez mourir avant d'avoir vendu toute votre collection, d'autant que la première transaction, d'après cet échéancier, aura lieu dans trois ans.

— Si je meurs, je n'aurai pas besoin d'argent.

— Ah, mais moi j'en aurai besoin, dit Harry.

Le rire de Mehdi sonna étonnamment jeune, presque un rire d'enfant... de garnement.

— Je vous aime bien, monsieur Hopeman.

— Moi aussi, je vous aime bien, monsieur Mehdi.

Et c'était vrai, bien que l'Égyptien ne voulût pas le croire concernant le diamant jaune.

— J'ignore si je vous aurais apprécié à l'époque de Farouk. Mais aujourd'hui, j'ai beaucoup de sympathie pour vous, c'est vrai.

— Non, vous ne m'auriez pas aimé du vivant de mon roi. À la fin, nous ne nous aimions pas beaucoup nous-mêmes, nous savions que nous étions deux libertins blasés et trop gras. Mais au début... Au début, nous étions des types formidables. Quand nous étions gamins, ensemble, à l'Académie militaire, en Angleterre, les hommes les plus talentueux, les esprits les plus éclairés d'Europe venaient s'asseoir chez nous, à Woolwich, jusque tard dans la nuit. Ils nous aidaient à préparer la meilleure monarchie possible en Égypte. Ils nous exhortaient à nous inspirer de la Suède.

— Que s'est-il passé ? Où s'en sont allés tous ces beaux projets ?

— Je ne voudrais pas moi-même entendre cette histoire, encore moins la raconter, déclara Mehdi avec un sourire étrangement amer. Mais à l'époque, nous étions de jeunes lions.

Bardyl leur servit un excellent dîner, agrémenté de trois vins différents. Une fois les affaires terminées, ils purent se détendre ensemble pour la première fois. L'Égyptien était d'excellente compagnie, et Harry regretta presque d'apprendre qu'ils ne passeraient pas la nuit sur place.

— Nous vous déposerons dans un hôtel confortable. Vous avez beaucoup voyagé aujourd'hui, dit Mehdi.

— Non, je veux rentrer à Jérusalem. Laissez-moi quelque part où je puisse prendre un taxi.

— Ah, mais nous pouvons faire beaucoup mieux pour vous. Nous passons par Jérusalem. Nous vous déposerons là-bas.

Ils prirent congé de Bardyl, chargé de tout ranger avant de prendre la Chrysler. Une fois dehors, Harry hésita à monter dans la Duesenberg. Il en fit le tour, admirant le style que les firmes de Detroit essayaient en vain d'imiter depuis plusieurs décennies. Il ne put résister.

— Avez-vous déjà pensé à la vendre ?

Mehdi était aux anges.

— J'attendais que vous me posiez la question.

Il ne se donna même pas la peine de refuser.

— Cette automobile est la raison pour laquelle j'ai accepté un prix aussi bas pour la première pierre que j'ai vendue.

— Le rubis ? Le Catherine II ?

— Oui. La voiture était en Égypte. Elle cuisait au soleil depuis quatre ans. Elle n'était même pas sur cales, elle reposait juste sur ses pneus tout craquelés. Bardyl a dû se rendre là-bas et circonvenir de nombreux intermédiaires. La voiture fut démontée jusqu'au dernier boulon et chaque pièce envoyée séparément. Quelle folie ! Le châssis à lui seul pèse deux tonnes et demie.

— Puis-je la conduire ?

— Mais vous le devez absolument ! Je vais m'asseoir à côté de vous.

Il ouvrit la porte arrière pour laisser monter le chauffeur.

— Pour ce soir, Tresca sera à la place du maître.

Elle démarra en vibrant. Quand Harry essaya de tourner le volant, celui-ci était tellement dur qu'il n'arrivait pas à y croire. Il fallait des muscles, la direction était pire que celle d'un poids lourd.

— La voiture doit atteindre d'abord la vitesse d'un homme qui marche, déclara derrière eux Tresca d'une voix anxieuse. Ensuite, tout fonctionne comme sur des roulements à billes.

C'était vrai. Dès que la voiture eut pris son élan, le volant devint plus souple : une sensation de conduite extraordinaire.

Harry sentait qu'il était assis plus haut que d'habitude. Le toit des automobiles qu'ils croisaient arrivait au niveau de la portière de la SJ. Au début, il eut une conduite trop prudente, trop lente, la route pleine de cailloux étant exécrable. Mais il s'aperçut vite que la Duesenberg absorbait très bien les inégalités de la chaussée.

Lorsqu'ils atteignirent l'autoroute, les pneus accrochèrent et la voiture se comporta admirablement. Il appuyait à peine sur l'accélérateur et ils roulaient déjà à 140. Le moteur ronronnait.

– Elle peut aller presque deux fois plus vite, lui dit Mehdi.

– Si vous freinez trop fort, mister, nous allons nous cogner la tête, prévint Tresca, un peu affolé, sur le siège arrière.

Il freina en douceur. En fendant la nuit, il pensait à Ben-Hur, conduisant un char tiré par de somptueux chevaux.

Harry ralentit lorsqu'ils traversèrent un village. Après environ une heure de route, il aperçut les lumières d'une ville et caressa de nouveau la pédale de frein. Soudain, un troupeau de spectres gris se mit à tournoyer devant lui sur la chaussée.

– Mais qu'est-ce que c'est ? demanda Mehdi.

– Des moutons, je crois, répondit Harry, arrêtant le moteur pour économiser l'essence.

Derrière le troupeau, un camion bougea, tirant une aussière de corde attachée à une Land Rover. Le poids lourd semblait avoir des difficultés à remorquer le véhicule.

Tresca se pencha en avant.

– Vous vous souvenez de cet endroit ? dit-il à Harry. Nous avons déjà été retardés ici, quand je vous ai conduit en Jordanie. Je n'aime pas ça, ajouta-t-il, s'adressant cette fois à Mehdi.

– Être bloqué ici à deux reprises. Peut-être qu'ils en ont après vous. Deux fois, ce n'est plus du hasard.

Mehdi ouvrit la boîte à gants.

Harry avait du mal à voir. Autour des faisceaux des phares,

les moutons commençaient à se disperser ; des hommes avançaient dans le troupeau. Il repéra six ou sept personnes. Puis il remarqua que l'un d'eux portait un turban blanc avec des rayures sombres. Juste derrière, un deuxième était coiffé d'une casquette de toile. L'homme au turban semblait nerveux, ou effrayé. Il regardait derrière lui, comme pour s'assurer que les autres le suivaient.

Soudain, Harry distingua leurs mains.

– Oh, bon Dieu ! s'écria-t-il.

Tresca marmonna quelque chose en arabe et Mehdi attrapa le pistolet dans la boîte à gants, mais l'homme à la casquette de toile avait déjà jeté quelque chose vers la voiture ; l'objet toucha le pare-brise. La glace se fendit, mais ne se brisa pas. La grenade rebondit. Et les événements se précipitèrent en un clin d'œil.

Harry se pencha sur Mehdi et ouvrit la portière, puis il le poussa d'un bon coup pied, brutalement, s'accrochant à lui pour l'obliger à s'allonger au sol. Il avait agi d'instinct. Il ignorait de quel côté de la voiture la grenade était passée. Pour ce qu'il en savait, il avait peut-être poussé Mehdi dessus.

Elle explosa de l'autre côté avec un vacarme épouvantable, d'autant que tous les Arabes s'étaient mis comme un seul homme à tirer dans la Duesenberg.

Harry attrapa Mehdi et l'obligea à se redresser. Se tenant la main comme des enfants, ils foncèrent à l'aveugle dans l'obscurité. Mehdi avait du mal à se déplacer, il était déjà à bout de souffle ; Harry avait l'impression de patauger dans de la colle. Il avait peur que son compagnon ne fît un arrêt cardiaque. Malgré le raffut des armes automatiques, il entendait la lourde respiration de Mehdi.

Ils tombèrent sur une barrière en fils barbelés auxquels Harry s'écorcha le bras. Les fils, vieux et rouillés, avaient certainement été récupérés après l'une ou l'autre des guerres.

– *Allah*, souffla Mehdi.

Finalement, sa chemise se déchira. Pendant ce temps, à moins de trente mètres de là, les agresseurs continuaient à tirer dans la voiture. Le réservoir explosa juste au moment où

Mehdi se dégageait et ils s'écrasèrent au sol pour tenter de ne pas se faire voir à la lumière de l'incendie.

Mehdi avait en main le pistolet de gros calibre de Tresca. Harry craignait qu'en tirant il ne trahisse leur cachette, mais quand il essaya de s'emparer de l'arme, il ne put la dégager des doigts de son compagnon d'infortune.

— Ne tirez pas, lui enjoignit Harry.

Mais ses mots furent noyés dans une rafale. Il pinça un repli de la main épaisse de Mehdi.

— Ne tirez pas, répéta-t-il.

Mehdi le dévisagea, les yeux hagards.

Dissimulé derrière des pierres qui longeaient la barrière, Harry essayait de ne pas relever la tête. Tôt ou tard, il s'attendait à ce qu'on les trouve.

Des véhicules se rapprochèrent ; les coups de feu s'intensifièrent. Il leva la tête pour s'apercevoir que les Arabes ne tiraient plus dans la voiture en flammes, mais derrière, alors que d'autres hommes encore faisaient feu dans leur direction. Harry pouvait en voir deux seulement dans la lumière, mais ils étaient touchés. Ils ne bougeaient plus, mais ceux qui les attaquaient les mitraillaient encore et, chaque fois qu'une balle faisait mouche, leurs corps sursautaient. À la limite de l'obscurité, un autre Arabe se tourna ; il arrivait droit sur eux... paniqué. Quand il s'approcha, ils entendirent distinctement sa respiration haletante et son grognement au moment où il se prit dans les fils barbelés, à deux pas de là où ils se terraient. Il passa d'abord la tête et le corps, comme l'avait fait Harry.

Ils échangèrent des regards.

Mehdi leva le pistolet qu'il tenait dans ses deux mains potelées. Il pointa son arme sur le cou du jeune Arabe et fit feu.

Harry était debout, entourant l'Égyptien de ses bras.

— Je n'ai jamais eu l'intention de le vendre à quiconque. Seulement aux gens de mon peuple. Pour leur rendre une partie de leur héritage, murmura Mehdi.

Il semblait saisi d'une forme d'hystérie tranquille.

— Et pourtant, ils ne veulent pas me laisser rentrer, continua-t-il en gémissant. Ils n'ont jamais pardonné.

— *Atah marguish beseder ?* Tout va bien ? demanda un soldat.

— Oui, répondit Harry en regardant un autre soldat asperger la voiture avec de la mousse.

Avec Mehdi encore tremblant dans ses bras, des cadavres jonchant le sol, et ce qui restait de Tresca encore assis sur la banquette arrière de la voiture en flammes, Harry ressentait un regret poignant à l'idée qu'il ne restait plus désormais dans le monde que vingt-neuf Duesenberg SJ.

25

Chance et bénédiction

Ils furent emmenés dans un camp militaire et interrogés par un jeune commandant au teint mat, qui eut la patience de répéter inlassablement les mêmes questions jusqu'à l'obtention d'un compte rendu seconde par seconde de l'attaque. L'officier ne leur demanda aucun renseignement personnel ; Harry était certain qu'il savait déjà sur eux tout ce qu'il y avait à savoir.

Seuls deux des assaillants étaient encore en vie. L'un avait été transporté par avion à l'hôpital de Jérusalem. On les emmena voir l'autre dans sa cellule.

– Vous le connaissez ?

C'était un Arabe d'environ dix-neuf ans, habillé de brodequins, d'un pantalon marron en coton et d'une chemise bleue impeccable. Les cheveux en désordre, les yeux cernés, une ecchymose à la mâchoire.

Ils secouèrent la tête.

– Ils étaient onze. Tous des étudiants d'une université égyptienne.

Le commandant regarda Mehdi.

– Ils pensaient que c'était vous qu'ils tuaient, à l'arrière de la Duesenberg. Ils prétendent que vous vendez un objet sacré à des infidèles.

Le garçon était totalement détendu, à part le regard, haineux.

– Je ne l'aurais jamais vendu hors de l'islam, affirma Mehdi en arabe.

– Si ! rétorqua le jeune homme. Vous marchandez avec eux comme une vieille prostituée. Vous vendez notre âme. Vous voulez céder une partie du trésor de la mosquée d'Acre à des cochons de chrétiens, à des sales Juifs qui prennent tout ce qui nous appartient. Nous le savons, nous vous avons surveillé.

– Je ne leur ai rien vendu. J'avais d'autres projets.

Le commandant fit un signe de tête.

– Les deux prisonniers détenaient des informations selon lesquelles vous négociez votre retour au sein du pouvoir en Égypte.

Le jeune Arabe s'adressa de nouveau directement à Mehdi.

– Nous savions que vous ne viendriez pas. Vous n'auriez pas duré plus de quelques heures.

– Silence ! Espèce d'animal ! Neuf jeunes sont morts. Et pourquoi ? Aucun de vous autres imbéciles n'était né quand j'ai quitté l'Égypte !

– Nos pères se souviennent très bien de vous ! cria le jeune homme.

Un peu plus tard, alors qu'ils sortaient des bâtiments de la prison, Harry s'enquit auprès du commandant :

– Où était la sécurité ?

– Nous sommes arrivés très rapidement.

– Si nous avions été assis à l'arrière...

Le commandant haussa les épaules :

– Vous avez eu de la chance. Tous ceux qui prétendent que la sécurité peut arrêter des balles sont des menteurs.

Lorsque le militaire en eut terminé avec eux, il leur demanda s'ils voulaient être transportés par hélicoptère jusqu'à l'hôpital Hadassah. Mehdi refusa catégoriquement.

– Non, merci, dit Harry.

Un médecin militaire leur donna à chacun deux pilules de tranquillisants.

– Je n'en ai pas besoin, protesta Harry.

Le docteur lui fourra la pilule dans la main :

– Ça ne coûte rien.

Ils furent conduits à bord d'un véhicule militaire jusqu'à un motel de Dimona. À 2 heures du matin, les rues étaient désertes. Harry fut soulagé de voir une patrouille militaire motorisée.

Enfin seul dans sa chambre, Harry fut pris de tremblements. Il essaya de les contrôler, mais en vain. Il avala une des pilules et se déshabilla. Puis il ingurgita l'autre et s'allongea sur le lit en sous-vêtements en attendant que la drogue fît son effet.

Le lendemain matin, Mehdi commanda un copieux petit déjeuner.

— Je culpabilise quand je pense au corps de ce pauvre homme, confia-t-il à Harry. Je dois demander aux autorités de me permettre de le récupérer. Mon pauvre Tresca. J'ai téléphoné à Bardyl.

— Étaient-ils apparentés ? s'enquit Harry.

— Ils étaient amis.

— Tout est changé pour vous, maintenant ?

— Ils ne me laisseront jamais rentrer. Au poste que le gouvernement avait accepté de me confier, je n'aurais de toute façon été qu'un rond-de-cuir. Je m'en serais sans doute vite lassé.

Il soupira en abandonnant ses couverts dans son assiette à côté des reliefs de son omelette.

— Le plus ironique, commenta Harry, c'est qu'ils voulaient vous tuer pour vous empêcher de vendre le diamant de la Ka'ba. Alors que vous ne l'avez pas.

Mehdi fit une grimace.

— C'est la vérité.

— Je ne voudrais pas vous insulter, mon ami, mais...

— Je vous le dis, le diamant de la Ka'ba n'est pas pur ! Il a un défaut majeur. Il doit y avoir un moyen pour vous de le vérifier.

L'Égyptien le regarda sérieusement :

— Il existe une grande quantité d'archives dans la mosquée d'Acre. Peut-être y a-t-il une description du diamant qui ornait la Maksura. Mais, comprenez-moi bien... si une telle description ne mentionne pas le défaut, alors il n'y en a pas.

— Pouvez-vous demander à quelqu'un d'accéder à ces archives ?

Mehdi haussa les épaules et lâcha :

— À un croyant, tout est possible.

Mehdi réagit très rapidement. Il téléphona à Harry juste avant 22 heures. Ils convinrent de se retrouver dans un café.

— Vous avez fait vérifier les archives ? demanda Harry.

L'Égyptien acquiesça.

— Vous aviez raison, dit-il lentement.

Harry se sentit soulagé.

— Le Ka'ba comporte un gros défaut. Le diamant que j'ai n'est pas celui qui fut dérobé par les croisés à la mosquée d'Acre.

— Alors... vous êtes libre de le vendre ?

— Je ne suis plus lié par des considérations religieuses. Ce n'est pas une relique. Si nous nous mettons d'accord, je vous le vends.

Harry se garda de trahir son émotion.

— Comme vous le dites, ce n'est pas une relique. Je ne peux donc payer que ce qu'il vaut comme pierre, avança-t-il, prudent.

— Beaucoup d'argent, comme nous le savons tous les deux.

— Sa qualité n'est pas exceptionnelle. Seule sa dimension lui donne de la valeur... Un million cent mille dollars.

Mehdi approuva.

— Je vous souhaite la plus grande chance avec ce diamant, monsieur Hopeman.

Il lui tendit la main.

Harry la serra très fort en disant :

— *Mazel un brocha*, Bardissi Pacha.

Chaque fois qu'il achetait un diamant, Harry pensait à Maimonide. La technologie moderne rendait les transactions moins périlleuses qu'à l'époque médiévale. Le lendemain matin, dans les bureaux de la Chase Manhattan Bank, à la demande de Saul Netscher, un employé tapait des chiffres correspondant à la lettre de crédit autorisée par Netscher, et les accompagnait d'un message codé et d'un numéro d'identification d'un compte au nom de Mehdi, au Crédit suisse à Zurich. L'argent était transféré électroniquement de New York en Suisse. À Dimona, Harry avait rédigé une facture autorisant la transaction, signée de sa main et de celle de l'Égyptien. C'était simple et direct. Mais restait qu'il devait à présent rapporter le diamant chez lui.

Il était près de midi quand il entra dans sa chambre d'hôtel à Jérusalem.

Il vit le mot presque tout de suite. Tamar l'avait scotché sur la porte de la salle de bains.

Très cher Harry,

Pardonne-moi d'avoir attendu que tu aies le dos tourné.

Je savais depuis un certain temps déjà que notre histoire ne pourrait pas marcher, mais je suis très lâche quand il s'agit de ce genre d'explications.

J'ai vraiment été très tentée d'essayer, parce que tu es digne d'être aimé, mais tout aurait été terminé en moins d'un an. Je préfère les souvenirs.

Si tu as ressenti ce que moi j'ai ressenti, n'essaie pas de me revoir. Je te souhaite de longues années pleines d'autres bonheurs.

T.

Il téléphona chez elle. Pas de réponse. Au musée, on lui dit que Mme Strauss avait prolongé ses vacances. Non, ils ne savaient pas où elle était.

Harry pensait savoir où la trouver. Mais, après avoir raccroché, il s'assit pendant vingt minutes et s'obligea à rester calme. Avec méthode, il envisagea tout ce qu'il lui restait à faire avant de partir. Il restitua d'abord la Ford à l'agence de location. Il emballa son linge sale et le posta à New York. Puis il s'arrêta au bureau de la compagnie aérienne dans l'entrée de l'hôtel pour acheter deux billets sur un vol qui partait de l'aéroport Ben Gourion, dans la fin de l'après-midi. Il ne restait que peu de temps, mais il fit rapidement ses bagages et quitta l'hôtel.

Il monta dans un taxi et demanda au chauffeur de l'emmener à Rosh Haayin.

La petite fille était assise au milieu de la rue, jouant avec la poussière, comme la première fois. Harry demanda au chauffeur d'arrêter le taxi.

Il s'approcha de l'enfant et se baissa pour lui parler.

— *Shalom*, Habiba. Tu te souviens de moi ?

La petite le regarda, ébahie.

— Est-ce que ta tante Tamar est là ?

La gamine indiqua de sa minuscule main brune la maison de sa grand-mère.

Il frappa à la porte.

— Entrez si vous voulez, s'écria *ya umma* debout, le dos appuyé au mur.

Ya abba, assis devant la table, buvait de l'arak.

— Je voudrais parler à Tamar, dit Harry.

Personne ne répondit. Derrière la porte fermée de l'autre pièce, quelqu'un gloussait. Il entendit Tamar dire quelque chose rapidement et les rires s'arrêtèrent.

Ya abba secoua la tête.

— Elle ne veut pas, dit-il en anglais.

— Ah non ! s'exclama Harry. Qu'elle vienne me le dire elle-même.

— Il y a quatre choses que je ne comprends pas, déclara *ya abba* en hébreu. Le comportement de l'aigle dans le ciel, le

304

comportement du serpent sur un rocher, le comportement d'un bateau sur la mer, et le comportement d'un homme avec une jeune fille.

Il termina son verre et se versa une nouvelle rasade d'arak, qu'il additionna d'eau. Harry s'approcha de la porte fermée et frappa.

– Tamar ?

Silence.

– Écoute, essayons de discuter, dit-il.

Toujours pas de réponse.

– Je pars cet après-midi. J'ai un billet d'avion pour toi.

Il attendit.

– Mais, bon Dieu ! Réponds-moi ! Es-tu toujours aussi désagréable avec les hommes ?

Il entendit derrière lui le bruit d'une chaise que l'on raclait par terre et la seconde d'après il reçut un coup sur le côté de la tête. Quand il se retourna, *ya abba* était sur le point de le frapper à nouveau.

– Eh !

Harry se demanda si sa pommette n'était pas brisée. Le vieil homme était costaud. Mais comme il était ivre, Harry put le contenir.

– Éloignez-le ! demanda-t-il à la mère de Tamar.

Dehors, le chauffeur de taxi klaxonna pendant qu'Harry ramenait de force *ya abba* vers sa chaise.

– Mais tu ne comprends pas ? Je t'aime ! s'écria Harry en se précipitant vers la porte irrémédiablement fermée.

Elle s'ouvrit, laissant le passage à la sœur de Tamar, au visage tout excité. Elle lui tendit une feuille de papier pliée. Il la déplia et laissa échapper un soupir.

Harry ne me causera jamais de peine.

Il leva les yeux pour voir Yaffa qui l'observait, et sa compassion lui fut plus douloureuse que l'ecchymose sur sa joue.

– *Shalom*, murmura *ya umma* quand il sortit de la maison.

Trois matrones le suivirent du regard en chuchotant. La petite fille était toujours là, assise dans la poussière. Elle avait une mouche posée sur le visage. Harry se pencha pour chasser l'insecte de la petite joue brune avant de monter dans le taxi.

26

Le défaut

Il avait l'impression que, pendant des années, ses yeux et ses oreilles avaient été masqués par des membranes opaques et que, depuis son retour, celles-ci étaient brusquement tombées. Il lui semblait voir et entendre l'Amérique pour la première fois : à Westchester, les champs, les bois autour de la maison, les curieux, le tambourinage des grives, le bourdonnement aigu d'une tronçonneuse ; à Manhattan, la forme et la hauteur des immeubles, les bruits de la circulation plus sauvages que le brouhaha des rues de Jérusalem, qu'il trouvait rassurants pour la bonne raison qu'ils appartenaient à sa vie.

Sa pommette avait viré au violet là où *ya abba* l'avait frappé et il massait l'ecchymose consciencieusement avec de la pommade.

Della regarda sa bosse quand ils se retrouvèrent au restaurant pour le déjeuner, mais elle ne lui demanda rien.

— J'ai rencontré quelqu'un, Harry.

— C'est sérieux ? demanda-t-il, un peu gêné, comme s'il se mêlait de ce qui ne le regardait pas.

— Nous voulons nous marier.

Elle était toute pâle.

— Je suis très content pour toi, dit-il.

Il le pensait sincèrement, mais le ton n'y était pas. C'était incroyable : il était juste un peu étonné.

Harry dîna avec Della et son fiancé la semaine suivante, rencontre courtoise mais un peu tendue. Walter Lieberman était analyste financier à Wall Street. Divorcé. Revenus élevés et cheveux clairsemés. Il semblait porter en permanence une expression anxieuse sur son visage. En d'autres circonstances, Harry l'aurait probablement trouvé fort sympathique.

C'était très simple. Consentement mutuel.

– J'aimerais garder la maison, dit-il.

Elle aimait beaucoup l'endroit aussi, mais elle accepta avec courage et se montra très sensible à la délicatesse de Walter quand ce dernier déclara qu'il n'assisterait pas à la bar-mitzvah de Jeff.

Della avait tout préparé : la date de la cérémonie avait été fixée, le traiteur engagé et le menu choisi. Tout était prêt, sauf Jeffrey Martin Hopeman, qui n'arrivait pas à lire et à chanter correctement la Haftarah, le texte des Prophètes. Harry eut honte de s'apercevoir que, pendant qu'il était parti à la poursuite de dieux étranges, son fils avait eu besoin de lui. Il l'aida à mémoriser le passage biblique qui décrivait la guerre de Gog et Magog, et Jeff trouvait que même la traduction anglaise était incompréhensible.

– Qui était Gog ?

– Le chef d'une armée ennemie qui envahit Israël par le nord, lui expliqua Harry.

– Et qui était Magog ?

– *Qu'était* Magog, tu veux dire. Le pays d'où venait Gog. Ce n'était peut-être même pas un pays réel. Peut-être seulement la représentation symbolique de tous les ennemis d'Israël.

– Ils ne sont même pas certains de ce que signifie ce passage ?

– Le sens a été perdu au cours des siècles, c'est un mystère. C'est trop ancien. Étonnant, non ? Qu'on puisse raconter une histoire qui s'est passée il y a si longtemps ?

Jeff émit un grognement. Mais il aimait les calottes que Harry avait achetées à Mea Shearim. Il en choisit une bleue brodée de fleurs pastel.

– Est-ce que tu lui as acheté un tallit ? demanda Della.

– Je n'y ai pas pensé, dut-il admettre.

Elle soupira.

– Tu dois lui trouver un tallit.

Il se rendit donc dans une librairie juive, dans Lower East Side, et acheta pour son fils un châle de prière made in Israël.

Jeff avait une idée précise du cadeau qu'il désirait pour sa bar-mitzvah. Il laissait traîner chez son père des pages arrachées de magazines, des publicités pour la Remington 243, calibre 6 millimètres, le Savage 250-3000, le Roberts 257.

– Je ne t'offrirai pas une carabine, décréta Harry.

– Pourquoi ? Si on ne se débarrasse pas des cerfs, ils mourront de faim pendant l'hiver.

– Leurs prédateurs seront plus efficaces que le fusil.

– Beaucoup de gens chassent.

– D'accord si on chasse pour manger. Mais si c'est juste pour le sport, attends d'être majeur et que je ne sois plus responsable de tes actes.

Ses parents lui offrirent un ordinateur portable. Après coup, Harry lui acheta aussi une canne à pêche, une merveille de légèreté de deux mètres de long ; mais il n'était pas sûr qu'elle satisferait un garçon qui rêvait de tuer un cerf.

Il se mit à lire avec attention des articles dans le *Times* qui ne l'auraient pas intéressé quelques mois auparavant. L'antisémitisme rampant et les relents de négationnisme semblaient désormais le préoccuper plus sérieusement, ainsi que les interminables tractations proche-orientales.

Harry sortit du coffre-fort de la banque le pot de vaseline dans lequel étaient dissimulés les six petits diamants jaunes. Il le remit exactement là où son père l'avait placé. Le bureau n'était pas le même, mais, comme Alfred Hopeman, il utilisait le second tiroir de droite pour les timbres, les trombones, les élastiques et ces petites folies jaunes qui pouvaient vous sauver la vie au cas où il faudrait tout quitter au beau milieu de la nuit.

Cinq semaines après qu'il l'eut posté de Jérusalem, son linge sale arriva. Il le déballa et sortit le gros diamant jaune de son nid, enroulé dans une chaussette sale, au milieu des chemises chiffonnées. Le lendemain matin, il se rendit chez un transitaire et remplit le formulaire 35009 de l'administration des douanes, notification formelle d'importation. Il le remit en main propre à un fonctionnaire des douanes américaines du nom de McCue.

Celui-ci secoua la tête en voyant Harry entrer dans son bureau.

— Alors, toujours dans la contrebande, monsieur Hopeman ?

Ce n'était pas la première fois qu'il procédait ainsi. Bien que ce soit en principe illégal, les douanes comprenaient qu'il agissait de cette manière pour des raisons de sécurité. De plus, Harry venait toujours immédiatement payer les droits d'importation, 4 % du prix d'achat de la pierre pour un poids inférieur à un demi-carat, et 5 % pour les gemmes d'un poids supérieur.

Il se rendit ensuite chez Saul Netscher, lequel examina la pierre avec un air nostalgique.

— Ah, elle est vraiment très grosse ! Tu es sûr que ce n'est pas le Diamant de l'Inquisition ?

Harry acquiesça.

— Alors où peut-il bien être ?

— Je n'en sais rien.

— Et que vais-je dire, moi, à nos généreux amis qui ont mis l'argent à disposition ?

— La vérité, dit Harry, morose. Soit je leur rends l'argent maintenant, soit ils attendent que j'aie vendu ce diamant. S'ils le font, je déduis mes frais, et ils se partagent le bénéfice.

Il ne cessa de pleuvoir pendant quatre jours, une véritable douche d'automne. Puis les hautes pressions apportèrent de l'air froid venu du Canada et, quand le soleil fit son apparition, on crut que l'été était revenu. Sauf que le feuillage avait pris tout à coup d'éclatantes couleurs fauves et jaunes. Il eut soudain une forte envie de voir un cerf. Le verger était jonché de pommes mûres, fermentées à point pour plaire aux cerfs de Virginie. Il y avait des traces partout, des déjections qui montraient qu'ils se nourrissaient bien dans ces parages. Mais ce matin-là, il fit son jogging le long du fleuve sans rien voir d'autre que des oiseaux et des écureuils. Les cerfs, se dit-il, c'était comme les flics ou la sécurité : jamais là quand on avait besoin d'eux !

Son fils le trouva assis sur la berge, adossé à un arbre. Leurs rapports étaient excellents. Harry et Della s'étaient partagé les explications difficiles. Autant qu'il pût en juger, Jeff comprenait ce qui était en train de se passer dans sa famille.

Il s'installa à côté de son père. Les arbres incendiés par l'automne se reflétaient comme des nuages rouge et or dans l'eau du fleuve.

— Je me demandais ce que nous ferions si jamais on essayait de nous prendre cette maison parce que nous sommes juifs, dit Harry.

Jeff tourna vers lui un visage éberlué.

— Qui ferait ça ?

— Je ne crois pas que ce soit possible, ici et de nos jours, reprit son père sans tenir compte de sa question. Mais ces choses se sont produites ailleurs au cours de l'histoire, et pas qu'une seule fois. J'ai compris quelque chose en Israël. Si jamais cela devait advenir, je t'achèterais un fusil. Et un pour moi aussi.

— Je ne voudrais pas m'en servir contre des êtres humains.

— C'est pourtant à ça que servent les fusils, observa calmement Harry. Ils servent à tuer des animaux et aussi à tuer des gens.

Il prit sur lui pour soutenir le regard effaré de Jeff.

— Il vaudrait mieux se battre, murmura l'adolescent. Je n'aimerais pas ça... Mais je voudrais être à tes côtés.

Pour appuyer ses paroles, il toucha le bras de son père.

— C'est vrai, papa.

— Je sais.

De retour chez lui, Harry avait pris la décision de sortir les six petits diamants de leur cachette et de les vendre. Des hommes qui étaient prêts à mourir pour défendre leur parcelle de terre n'avaient pas besoin de prévoir des moyens de fuite.

Ce soir-là, il couvrit son établi de lapidaire avec une serviette pour le protéger de la graisse et sortit le pot de vaseline du tiroir de son bureau.

Les six pierres étaient petites et se fondaient dans la gelée graisseuse. Il devait donc les sentir avec les doigts, opération pas très engageante.

L'énorme strass se trouvait juste en dessous de la surface, comme un gardien. En le sortant, Harry entendit le bruit visqueux de la vaseline, qui semblait vouloir le retenir. Il fouilla et retira un par un les petits diamants.

Ils étaient très beaux. Montés en solitaire, ils conviendraient parfaitement à des bagues de fiançailles.

En les essuyant, il se rendit compte que la gelée de pétrole laissait un dépôt voilé qui ternissait leur éclat. Il versa un peu d'alcool dans un bol et le liquide nettoya parfaitement le film gras qui enveloppait les pierres. Il était en train de les sécher quand ses yeux furent attirés par le gros strass.

La moitié de la culasse de la pierre était peinte avec de la dorure et couverte de graisse, mais brusquement il vit ce qu'il n'avait pas pu voir à l'âge de douze ans.

Ce n'était pas du strass.

Il se pencha sur la pierre, frissonnant, effrayé à l'idée de la saisir.

Son cœur se mit à cogner dans sa poitrine tandis qu'il essuyait la gelée qui couvrait la pierre.

Elle était taillée en une magnifique briolette. Les facettes avaient une facture très similaire à celles de la pierre que Mehdi lui avait montrée. Mais ce diamant avait été taillé avant celui de l'Égyptien, à une époque où l'on ne connaissait pas encore les techniques sophistiquées.

Les deux tiers de la partie inférieure étaient couverts de peinture. Il gratta la dorure de la culasse en tremblant, ouvrant une petite fenêtre. Il la trempa dans le bol d'alcool.

Quand il alluma la lampe à la base du binoculaire et qu'il posa la pierre dessus, la structure interne du cristal couvrit tout le champ de vision des loupes.

La couleur était superbe, dorée, plus chaude que de l'or. Des rayons de soleil intenses. Compressés dans la gemme. Des feux magnifiques. Une grande pureté. Se terminant par une matière laiteuse et une soudaine tache sombre à travers la culasse.

Avant même d'avoir vu l'imperfection, il sut de quel diamant il s'agissait. « C'était le secret que tu essayais de me révéler ! » dit-il tout haut à son père.

Il s'assit, abasourdi.

Et toucha la pierre.

Il entrait en contact, par l'intermédiaire de ses doigts, avec la mémoire et les promesses du Temple de Jérusalem.

Avec le long silence de la *guenizah* de la vallée d'Achor.

Avec la sainte Maksura de la mosquée de Saint-Jean-d'Acre.

Avec le péché sanguinaire de l'Inquisition espagnole.

Avec la majesté sacrée de la papauté.

Tout cela, préservé et caché, pendant la plus grande partie de la vie de son père, dans un pot de gel chimique.

Au-dessus, la porte de la chambre des Lawrenson grinça.

Il entendit la voix de la gouvernante :

— Je t'assure, c'est lui. Il est probablement malade.

Elle parlait à son mari. Puis les pas de Sid Lawrenson résonnèrent dans l'escalier. Malgré l'heure tardive, Harry décrocha son téléphone.

— La pierre de Mehdi est bien celle qui a été volée au musée du Vatican, dit Harry à Saul.

— Attends un peu, décide-toi ! Tu m'as affirmé que ce n'était pas le Diamant de l'Inquisition !

— Et c'est vrai. Ce sont deux diamants différents. Je veux qu'on rende celui-ci à Rome. Est-ce que tes commanditaires seraient prêts à faire une donation au Vatican ? Je renonce à récupérer mes frais.

Netscher poussa une exclamation outrée.

– Qu'est-ce que tu me demandes là ? Ils étaient d'accord pour acheter un objet qui a beaucoup compté dans l'histoire juive. Ils me diront de trouver des milliardaires catholiques !

– Écoute, Saul, tes commanditaires ne seront pas perdants dans l'affaire.

Harry lui parla longuement, fermement.

– Il y a quatorze donateurs, dit finalement Netscher, hébété par ces révélations. Avec douze d'entre eux, ce sera difficile, mais il y a peut-être un peu d'espoir. Mais les deux autres ne donneront rien à l'Église, quelles que soient les conditions.

– Alors c'est moi qui réglerai à leur place, déclara Harry.

– Cela représente beaucoup d'argent. Pourquoi donc tiens-tu absolument à ce qu'ils remontent le diamant sur la tiare du pape ?

– Il s'agit d'une pierre volée, après tout. C'est... une obligation familiale.

Il haïssait Peter Harrington pour avoir si bien jaugé son degré de conscience.

– Dis-leur qu'ils en seront remerciés par le Saint-Père en personne, reprit Harry d'une voix adoucie. Tu es tout à fait capable de les persuader, Saul.

Netscher soupira.

Mgr Peter Harrington vint le chercher à l'aéroport de Rome et le conduisit tout droit au Saint-Siège.

Harry avait envoyé un message au cardinal Pesenti, lui expliquant seulement qu'un groupe de philanthropes juifs avaient racheté le diamant jaune volé et qu'il le rapportait au musée du Vatican. À son arrivée, le prélat se répandit en remerciements.

– *Mille grazie*, murmura-t-il. Quelle générosité ! Quelle gentillesse !

Il les fit entrer dans son bureau. Une fois assis, Harry sortit le diamant de sa serviette. Le cardinal le prit, impressionné, presque incrédule.

– Je remercie le Seigneur de vous avoir envoyé pour remettre l'Œil d'Alexandre sur la mitre de Grégoire, monsieur Hopeman.

– Ce n'est pas l'Œil d'Alexandre, Monseigneur.

Le cardinal le regarda d'un air abasourdi.

– Mais votre message ?... Vous nous assuriez que vous rapportiez le diamant volé.

– C'est bien la pierre que j'ai achetée en Israël, le diamant que des voleurs ont arraché à la mitre dans votre musée. Mais ce n'est pas le diamant qui a été taillé par Julius Vidal, mon ancêtre, puis offert à l'Église.

– Là, je ne comprends pas.

– Le diamant que vous tenez entre vos doigts fut substitué à l'original, Monseigneur. Il y a très longtemps, bien avant le vol du musée.

Ils le fixèrent avec des mines consternées. Peter Harrington secoua la tête en disant :

– Nous avons des descriptions précises dans nos archives. Je n'arrive pas à croire qu'une telle substitution ait pu être accomplie.

– Le diamant n'est sorti du Vatican que deux fois, lui rappela Harry. Une fois quand mon père a réparé la mitre dans son atelier de Berlin et a remonté la pierre. Vos archives confirmeront que la gemme qu'il a renvoyée par l'intermédiaire de la joaillerie Sidney Luzzatti & Sons, de Naples, était bien votre diamant, celui-là même qui lui avait été adressé. Mais il savait que ce n'était pas le vrai Diamant de l'Inquisition, pour la bonne raison que celui-ci se trouvait dans son coffre-fort ! Toutefois, dans son journal, il a qualifié la pierre sans défaut de « Diamant de l'Inquisition », contribuant ainsi à renforcer une mystification vieille de trois cent cinquante ans.

Un sourire flotta sur les lèvres d'Harry tandis qu'il ajoutait :

– La substitution ne peut donc avoir eu lieu que la première fois que le diamant a quitté le Saint-Siège, vers 1590. Quand un autre de mes ancêtres, Isaac Vitello, de Venise, a monté la pierre sur la mitre.

Il leur expliqua ce qu'il avait découvert dans son atelier deux nuits plus tôt.

— Peut-être Vitello n'était-il qu'un vulgaire voleur. Peut-être pensait-il avoir de bonnes raisons pour avoir fait ce qu'il a fait. Je sais seulement que, depuis cette date, ma famille a gardé son secret, et le diamant.

— Pendant très longtemps, opina Harrington.

Harry acquiesça.

— Pendant toutes ces périodes terribles, ils ont peut-être trouvé une certaine consolation à la pensée qu'ils avaient eu leur petite revanche personnelle.

— Pourquoi votre père ne vous a-t-il rien dit ?

— Il a attendu trop longtemps. Je crois que pour lui, c'était devenu gênant. Une sorte d'anachronisme, répondit Harry en haussant les épaules. La vengeance est un anachronisme. Le moment est venu de tout dévoiler.

Le cardinal Pesenti, qui tenait le diamant, fasciné, déclara :

— Cette pierre a une valeur considérable. Mais si je comprends bien, le diamant que Vitello a pris à la place, le véritable Œil d'Alexandre, a encore plus de valeur ?

— Une valeur inestimable.

— Vous avez l'intention de le restituer à l'Église ? demanda le cardinal.

— Non, Monseigneur.

Harry et le cardinal échangèrent un coup d'œil lourd de sous-entendus. L'atmosphère s'alourdit imperceptiblement.

— Il a été volé à notre Sainte Mère l'Église. Vous avez entrepris de nous restituer cette pierre moins précieuse. Nous sommes légalement propriétaires de l'Œil d'Alexandre, n'est-ce pas ?

— Nous l'appelons le Diamant de l'Inquisition. Avant d'avoir appartenu à l'Église, il appartenait à un homme qui fut brûlé vif parce qu'il était juif.

Dans le silence qui s'ensuivit, Peter Harrington s'éclaircit la gorge.

— Vous n'avez aucun droit, Harry ! dit-il d'une voix rauque.

– J'ai au contraire d'excellentes raisons. Il est possible de se partager la propriété d'un diamant. J'ai pris des mesures pour en faire don au musée d'Israël à Jérusalem, à votre musée, ici, au Vatican, et au musée de Jordanie, à Amman. Il sera exposé en rotation permanente, par périodes de cinq ans dans chaque endroit.

La bouche de Harrington se crispa. Mais Harry constata avec plaisir que cette mimique ne trahissait aucune colère.

Le cardinal Bernardino Pesenti approuva de la tête.

– Il est grand temps, dit le prélat en tendant la main pour toucher celle d'Harry. Il est temps de cicatriser les plaies, monsieur Hopeman.

27

Le Gardien

Harry téléphona à David Leslau et passa un long moment à répondre à ses questions enthousiastes. Une fortune en communications ! Au bout d'un moment, David ne put s'empêcher de rire.

— Répète un peu. Tu l'as trouvé où ? Dans un pot de quoi ? Alors, là ! Je crois que c'est là que j'ai commis une erreur. Je n'ai jamais fait de fouilles dans mon jardin de Cincinnati.

Curieusement, Harry ne partageait pas l'humour un peu léger de Leslau.

— Et tes fouilles ? finit-il par demander.

— Prometteuses. Nous trouvons toutes sortes d'indices positifs. Mais encore rien de définitif.

— Quels indices ?

— Je t'écrirai. Tu auras un rapport complet.

Il essaya de reprendre un rythme de travail normal. Les informations sur les vols d'œuvres d'art engendrant d'autres vols, les trois musées souhaitaient rester discrets à propos du Diamant de l'Inquisition. Harry ne pouvait qu'abonder dans leur sens. Car si la publicité est excellente pour les affaires, aucun professionnel du diamant ne voudrait voir sa photo dans la presse. Il ferait une cible trop facile pour les malfrats.

Il se mit à passer plus de temps que nécessaire sur la 47ᵉ Rue, happé par le passé et ses débuts dans le milieu. Le soir, lorsque les ateliers et les boutiques étaient fermées et que seuls les habitués s'attardaient encore, il allait s'asseoir à leurs tables, dans un delicatessen, et évaluait leurs pierres. Il écoutait les vieilles histoires de diamants, et en racontait à son tour. Il rencontra des gens qu'il n'avait jamais fréquentés. À croire qu'ils étaient tous israéliens ; Harry entendait plus d'hébreu dans cette rue qu'à Jérusalem.

Il rencontra une très jolie femme à l'Association des diamantaires et l'invita deux fois à déjeuner. Quand il lui demanda de partir avec lui quelques jours, elle accepta sans hésiter. Ils prirent la route de Pennsylvanie et descendirent dans une auberge, près des fermes de la secte des Amish. Ils avaient l'air de parfaits touristes. Elle faisait son droit à Fordham et souhaitait travailler à la section juridique de l'association. Elle lui avoua sans ambages qu'elle lui serait reconnaissante s'il voulait bien lui donner un petit coup de pouce. Elle avait une silhouette mince, très sexy, mais la peau aussi pâle que sa personnalité.

Au retour, il s'arrêta à Newark pour le déjeuner et vit à la une du *New York Times* qu'un certain David Leslau, du Hebrew Union College, avait découvert l'un des Chérubins du Temple de Salomon.

L'objet n'avait rien d'une poupée ordinaire. Il était petit, à peine cinquante centimètres de haut. Un être hybride, avec une tête d'enfant, le corps d'un lion et des ailes d'aigle tombantes qui autrefois – chose incroyable ! – auraient recouvert l'Arche d'Alliance.

Il avait été sculpté dans un bois qui n'avait pas encore été identifié parce qu'il s'effritait quand on le touchait. Le bois était plaqué d'une couche d'or battu. Le *Times* citait un spécialiste de la métallurgie qui estimait que le plaquage contenait 4 % d'argent, une impureté naturelle, et 10 % de cuivre ajouté afin de durcir et de renforcer le métal. L'alliage d'or était suffisamment pur pour qu'il n'y eût pratiquement pas d'oxydation. Cependant, il restait à ôter de la surface de l'objet un film de décoloration brun, supposé être constitué de sels chimiques.

Harry brûlait de prendre le premier avion pour Israël. Il se contenta d'envoyer à Leslau un message en deux mots : *Yasher koach*. Bien joué. Puis il se replongea dans la lecture de la presse.

Le Chérubin avait été cabossé par la bêche d'un ouvrier au moment de la découverte, et une vieille échancrure à la base montrait à l'évidence qu'il était à l'origine relié à quelque chose ; le couvercle de l'Arche. Les premiers articles ne citaient ni le rouleau du cuivre, ni d'autre nom que celui de l'archéologue. Mais dans l'après-midi, Harry commença à recevoir des appels de journalistes. Il orienta tout ce joli monde vers le Hebrew Union College. Quelques jours plus tard, presque tous les détails étaient révélés, y compris une description du rouleau. Il était clair que David n'avait pas omis de citer abondamment Harry, mais le *New York Times* mentionnait le « courtier en diamant et chercheur dilettante Harry Hopeman ». Quant à *Newsweek*, ils l'avaient surnommé le « cryptographe amateur ».

US News et *World Report* expliquaient que le professeur Leslau attribuait à Tamar Strauss-Kagan, épouse du bras droit du ministre de l'Intérieur, la résolution de l'emplacement de la *guenizah*.

Elle était mariée ! À Kagan !

Il la repoussa de ses pensées, mais son subconscient était tenace. Quelques mois plus tôt, il n'aurait jamais cru qu'on puisse se sentir si malheureux.

ARTICLES STUPIDES. TU N'ES PAS UN DILETTANTE. JE SUIS DÉBORDÉ ! À L'AIDE, HARRY !
LESLAU.

Cher David,

Je suis fier que tu aies trouvé ton Gardien en or. Était-il réellement enterré dans de l'argile à vingt-trois coudées de fond ? C'est un détail que les articles ne mentionnent pas.

Je n'ai pas besoin de te dire que les problèmes ne font que commencer. Je doute qu'il y ait une clé générique pour déchiffrer le rouleau de cuivre. Chaque guenizah *devra être abordée comme un nouveau mystère. J'ai lu que tu avais découvert le Chérubin avec la tête en direction du nord. Sans aucun doute, l'autre est enterré face au sud, et l'Arche se trouve cachée quelque part entre les deux* guenizoth. *Mais le second Chérubin pourrait bien se trouver loin d'Ein Guedi – sur le mont Hermon par exemple. Ce qui limiterait tes recherches à tout le pays !*

Les chacals de l'érudition vont essayer de mettre en doute l'authenticité du Chérubin ; un « expert » affirme déjà que l'objet est babylonien. Tu dois commencer à écrire tes articles pour les autorités savantes.

En fait, tu vas avoir besoin d'une équipe constituée des meilleurs spécialistes. De grosses pointures. Et il ne faut pas se leurrer : en tant qu'érudit, je suis un dilettante dont la découverte la plus importante a été faite dans le tiroir de son propre bureau. Comme courtier, je suis un pro, ce que Dylan Thomas appelait un « sale représentant de commerce » avec tant de mépris. Il ne faut pas dire du mal d'un mort, mais c'était un imbécile de grand talent. Les mots ont besoin de vendeurs tout autant que de poètes.

Pendant quelques instants agréables, quand j'ai reçu ton message très sympathique, je me suis dit que je pourrais travailler pour toi l'été prochain. Mais il faut bien que quelqu'un garde la boutique et, pendant les vacances, je compte initier mon fils à la taille des diamants.

J'espère vous voir tous deux très bientôt à New York. Amitiés à Rakhel.

Ton ami,
Harry.

Il avait du mal à oublier Tamar. Chez un marchand de fruits, sur Madison Avenue, il aperçut des pommes longues, avec une peau jaune comme de la porcelaine, identiques en tout point à celle de la plaque de métal clouée sur la ferme du fermier druze, à Majdal Shams.

Quand il demanda à la vendeuse, elle ne put rien lui dire, si ce n'est qu'elles étaient turques. Mais le grossiste connaissait la variété.

Des Kandil Sinap. Même le nom lui plaisait. Il appela l'université de Cornell et un pomologiste lui dit qu'elles étaient robustes dans l'État de New York. Il lui indiqua où il pouvait acquérir des greffons miniature, chez un spécialiste du Michigan. Harry commanda trois arbres pour les planter au printemps, dans son verger.

Un matin, en marchant sur Park Avenue, il aperçut Tamar.

Les gouvernements envoient en permanence des délégations à l'étranger. Et les officiels emmènent leurs femmes.

Il fendit la foule, se faufilant entre les gens. Il la retrouva et c'était bien elle. Il l'aurait reconnue entre mille. *Ta silhouette est celle d'un palmier, comme tes pas sont beaux dans tes sandales, ô fille de prince !*

Elle s'arrêta devant une vitrine pour regarder des robes. Il s'approcha d'elle par-derrière et lui toucha le bras en prononçant son nom. Un visage au teint mat, qu'il n'avait jamais vu auparavant, lui fit face un instant, puis, sans qu'un mot fût échangé, la femme se détourna et s'éloigna.

Ils étaient assis au premier rang. Della avait réservé quelques surprises ; elle avait permis à Jeff de choisir les personnes qui seraient honorées, et Saul Netscher fut appelé à la Torah pour réciter la bénédiction du patriarche à la place des grands-pères disparus. Harry ressentit un grand plaisir à s'entendre nommer ensuite. Sauf qu'il devint nerveux quand arriva le moment où Jeff devait lire la Haftarah, mais son fils chanta l'histoire de Gog et Magog avec un naturel désarmant. À la moitié du récit, Harry prit la main de Della. Et alors ? Walter

Lieberman n'était pas là... Ils restèrent ainsi, les mains jointes, même quand le rabbin leur demanda de se lever et de répéter les prières : *Sois béni, ô Seigneur, Roi de l'Univers, qui nous as maintenus en vie et soutenus, et permis d'atteindre cette journée heureuse.*

Le lendemain matin, Jeff le réveilla très tôt. Ils prirent la nouvelle canne à pêche et descendirent sur les rochers du fleuve. Jeff fixa au bout de la longue canne une mouche rouge et blanche. Comme il avait le vent dans le dos, il réussit un beau lancer dès le deuxième essai. Le fleuve était brumeux. Un petit animal – un renard ? – tressaillit dans les fourrés. Harry se demanda si Jeff l'avait vu.

— Bang ! émit doucement son fils en riant.

— Ç'a été une très belle journée hier, dit Harry.

— Mmm... Tu sais ce que je n'ai pas compris ? Pourquoi as-tu été appelé à la Torah en deuxième ?

— J'appartiens à la tribu des Lévites.

— Tribu ? Tu veux dire comme les Indiens ?

— Tout à fait comme les Indiens.

Il lui expliqua de quelle manière les douze tribus d'origine s'étaient réduites à trois.

— Les Kohanim, les descendants d'Aaron, sont appelés les premiers. Les fonctions sacerdotales leur sont réservées, tu vois. Ensuite viennent les membres de la tribu de Lévi, dont les ancêtres étaient chargés du service du Temple. Ensuite, les autres, qui rassemblent toutes les autres tribus en une seule.

— Comment sais-tu que tu es un Lévi ?

— Mon père me l'a dit. Son père le lui avait dit.

— Eh !

Jeff avait attrapé un poisson, l'avait perdu tout de suite, puis avait relancé aussitôt. Cette fois, quand il sentit que ça mordait, il laissa le bouchon en l'air et agita habilement la canne.

— Tu crois qu'il va être gros ? interrogea Jeff.

— Oh, assez gros pour notre déjeuner.

Après quelques secondes de silence, tandis que le poisson s'agitait au bout de la ligne, Jeff ajouta :

– Je le dirai à mon fils.

Le jeune garçon tendit le poisson à son père. Ils le tinrent quelques instants à quatre mains, corps dur, froid, frétillant, un peu comme s'ils accomplissaient un rite.

– J'espère bien, finit par dire Harry.

En novembre, une lettre arriva, lui demandant d'envoyer un acompte à la Diamond Corporation pour le prochain envoi et indiquant les dates auxquelles les acomptes devaient être débités au cours des années à venir. Cela signifiait qu'Harry avait été choisi pour succéder à son père comme membre des deux cent cinquante. Il ne sut jamais pourquoi la succession ne s'était pas faite plus tôt, ni sur quelles bases on avait finalement décidé de le coopter. Mais il était sûr d'une chose : sa vie allait désormais être rythmée par l'arrivée, dix fois par an, des « boîtes » par courrier ordinaire en provenance de Londres.

Il lui arrivait, certains matins, de ne pas se rendre directement dans sa boutique de la 5ᵉ Avenue. Il se garait alors près de la 47ᵉ Rue et marchait au milieu de petits hommes barbus qui se déplaçaient toujours par deux, bavardant sur les trottoirs ou sur les seuils délabrés de leurs bureaux, sortant les feux de la fortune de leurs poches, dans des enveloppes crasseuses. Au Diamond Club, il traversait la salle d'exposition, où les autres courtiers venaient examiner les pierres à la douce lumière du nord, et pénétrait dans la chapelle. Quelques Hassidim tenaient leur service chaque jour dans le bus spécial qui les amenait de leurs ghettos modernes à leur lieu de travail, mais il y avait toujours assez de pratiquants dans la chapelle pour constituer un *minyan* de dix personnes afin de réciter la prière des morts. Harry préférait dire le *kaddish* à l'occasion, quand il en ressentait l'envie.

On était au plus gros de l'hiver. L'Amérique brûlait du pétrole arabe avec désinvolture. Dans le froid engourdissant du matin, Sid Lawrenson et lui coupaient du bois pour la cheminée et taillaient les pommiers dans le verger. Il put ainsi décider de l'endroit où il allait planter ses nouveaux arbres.

Au cimetière, où il se rendait avec régularité, il découvrit que des visiteurs avaient laissé sept galets sur la tombe de son père, à l'endroit où il avait l'intention de poser une plaque, au printemps, quand il ferait plus chaud. Il avait décidé de donner le grenat à Jeff ; peut-être que la pierre de leur tribu passerait de génération en génération, cette fois ouvertement. Il ne songeait guère au diamant jaune qu'il avait acheté en Israël, et qui était de nouveau fixé sur la mitre de Grégoire. En revanche, ses pensées se portaient souvent vers le Diamant de l'Inquisition et vers une femme à la peau mate qui s'arrêtait peut-être pour contempler la pierre historique quand elle vaquait à ses occupations dans les salles du musée d'Israël, à Jérusalem. La nuit, pendant ses insomnies, lorsque des peurs obscures remontaient de sources enfouies au plus profond de son âme, quand soudain, frissonnant de froid, il était hanté par des hurlements qu'il n'avait jamais entendus, il se rappelait les six petits diamants d'Alfred Hopeman. Mais pas un instant il ne regretta de ne plus les avoir là, sous la main, bien cachés dans le bureau de sa maison de Westchester.

Table des matières

Composé par P.C.A.
44400 – Rezé

Impression réalisée sur CAMERON par

BRODARD & TAUPIN

GROUPE CPI

La Flèche

pour le compte des Éditions Michel Lafon
en mai 2002

Imprimé en France
Dépôt légal : juin 2002
N° d'impression : 13261
ISBN : 2-84098-823-2
LAF 342